U0746918

西安思源学院重点科研项目“小说《白鹿原》衍生作品中的意象研究”（项目批准号：XASYZD—A2204）成果
西安思源学院2020年校级教学团队“中国文学类课程教学团队”研究成果

《白鹿原》衍生作品中的意象研究

吴玉军◎著

安徽师范大学出版社
ANHUI NORMAL UNIVERSITY PRESS
·芜湖·

图书在版编目(CIP)数据

《白鹿原》衍生作品中的意象研究 / 吴玉军著.

芜湖 : 安徽师范大学出版社, 2024. 8. -- ISBN 978-7-5676-6805-8

Ⅰ. I207.425

中国国家版本馆CIP数据核字第20245DE584号

《白鹿原》衍生作品中的意象研究

BAILUYUAN YANSHENG ZUOPIN ZHONG DE YIXIANG YANJIU

吴玉军◎著

责任编辑: 潘　安

装帧设计: 张　玲

责任印制: 桑国磊

出版发行: 安徽师范大学出版社

芜湖市北京中路2号安徽师范大学赭山校区　　邮政编码:241000

网　　址: http://www.ahnupress.com/

发 行 部: 0553-3883578　　5910327　　5910310(传真)

印　　刷: 苏州市古得堡数码印刷有限公司

版　　次: 2024年8月第1版

印　　次: 2024年8月第1次印刷

规　　格: 700 mm × 1000 mm　1/16

印　　张: 13. 5

字　　数: 200千字

书　　号: 978-7-5676-6805-8

定　　价: 52.00元

绪 论

白鹿原是一片历史厚重而又充满神奇的土地，它处在十三朝古都的京郊，曾经是帝王将相、名人学士策马扬鞭、纵横驰骋的重要活动场所。在中华民族坚毅前行的过往云烟中，蓝田猿人早已在此开始了刀耕火种的文明开掘。周平王的一次游猎奇遇，赋予了古原沿用至今的名字。汉高祖刘邦逃离了鸿门宴的刀光剑影，重回在此设立的屯军之所。玄奘在云经寺的暮鼓晨钟里，分拣经书，研习佛法，圆寂后初葬于此。白居易曾徜徉此地，留下了“白鹿原头信马行”的优美诗句。宋大将狄青在此屯兵，建立了狄寨周围的八个营寨村落。吕氏四人在考古学与碑石学方面的建树，乃至儒学方面的造诣，泽被后世。关中大儒牛兆濂在芸阁学舍中推播关学，诵讲《吕氏乡约》，促成了淳朴的民风。徐国琏与张静文投身革命，其果敢坚贞与忠心赤胆的英雄气节，可歌可泣。

20世纪90年代初，陈忠实先生的小说《白鹿原》问世。这部小说所涉及的时间跨度为从清末至建国初期的50年。它以民族史诗的形式描绘了白鹿原上恢诡谲怪的历史发展进程。以同宗同祖的白鹿两姓家族的内外斗争为主线，表现了宗法制度与政权制度相互交织下的对乡村的治理。在乡村自我管理方面，白氏族长按照《乡约》的规定，管理着族人的族籍及日常行为，违背或触犯族规之人，将面临着不准入籍、遭受惩罚、逐出族群的不同处罚，同时族人们彼此之间存在着一定程度的忍让与包容，维持着一种斗而不破的乡邻关系。另外还有精神导师朱先生与医人病痛的冷先生对于族群内部事务的调停，两人时常助推着这种乡村管理制度的实施与人际关系的维持，在这种治理方式之下，出现了新的民风，白鹿村被滋水县令古德茂批为“仁义白鹿村”。国民政府管理时期，白鹿村归属于白鹿仓管辖，由于赋税过重引发了交农事件，而当军阀部队祸乱白鹿原时，当政者在对民众的保护方面无所作为。于是，在中国共产党领导下的为劳苦大众谋利益的农协会运动应运而起，同时，城市的反独裁、反屠杀运动也在蓬勃开展，经过长久的艰苦卓绝的斗争，最终建立了人民当家作主的政权。

毋庸置疑，没有一部小说像《白鹿原》一样，产生的影响如此深远。迄今为止，已存在有多种艺术形式的同名作品，它们有秦腔、连环画、话剧、电影、舞剧、评书、歌剧与电视剧等不同形式。其中的几种艺术形式，还存在着不同版本，比如话剧版的作品，至少有北京人艺、陕西人艺与西安外事学院的3个版本。对于小说的再创作，其作品可谓是蔚为大观。于是，这些艺术形式不仅将原著文字中所勾勒出的画面展现出来，而且又进行了基于时代视角的二次乃至多次创作。一方面凭借其自身艺术表现事物的特色优势，多运用声音、画面的形式，将静默的文字转变为灵动的栩栩如生的故事世界，使得原著小说中的形象与场景得以展现。另一方面站在新的社会发展的角度，在原有框架之内，选择富有倾向性的主旨表达，拓展原著的情节内容，于是，带给人们一种源于原著而又异于原著的崭新感觉。这种改编来自原著所提供的再创作空间与编著者对作品的再次审视。

在原著所拥有的多种意象基础之上，小说《白鹿原》的衍生作品树立了多种新的意象。对于“意象”一词，历来有不同的理解。勒内·韦勒克在其《文学理论》中认为，意象是一个既属于心理学，又属于文学研究的题目。一个“意象”可以一次被转换成隐喻，但如果它作为呈现与再现不断重复，那就变成了一个象征，甚至是一个象征（或者神话）系统的一部分，从而明确了意象与心理学之间的关系，以及与象征的内在联系。童庆炳在《文学理论教程》里将意象分为四类：心理意象、内心意象、泛化意象、观念意象，并且认为，意象的古意是指用来表达某种抽象的观念和哲理的艺术形象。文学艺术追求的是那种最能体现作家与艺术家审美理想的高级意象。由此看来，文学作品中的意象，属于观念意象与高级形态的审美意象，它以隐喻或象征的表达方式出现，代表着作家与艺术家立足于现实社会的审美理想。笔者认为，就诗歌而言，其中所存在的意象是客观的物象与作者主观情感的融合。它不仅包括诗中所树立的某种事物与人物的形象，也包括某些场景氛围的带有情感性的画面景象，还包含在表情达意的叙述中所展现的叙述者形象。也就是说，诗歌的意象可以表现为物、人、事、景等多种形式。转而审视小说，虽然其较之于诗歌，两者有所区别，但也有着许多共同之处，对于小说《白鹿原》衍生作品中所存在的意象而言，大致可以分为五类意象，分别是：具有丰富内涵的一般性实物；彰显地方特色的代表性风物；寄寓特定情怀的叙事形象；突出五大家庭的人物形象；展现不同艺术形式的带有情感色彩的画面景色。其中的实物与风物属于事物的范畴，加上典型人物、叙事形象与画面景色而构成了衍生作品的意象系统。如果对于这一系统进行另一角度的考察，又可以从传统文化意象、革命意象、婚姻意象、生殖意象等角度进行划分。在众多的意象之中，许多意象之间，还保持着一种矛盾的对立统一关系，其中存在着白鹿与白狼、白嘉轩与鹿子霖、黑娃与白家父子、以德报怨、斗而不破等的对立，两对要素之间或者是同而不和，抑或是和而不同地相互争斗与共生共存。从小说到艺术作品，我们看到了原有意象被拓展的痕迹，如对于生殖意象的表现：原著小说着重表现白嘉轩的生殖理想，到交响舞剧却演绎了田小娥在送子观音菩萨画像前虔诚地表现想为黑娃生育后代的愿望，再到电影与电视剧的演绎里，均让田小娥为白孝文怀了孕。除此之外，我们还看到了话剧中增加了“月”的意象，电视剧中还增加了出生的白灵被白狼叼走的事件，还有白嘉轩与鹿子霖被绑架的事件，等等。众多的衍生作品在对意象进行重新塑造的同时，增强了对原著主题的表现力，同时提供了文学著作改编的正反两方面经验，扩大了社会影响。

目　录

第一章　小说《白鹿原》可供再创作的史诗特质与空间

小说《白鹿原》以陕西白鹿原区域为故事演绎核心，呈现了清末至新中国成立初50年间的历史演进画卷。这是一部依据当地社会发展线索而又精心设计情节结构的优秀著作，它对于乡土故事的全方位叙述，既具有浓重的地域性与史诗性特色，又充满了传奇性与魔幻性色彩。小说《白鹿原》在作者苦心经营故事铺排的架构之下，完成了史诗性命题的创作，虽立足于乡村，但与中国社会的变革紧密相连，留下了许多可以使人再度推演的空间，提供了可以再创作的可能性。

第一节　《白鹿原》故事铺排的史诗性

《白鹿原》所描述的故事，其时间跨越了中国革命的诸多历史时期，展现了弥漫在历史演进中富有传奇色彩的多个社会场景，交代了众多人物之间错综复杂的变化发展着的矛盾，塑造了体现白鹿精神的一系列人物形象，彰显了对儒家文化的留恋与思考。

在开篇前的扉页上，陈忠实先生借用巴尔扎克的名言，阐发他创作小说的初衷：小说被认为是一个民族的秘史。隐喻这部小说所反映的内容倾向，一则是小说将要演绎中华民族发展历程中的奇特故事，二则要彰显出其演进过程中变幻莫测的史诗性。

纵观整部小说，“《白鹿原》和托尔斯泰的史诗小说一样具有一种有别于封闭性结构的开放性结构……以开放性结构表现民族生命的运动，是《白鹿原》史诗品格的体现”[①]。作者实现了他的史诗性作品创作理想。小说所呈现的时代风貌与中国历史的演进高度吻合，它涵盖了多个历史时期，表现了以“仁义白鹿村”为述说对象的50年间富有代表性的乡村故事，陈述了民族艰难前行的历史轨迹。

一、《白鹿原》史诗性的传奇色彩与多层面展现

文学创作可以利用许多手法达到描述社会状况与宣扬社会理想的目的，毋庸置疑，神话传说与“鬼神附体”的艺术手法的运用，增强了历史演进中的神奇性质。神话传说历来被视为生产力发展水平低下之时，寄托人们征服自然与改造自然的美好理想的方式。而“鬼神附体”从医学来讲，其本质是一种较为常见的短暂性的精神异常的癔症发作形式。文学作品借助这种形式，反观人们自我暗示的心理世界，借以传达错综复杂的另外一种声音。在作品中，对于白鹿传说的渲染，首先承载着人们对美好生活的追求与向往，再者于现实之中，使得白鹿精神显现在朱先生、白灵、白嘉轩等人物的身上。朱先生及白灵的离世，夹杂着对白鹿显现的相关描述，隐喻着两人是人世间白鹿的化身，实践与传承着白鹿精神。白嘉轩娶第七房之前，发现了形似白鹿的刺蓟草，接着在迎娶仙草之后，白家迎来了人丁兴旺、家道兴盛，这旨在说明在白鹿精神的支配之下，人们有着对于家族生殖繁衍的不懈追求，即使在屡屡遭遇了冥冥之中的重创之后，也会在所不惜地做延续后代的打算。作品借助田小娥死后附体鹿三的手法，一是田小娥为自身不曾祸害村人而惨遭鹿三毒手的冤情做辩解，向村民公开了身死的真相；二是她发誓与白嘉轩及村民不共戴天，准备实施报复。这也为下文焚骨造塔做了铺垫。在塔建成后不久，瘟疫巧合性地烟消云散了。由此可以看出，那个宗法森严的社会氛围，是将田小娥一步步地推向

① 郑万鹏.《白鹿原》研究[M].长春：时代文艺出版社，1998:19.

死亡深渊的罪魁祸首，但是在以白嘉轩为首的村民们内心中，决不承认曾经作为推手的罪责，也绝没有妥协的余地。作品借助“灵魂附体”，表达了对封建礼法的深深谴责。

《白鹿原》的史诗性更大程度上表现为在宏大的时间跨度上展示层出不穷的历史画面：交农事件、火烧白鹿仓、守卫西安城、砸祠堂、窑洞情事、鹿三杀儿媳、孝文做县长等等。大小场景相互勾连，在快速转换的历史背景下，以白鹿原为中心区域，展现出各色人等之间的矛盾斗争，他们之中，为数众多的是村落民众、军阀兵丁、土匪团伙、官员卫兵。历史故事的绵延不断，加上各种人物粉墨登场的表演，让我们看到了波澜壮阔的史诗性场景。

二、白鹿两家斗而不破的宗族情感渲染

从人物网络的内在编织上而言，本为一家的白鹿宗族内部有着纷繁复杂的矛盾。按照宗族制度，白家具有支配性的宗族发言权、道德鉴定权与政事处理权，同时，白家的女婿朱先生成了宗族精神导师的存在。而鹿家由不够光彩的发家史及鹿子霖的德行不彰，得到的是乡民们对他的诟病，但鹿子霖又时常幻想着得到宗族的话语权，于是他谋得了保障所乡约的职位而发号施令，此后还唆使田小娥将白孝文引向了堕落。由此可见，鹿家在鹿子霖手中成了白鹿原上占据次要地位的负面存在的一极。但鹿家的年轻一代又代表着时代发展的先进性一面，鹿兆鹏的革命斗争与鹿兆海的抗战志气，显现着国人在民族危亡之际的奋争精神。白家年轻一代白孝文，在其堕落之后摇身一变而成为政府要员。但在他的身上完全丧失了其父所拥有的仁义。而鹿家在本质上保持着以鹿兆鹏为代表的时代先锋的角色，还有着对于白家白灵的吸引力。

在相互斗争中，白鹿两家始终保持着斗而不破的交往状态。我们看到了伦理标准之下白嘉轩“以德报怨、以正祛邪”的矛盾化的待人处世方式。虽然他心中明白，白孝文的堕落源于鹿子霖的蛊惑。但当对方被保安团抓进监牢时，他虽然憎恨鹿子霖的卑劣，但“没有幸灾乐祸，反而当即做出搭救鹿子霖的举措，就是要在白鹿村乃至整个原上树立一种精神”[1]。这种精神就是与人的本性冲动背道而驰的仁义实质的所在，为了宗族的和谐而甘愿做出的真诚的自我牺牲精神。相较而言，当鹿泰恒听说白嘉轩卖二亩水地时，他以为对方生计难以维持，便说出了同情的慷慨解囊的热心话，也体现了对宗族互助传统的真心维护，但鹿子霖却显示出另一种形式的矛盾着的表里不一，他故意将白嘉轩气晕在雪地上，但又冒着严寒将其背回了家。当白嘉轩责打白孝文时，鹿子霖故意在众人面前装着用下跪的方式来劝解。还有，当鹿子霖不忍心看到白孝文抢舍饭的窘境时，又向田福贤请求将其推荐到县里的保安队当差，不料白孝文竟然由此走向了飞黄腾达。据此，鹿子霖表面维护白家的利益与内心希望对方家庭败落构成了矛盾，这种矛盾里又蕴含着虚假、欺瞒与狠毒。

三、以朱先生为代表的儒家文化弘扬的困惑

朱先生作为一个神奇的文化符号存在，最大限度地代表着白鹿精神的精髓。他常常在众人陷于现实困境的迷惘之际，给人指点迷津，又能够教授弟子，传承文化，还编写县志，延续文化根脉。鹿兆海、白灵、鹿兆鹏延续着这种精神，他们从民族解放到国家建立，一步步推动着社会的变革，虽然有人为此付出生命的代价，但代表着革命力量的正向发展。黑娃与白孝文也是朱先生的弟子，却代表着革命过程中另一层面的复杂人物，在两者身上，抗争者的自发性、破坏性与非人性被一览无余地展示了出来，他们均做着争取个人解放的努力，但造成了正反两面的社会影响。田小娥借助黑娃，解放了自己，争取到了作为一个女人的真实存在，她借助诱惑白孝文达到了复仇的目的，重重地反击了宗族势力对自身的拒绝，但最终却为乡村的社会氛围所不容，命丧鹿三之手。

这部富有文化反思格调的小说，也给我们留下了诸多儒家文化另一面

① 陈忠实.白鹿原[M].北京:人民文学出版社,2017:575.

的困惑。白鹿书院的存在价值在于教育乡村子弟、修订县志与传播文化。朱先生的未卜先知、抗日激情、抗击暴乱和救民于水火，彰显着民族艰难前进时中流砥柱的力量，但在时代风雨的冲击面前，白鹿书院也只能关门停业，而且造塔镇压田小娥的魂魄本出于朱先生的谋划。白嘉轩对以“仁义”为核心的村庄文明的坚持，在实践上却存在着与此相背离的现实表征：与鹿子霖换地是出于极为自私的目的；视长子为传人而长子却走向了堕落，此后转而成为政府要员祸害他人；受其影响的情同手足的鹿三杀害了田小娥；原初的维护乡村秩序的道德理念，在社会变革的洪流中备受冲击却又无所适从，使他陷入迷惘与徘徊。鹿子霖的儿子们走向了与父辈相背离的道路，鹿兆鹏的革命行动不时给他带来坐牢与遭批斗的厄运，他更是无法接受白孝文在滋水县掌政，再者他又是促使田小娥走向死亡的最大推手，于是其内心有着难以承受的重压，最终走向了疯癫与死亡。黑娃与白孝文是两个儿时的亲密玩伴，一个是在以暴抗暴之后倾向于读书的修炼心性者，另一个则是在堕落之后转变为心狠手辣地残害自家兄弟的荼毒生灵者，两相比较，在传统文化之下，自发的革命者与革命的投机者遵循各自的发展轨迹，但最终自私的奸诈者绞杀了悔过自新者。田小娥是一个遭受封建压迫的典型妇女形象，其生前的人生命运遭际在宗族伦理之外游走，死后借灵魂附体的方式陈述一个无辜者遭受戕害的内心怨言。

第二节 《白鹿原》可供再创作的史诗性命题

《白鹿原》“复式地寄寓了家族和民族的诸多历史内蕴，颇具丰赡而厚重的史诗品位”①。小说为我们展示了其内在的诸多史诗性命题，对这些命题的正确把握就是抓住了原著的精神内涵，在此基础之上的改编，即是忠于了原著。这些命题是：白鹿与白狼的精神塑造；朱先生与冷先生的引领与救助；族权维护者与革命者的思想对立；自由婚姻成功者与失败者的不懈追求；堕落的投机者与草莽英雄的残酷争斗；误入歧途的觉醒者与维护道义的虐杀者；守护仁义者的迷惘与德行不彰者的疯癫。

一、白鹿与白狼的文化内涵

白鹿与白狼意象在小说里被赋予了复杂的精神内涵，两者在内在涵义上是对立的，但也存在着白鹿蒙冤与白狼被正面借用的场景。白鹿指代的是为创造白鹿原的美好明天而做出努力的奉献者与引领者，为争取自由幸福生活而勇往直前的奋斗者与牺牲者。

其一，传说中的白鹿能够给人们带来生存状况的神奇变化。能够使庄稼茁壮成长，使毒虫害兽毙命，使病人百病尽除。

其二，白鹿能给人带来家族的业兴人旺。曾经的一位调任关中的河南地方小吏，在原上见到雪白的小鹿之后，便将此地作为安身立命之处，而其后代也随之产生了四位进士，并且受到了朝廷的封官，后来，在旧址之上，建造了传播文化薪火的白鹿书院。白鹿给主人公白嘉轩带来了命运的彻底转折，在他身陷六房媳妇已死的痛苦和迷惘之时，竟然在雪地中发现了形似白鹿的刺蓟草，他买下那块风水宝地后，竟然出现了人财两旺的家

① 人民文学出版社编辑部.《白鹿原》评论集[M].北京:人民文学出版社,2003:28.

道上升气象。

其三，白鹿的眼泪代表着为民请命者遭受厄运的悲凄哀怨。白灵死后，在白嘉轩、白赵氏、朱白氏的梦中，出现了委屈流泪的白鹿与栽进一道地缝里的白鹿。据此，作者意欲表现具有白鹿精魂的一大批人，有着为追求新生活而勇于斗争的精神，甚至不惜牺牲个人的生命，虽然这种牺牲有时候是被冤枉致死的。由此看来，后来“学为好人”的黑娃在走到生命的尽头之时，又何尝不是流着满含委屈的眼泪。

白狼意象也有着丰富的精神所指。它既指给人们带来痛苦与灾难的施暴者、压榨与恫吓他人的劫掠者，也借指以毒攻毒、打击敌人的反抗者。

第一，吮吸猪血的白狼。白狼血腥地荼毒生灵的场面让人不寒而栗，人人闻其行踪而色变。它狡猾奸诈的伎俩，让人们绞尽脑汁，把猪关进牛棚马号、拴在方桌腿上，再加上关死门窗，但猪都未能幸免于难。后来，人们修复了村里的围墙，再加上天狗叫声的威吓，白狼的行凶行径才得以遏制。

第二，对贪官匪盗的称呼。在交农事件中，人们对于世道充满了愤怒，将白狼与贪官相提并论，“灰狼啖肉，白狼吮血”，“贪官不道，天怒人怨”。还有，一段时间之内，官府派团丁加强治安巡逻，防范曾在河南境内闹得民不聊生的白狼匪盗的窜入，果然，后来一帮具有土匪行径的反革命军阀前来祸乱百姓。黑娃所到的土匪山寨的图腾恰恰也是白狼。

第三，回击镇嵩军的反抗者。放火烧白鹿仓粮台者，大张旗鼓地署名白狼，其实是鹿兆鹏、黑娃、韩裁缝三人密谋所为，他们暂且借用白狼的名称，痛击了以杨排长为首的祸害乡民的镇嵩军，最后对方竟然没有抓到元凶，愚蠢地以打死三个讨饭者而遮人耳目。

二、朱先生与冷先生的普世情怀

可以说，朱先生是人们精神灵魂的引渡者，他作为晚清举人，修订了县志，有着反抗压迫的民族气节，能够给思想困惑的人们指点迷津。而冷先生首先是百姓身体病痛的救治者，然后是“不问政治只办文书债务法律”[1]的调停者，再者是女儿疯癫生命的结束者。两位先生，一位是侧重于精神困惑的疏导者，另一位是侧重于身体病痛的疗救者。两者互相依存，互为补充。冷先生的行医能够做到平等待人、悬壶济世，他在救治病人之时，能够做到镇定自若，并且有着相对高超的医术。除此之外，他还有着义气为先、周济他人的处世情怀，在其热心调解之下，白鹿两家的换地风波与李寡妇家的卖地事件，最终都得到了圆满的解决。他的联姻白鹿两家，意欲使三家形成一种和谐亲密的关系。但当发觉女儿婚姻不幸而且趋于疯癫之时，在无法得到鹿家一纸休书的情形之下，他万不得已忍痛下药结束了女儿的生命。尽管他曾经倾囊救助过女婿鹿兆鹏，然而却奈何不了年轻人的感情趋向。最终他成了维护传统仁义道德的践行者。他在私下里对白嘉轩透露了白孝文与田小娥的来往之事，也曾向其献计，让孝义媳妇不循礼仪之路，借种而怀孕生子。毫无疑问，冷先生将传宗接代之孝道放在了第一位。由此可见，他既是医身者，也是医心者。

三、年轻一代的革命观、婚姻观与兄弟情

以白嘉轩与鹿子霖为首的一代人，成为宗法制度的维护者，即使是长工鹿三也成了坚定的支持者。宗族祠堂所推行的《乡约》，在一段时间之内起到了稳定社会秩序、淳化民风的作用。但其中也出现了不符合人性要求的偏狭。于是，我们看到了白鹿两姓的子弟们虽然都曾经接受过乡学教育，但最终都产生了蜕变。他们在思想上与父辈们形成了截然不同的观念。

首先是反抗压迫的革命观。鹿兆鹏与白灵走的是一条在中国共产党领导下的追求自由解放之路，他们有着痛击一切反动势力的英雄气概。鹿兆鹏以白鹿镇小学校长的身份做掩护，发展党员，不断推进农民革命运动；白灵砖击陶部长，组织学生爱国运动，显示了她抗日救国的坚强意志。而

① 许子东. 重读《白鹿原》[J]. 文学评论，2021(9)：110.

黑娃走的是另一条自发反抗的探索之路，他容不下任何压抑其个性因素的存在，并能够做出毁灭性的回击。当初他离开父母是因为觉得自家长工身份低贱，看不得白嘉轩的腰挺得太硬太直，想攒钱置地走向独立，于是，他一路走下去，做工将军寨、烧毁白鹿仓粮台、闹农协、落草为寇、归顺保安团、策划保安团起义。虽未善终，但显示了英雄本色。

其次是婚姻自由观。可以说，鹿兆鹏、白灵、黑娃、鹿兆海都是追求自主婚姻的，他们极力反对“父母之命，媒妁之言”式的婚姻，不走只是为了传宗接代的旧式婚姻之路，而是追求两性之间的真心相爱，于是，即使在父母的重重围攻之下，他们也永不回头，毅然决然地走上了自我选择之路。虽然在这条道路上，有成功者，也有失败者。鹿兆鹏与白灵的成功婚姻缘于双方有着共同的革命信念，还有革命队伍中婚姻自主的观念。既有双方的相互悦纳，又有强大革命团体的群体性思想支持，于是他们没有受到阻碍地结合了。而黑娃与田小娥的婚姻虽然也有着共同的农家生活理想，还有拯救田小娥于非人性的熬煎的味道，但是，在“仁义白鹿村”的社会群体中却没有了成为现实的条件，有的只是拒绝、戕害与虐杀。因此，打破旧的社会制度显得尤其重要。

最后是兄弟情感观。一方面存在着一种“凡有违我私利者诛杀之”的对待兄弟的观念。曾经做过族长的白孝文没有抵挡得住田小娥的诱惑而走向了堕落与颓废，在颓废之后，摇身一变而成为保安团营长、县长。此后，他的心胸狭窄、奸诈投机的本性被充分暴露了出来，保安团起义的功劳本属于黑娃，他却在向上级呈报时，全记在自己的身上。然后又心狠手辣地给黑娃捏造了三条罪状，显示出其极尽陷害之能事的本性。面对父亲的求情，他居然以本着政府的处理决定来搪塞，还有，丝毫不给被枪毙时的黑娃一点儿尊严。这完全有悖于白鹿村老一代人所坚守的“仁义”之道。最终，堕落的投机者害死了倾向仁义的草莽英雄。另一方面存在着兄弟之间情同手足、共同做事、互相支持、维持和睦的关系，鹿兆鹏与黑娃之间自始至终是相互合作的好伙伴，这种关系与上一代人之间的相处极为

相似，白嘉轩与鹿子霖、白嘉轩与鹿三也基本上保持着这样一层关系。

四、仁义守护者的困惑与德行不彰者的迷惘

白嘉轩“这个形象内在深刻的真实性、批判性、哲理性、悲剧性构成了小说的思想灵魂，也具有相当的典型意义”[①]。他是白鹿村的继任族长，力所能及地谋划了兴办学堂、修缮祠堂、修补村庄围墙、推行《乡约》之事，为大家提供了生存保障。他严格执行村规民约，淳化民风，传播仁义，这是他所能尽力做得到的。但有一些事情使他非常迷惘，县府官衙竟然逼迫民众缴纳印章税，这是不合仁义的，于是他发动了交农运动，还营救了鹿三。镇嵩军的杨排长带领兵丁，明目张胆地来村中强征粮食，还专横跋扈地肆意侮辱民众，在他看来军阀更无仁义可言。黑娃始终丢不开那个违背“三从四德”的外乡女人，他还砸毁祠堂、打伤白嘉轩的腰，好似对白嘉轩怀有刻骨的仇恨。但白嘉轩自认为对待黑娃并不刻薄。白灵也竟然不听管教离家出走，白孝文在堕落之后突然位高权重，但他万不该处死自家兄弟黑娃。还有鹿氏一脉人等，白嘉轩心中明白鹿子霖在男女之事上如同畜生，是他诱惑了孝文误入歧途，但当鹿子霖被抓时，白嘉轩不计前嫌去设法营救，他对待黑娃也是如此。在多种事件的冲击之下，白嘉轩身体力行着仁义为本的处世法则，但政客、军阀、土匪、同辈人、下辈人都令他万分失望，况且最后那个点化人情世故的朱先生也已离世，以至愁绪难解，惆怅满腹。

鹿子霖与田福贤相勾结，为虎作伥地站在盘剥百姓的恶势力一方，长久以来就有着出人头地的强烈追求，尽管坐上了乡约或保长的职位，但是，在陪斗枪决人犯的过程中，鹿子霖走向了疯癫。一则他诚惶诚恐地设想枪毙犯人的子弹将擦着自己的耳梢而过，令其着实担忧自身生命。二则感慨在与白家多年的争斗中，非常不情愿地甘拜下风，这又使他感到终生

---

① 张陵．现实主义文学的思想力量以及历史局限：重读《白鹿原》[J]．小说评论，2021(5)：184.

遗憾。三则他听到一片控诉之声，感觉何尝不是针对自己。于是他虽未被枪决，但那个理智清醒的鹿子霖自此已经死掉了。追溯他的发疯缘由不外乎以下几个方面：一是他与民众为敌。在新的政权形势下，他谋得了乡约的职位之后，没有站在民众的立场上做事，而是力推收缴搜刮民脂民膏的印章税，并引起了白嘉轩的极力反对，继而发生了交农事件。后来他做保长的职责也是做着催丁纳捐的事务。还有，他的滥情容不得狗蛋加入，动用村中势力，在设计惩罚狗蛋后，使其含冤而死。二是费尽心机背地里与白嘉轩为敌，致使白孝文误入歧途。蛊惑田小娥，引诱白孝文，然后气晕白嘉轩，此后，又在做尽表面推托的文章后，收买白孝文的田地，拆毁白家的房屋。他此时的内心得意于白家的衰败。三是在处理男女关系上不合礼俗。乘清算农协会成员之机，占有田小娥，而且跟自己儿媳妇的关系暧昧。四是儿子辈给他带来的痛心经历。鹿兆海参战而死，给他留下了无尽的忧伤，而鹿兆鹏并不认同他安排的家庭联姻，致使媳妇疯癫而死。农协运动时儿子又把他推上戏楼批斗，揭露其征收地丁银的内幕。因儿子是共产党员，岳维山将他抓入监狱。解放后，鹿兆鹏随部队向西一直打到新疆，死活不明，而鹿子霖又一次被押到台上陪斗。儿子不在身边与白孝文主持枪决人犯，让他一生苦心经营的与白家的对决突然归于失败，心理之墙轰然倒塌，于是他脱离了理智的自己，走向了疯癫。

第三节 《白鹿原》呈现的再创作空间

《白鹿原》的故事铺陈叙述，采用多头并进的方法，按照不同的历史时期以及白鹿原上的四季农时展开，以白嘉轩、鹿子霖、鹿三为基本构架的三个家庭的故事发展为线索，且三条线索相互交融成错综复杂的网状结构。作品从白鹿原民间传说、宗族传承、儒学风尚、风土人情、人性表现、革命心理、抗争自然等方面进行庞杂故事的叙写，但从以白鹿精神为核心的极其细腻化的故事刻画而言，还有许多地方可以做进一步的拓展描述。

一、生殖观念的再拓展

毋庸置疑，生殖观念是小说开篇所极力渲染的内容，在养育后代的道路上，因为医疗条件低下，幼童的存活率常常难以保证，甚至有时还会危及孕妇的生命。另外还存在一个在孕育生命过程中，男女双方的生理功能是否正常的问题。白嘉轩的父母生育了七女三男，然而大部分没有存活，只留下了两女一男。他们到了儿子要娶妻生子的年龄，倾其家中所有做着为儿子养育后代的准备，但迎娶的前六个女人均不幸早亡，至此已经花光了家中几十年来的积蓄，并且还卖了两匹骡子。直到最终娶来第七房女人仙草时，才持续为其生养了三男一女。生育之路并非坦途，传宗接代备尝艰辛。但等到孙子辈的白孝义出于身体原因，根本无法使媳妇怀上孩子，于是家长们便让他的媳妇向兔娃借种生子。小说中只是着重强调了白嘉轩家的艰难曲折的生育子女问题，但白鹿村乃至整个原上的村民们都具有着同样的观念，由此也可以对鹿子霖家的、鹿三家的生育观念进行拓展描写。很明显，对于鹿兆鹏的儿子鹿鸣的故事完全可以进行再演绎，还有，既然风流成性的鹿子霖的儿子遍布白鹿原，那么可以演绎他与这些儿子们荒腔走板的故事。黑娃先后有两个媳妇，后来的媳妇与他育有一子，那么也可以设想当初田小娥也应该有为其生育子女的理想。还有，小说只是突出展示了白赵氏的生育观，想必其他育龄妇女也有话要说。

二、土地使用权的再编排

土地为农人们提供了吃穿用度的生活保障，不违农时的庄稼种植，从田地里收获了维持自身生命的粮食。拥有为数众多的田地，意味着只要经过辛勤的播种与耕耘，就会产出大量的农产品。如果能够拥有得天独厚的良好灌溉条件，便会最大限度地保持有良好的收成。白嘉轩用二亩水地交换了鹿家的旱坡地，表面上是因家道中落想赚点差价钱，而实际上有着个人的算计。他想通过迁祖坟至风水宝地而达到家业兴旺的目的。这一事件可以在发现形同白鹿的刺蓟草之地与改变命运的联系上重新进行组合安排，我们应该明白，实质上给白嘉轩带来好运的是仙草健康的身体及其娘家人的支持，还有他种植罂粟的赢利。但表面上看来是白家迁坟之后促成的变化。这里完全可以在笃信实质内容的情形之下进行再编排，将迁坟引导为其他目的。饥荒之年，白孝文将自己拥有的两亩水地卖给了鹿子霖，小说只表现了白嘉轩的愤怒，缺少了对于鹿子霖在毁了白家名声之后又收购其田产的内心刻画，即其幸灾乐祸、得意忘形的一面，以及外在的不得已而为之的形色表演。白嘉轩在自己手头宽裕时，充满慈善地买下了鹿姓小伙的半亩水地，但他因买李寡妇的半亩水地而与鹿子霖存在误解，因此撕掉了彼此温情的面纱而大打出手。这一情节引来了族人的加入，也引来了冷先生与朱先生的参与。这里可以在争夺土地的过分行为上做进一步的深化展现，也可以从两先生带来的救治身体与精神层面进行拓展，将冲突的更加激烈与问题的圆满解决相对照，体现出调停土地纠纷时守持仁义所起到的重大作用。

三、宗族制度的正向演绎

中国村落的存在形式是以血缘关系为纽带的聚族而居，新中国成立以前，乡村社会的运行基本依托于自然形成的族长管理制。“仁义白鹿村”由白家传承着族长的管理权，负责制订族规、裁定纠纷、惩治族人、征粮纳税、婚丧祭祀等宗族内部的各项事务管理。白嘉轩推行了朱先生制定的《乡约》，让族众在晚间集中读背，从此偷窃、赌博、打架、骂巷等不良行为不再发生，小说中先是简略地一笔带过，接着着重刻画了以白兴儿为首的一伙人的赌博行为，以及两个烟鬼的抽吸鸦片行为。但对于其他行为前后出现的具体情形，有待于通过具体人物的活动来体现。此外，其父白秉德做族长期间的族规及其管理情形，也有待于做相互比较而存在的交代。白孝文对田小娥和狗蛋的处罚，以及后来他自己遭到父亲的责打，还有在窑洞之上所建造的镇压之塔，虽然对于惩戒前后的叙述较为详细，但让这一系列事件的始作俑者鹿子霖逍遥于世，缺少了对他的正面惩治，即使在“以德报怨”的思想支配与族规的要求之下，也应该对其进行敲山震虎式的隐含回击与约束，但在小说里明显地使他成为应受惩罚的漏网者。如果说白嘉轩主动缴纳皇粮是主动的，但是当外在势力侵犯族内人群的利益时，他会挺身而出奋勇反抗，当民国政府加派税收时，他组织人员实施反击，发生了交农事件，他和鹿三鸡毛传帖，然后由鹿三带头举事且迎来了胜利。镇嵩军重复征收军粮时，他开始极力反对，但在杨排长的武力震慑下，他无奈而顺从，任由镇嵩军祸乱百姓。缺少了相应的与外来害群之马的斗争，应该有一些符合其性格特征的隐含行动。

四、自主婚姻的多角度书写

婚姻观念里夹杂着对于人性的态度，自由结合的自主婚姻强烈排斥着传统的父母包办婚姻，黑娃始终是自主婚姻的实践者，他与田小娥的结合符合人性的规范但有违封建人伦的选择，他拯救了备受人性压抑的田小娥，彼此也曾有过生命的欢悦，但又将她丢弃在窑洞并任由其一步步地走向了死亡。从一定的层面来讲，后来的黑娃应将复仇的火焰燃向鹿子霖与白孝文，如果不存在田小娥与此二人的交往，只是不让将名字写入祠堂，恐怕并不会形成后来的结局。但在小说里让黑娃不明就里地将复仇的目标指向白嘉轩，但在鹿三自认是杀手之后，黑娃的复仇行动就此而终，这样的编排明显地放过了两位田小娥走向死亡之路的助推者。激发鹿三杀死田小娥的原因，是他痛心地看到了白孝文的堕落情形，但也可以设定为因田小娥的自我反省而甘愿自绝于世。鹿兆鹏是旧式婚姻制度的反抗者与逃离者，他不满父母为他娶下的妻子，采用不理睬父亲门第攀附的冷对抗，最终致使冷秋月疯癫而死。美满的婚姻以两情相悦为前提，没有这一前提就是对人性的漠视与虐杀。旧式的婚姻制度，家族或家长包办，不知促成了多少女子在悲苦之中一命殒去。鹿子霖在其间隐约有着违背人伦的行为，但只是遭到了轻微的舆论谴责。对于这桩婚姻的始末，缺少了细腻刻画鹿兆鹏言行的力度。至于后来他与白灵的结合，其中穿插着鹿兆海对于白灵的爱恋，面对这种复杂的爱情关系，可以进行多层次的合乎情理的编排。在饥馑之年，白孝文移情别恋于田小娥，卖尽家中田产，却毒打斥责其隐情的大姐儿，并将其活活饿死。他在这桩婚姻之中，扮演了一个灭绝人性的卑劣角色。但是，这种人性的虐杀似乎并未受到太多的谴责与挞伐，此处可以拓展表现。

五、人物性格的多层次塑造

革命是排解不满、改变现状和维护正义的行动。它源于对压迫的反抗，以追求自由解放的反暴力，对抗维护旧秩序的专制暴力。黑娃、鹿兆鹏、白孝文的革命观念各不相同，对于革命的态度也有所区别。黑娃具有最原始的革命动机，有着草莽英雄的一面，他敢于痛击一切压迫者，向往着建立自由平等的社会秩序。起初他不愿像父亲一样继续依附于白家，要外出自谋生路，在当时社会所提供的条件之下，可以着重展开其做麦客以及做其他营生的艰辛历程。他在将田小娥领回村子时，却被拒绝列位于宗祠，由此激起他对家族制度的憎恶，以至于砸毁祠堂、打伤白嘉轩的腰、杀死鹿泰恒。他过激的破坏性行为回击了族人对其婚恋选择的不认同，但在村外的窑洞里，他完全能够过上正常人的生活，可以展开两人世界对于未来生活的畅想。由于他对镇嵩军的征收粮食感到愤恨，又本着为族里人出一口气的初衷，与鹿兆鹏一起火烧了白鹿仓粮台，可以设想火烧之后他的快慰及其谋划被追查的策略，接着他落草为寇。此后一大段时间，黑娃没有回白鹿村，而小说又缺乏对其活动的交代。接着他加入国军，娶妻高玉凤，拜师朱先生，想要洗心革面，再后来滋水县解放，他被处决。这一过程有待于做更为纵深的心理刻画。鹿兆鹏是一个真正的为劳苦大众谋求解放的革命者，他抛开了亲情，其革命理想就是要在白鹿原建立党组织，发动群众，与一切反动势力做斗争，建立一个平等的世界，甚至不惜牺牲个人的生命。他与镇嵩军的斗争、带领黑娃进行的斗争、在革命中与白灵的关系均有着可以充分展开之处。白孝文是一个革命投机者，他将保安团起义的功劳全部归功于自己，捏造了枪决黑娃的三条罪状，给求情的老爹说出了冠冕堂皇的理由。他欲置黑娃于死地的理由有许多，但对于其心理的形成还有许多细节也可以做一些逻辑上的铺垫。

无论从时间跨度，还是从思想深度，抑或是从故事与人物的复杂性和艺术表现力而言，《白鹿原》都达到了一部史诗级作品的高度，完美地呈现了民族历史发展过程中的艰难性，弘扬了白鹿精神。在对宗族文化的积极层面进行褒扬的同时，也对其消极层面进行了思考。然而，作品虽然能够按照作者的匠心独运，尽力铺排编写故事，但是，由于涉及面较广，有些地方只是做一笔带过的处理，而另有一些地方稍作展开便戛然而止。于此，作品给我们留下了许多可以再创作的空间。同时，充分把握其中蕴含的诸多命题，有利于我们进行尊重原著的再创作，为弘扬中华优秀传统文化做出应有的贡献。

第二章　秦腔《白鹿原》由原著衍生的意象探析

由丁金龙、丁爱军编剧的秦腔现代戏《白鹿原》，以具有悲剧英雄主义精神与情怀的戏曲艺术样式为载体，借助诸多戏曲表演手法，凭借秦腔推演故事的独特艺术魅力，将50万字的小说原著内容，展现在不到3个小时的舞台表演中。在“具有生命的活性与率性”与“带着质感的倔巴与坚硬”[①]的秦腔旋律中，通过演员们对欢音与苦音唱腔的娴熟运用，显示出了朴实、高亢、刚健、粗犷、豪放的与剧情内容格调相一致的表演特色，演绎了由原著衍生而来的故事情节，有所选择地展现了白鹿原上波诡云谲的历史场景，显示了震撼人心的文学经典魅力，并形成了新的意象。在本剧中，剧作者设计了以白鹿两家内斗为主要线索的戏剧冲突，将整体故事情节的展开，安排在这一线索下合理推进。与此同时，运用了代言体，突破性地在小范围内运用了叙述体，使故事发展的脉络清晰完整地被展现出来。

剧中除了男女主角登场的说唱，还运用了敲锣人的独白评点，其作用主要体现为：他是剧中事件的知情者、参与者与评述者。这一角色的安排，很好地起到了串联情节与表现主题的作用，并且穿插在诸多场次中。在序幕部分，借敲锣人的叙述，介绍了白鹿原的位置以及白鹿两家为风水宝地明争暗斗的时间之久，并引出了本剧剧情：“欲知如何，请听乱弹。”开场即将矛盾的主线抛给观众，以便吸引人们观看剧作故事。在第二幕，敲锣人预告黑娃领导的农协会，即将带来一场风波，并发布农协会通告。

① 陈彦.说秦腔[M].上海：上海文艺出版社，2017：22，28.

将观众带入另一剧情，开启了新的情节发展序幕。在第五幕，由敲锣人对生死离乱的感慨“光阴似箭，一晃又是十几年”，然后展开十余年后的情节故事，起到了连接前后故事的作用。第五幕的幕后独唱告诉观众：白鹿原上天大旱，树死无粮农家断炊烟。讲出了干旱到来的背景。在此，敲锣人既是剧中的一名成员，也是诸多事件发生发展的知情者，又是一位清醒的评论者，为推动剧情的发展与吸引观众起到了应有的作用。在第六幕，借敲锣人之口，总说本剧的核心结论：“换地、签约，谁都没占便宜”“天算不如人算计”。以旁观者的身份，清楚地道出社会运行过程中的人伦事理。除此之外，本剧还增加了幕后独唱，交代了剧情发展的背景，由此实现了具有间离效果的戏剧陌生化，[①]为故事的全新演绎打下了坚实的基础。

第一节　假迁坟所展示的工于心计的高深谋略

布拉德雷在谈到莎士比亚剧作中的超自然因素时，有这么一句话：“它对于已经出现并在发生影响的内心活动给予一种确认，并且提供一种明晰的形式。”[②]明确指出了超自然力量，其实质来自人类心理期望反映在现实形式上的需要。其实，剧作与原著中的白鹿，在白嘉轩的心目中，早已化作一只能给人们带来理想和幸福的精灵。因此，当他在大雪天的莽原上，发现了一株形似白鹿的青葱刺蓟草之后，便费尽心机地得到了那片原属于鹿子霖家的土地。剧中与原著相同的地方是白嘉轩断定那片刺蓟草所在的旱坡地是一块风水宝地，但是，与之不同的是，为了得到那块宝地，白家用看似让鹿家占了便宜的二亩水田进行交换，并提示对方：这块坡地

① 贝•布莱希特.布莱希特论戏剧[M].丁扬忠，等译.北京：中国戏剧出版社，1990：192.

② 杨周翰.莎士比亚评论汇编：下册[M].北京：中国社会科学出版社，1981：28.

将用于自家的祖坟迁葬于此。但是，一方面，白家实质上自始至终都未迁坟。另一方面，鹿子霖在交换了田地之后，从白家的家业兴盛中，又有了反悔之意，并产生了新的想法：“总有一天，我非让他把那块风水宝地给咱还回来。”他从内心承认了这是一块能给人带来好运的坡地，于是想重新把它夺回来。

一、假迁坟的蒙骗性

的确，从秦腔剧情的编排来看，白嘉轩在得到了这块宝地之后，只是假装将祖坟迁入，却并没有采取实质性的行动，在白孝文走向穷困潦倒之后，果然将这块田地又转卖给了鹿子霖，这成了前后应验的鹿子霖的谶语，但此时的白嘉轩被逼无奈，又不得不再次假装将祖坟迁回原地，自始至终他唱了一出空城计，两次迁坟都是烟幕弹，白家的祖坟实质上丝毫未动过。在剧本的结尾，他向一直蒙在鼓里的鹿子霖解释得一清二楚，并且向对方忏悔地说出，自己两次迁坟都是在欺瞒哄骗对方。这与原著所写迁祖坟至风水宝地然后才有白家兴盛的描述大相径庭。在此，剧作的主旨叙述也转变为：只要得了风水宝地就可以使自己运气大转，家道殷实富足，并不在乎实际的迁坟与否。于是我们在此剧的开头，听到了白嘉轩角色扮演者的唱词：“假迁坟抢风水转眼发迹”，“掌宗祠握族权打牢根基”[①]，很好地印证了白嘉轩行为的现实效果。

在秦腔剧作里，白嘉轩看重风水宝地但不迁祖坟，似乎有些自相矛盾，但仔细分析后使人释怀。诚然，他对于“风水宝地”这一概念有着朴素的认识。他认定，仅凭在酷寒天气下的旱坡地上，还能够茁壮生长着那么一棵形似白鹿的青葱刺蓟草，那块鹿子霖家的坡地定是一块风水宝地，否则，绝不会出现人世间这么不可思议的景象。他只是觉得喜欢上了这一块神奇的土地，甚至会相信，但凡拥有这块充满生命力的土地，就会冲散自己以前的晦气，也必然会得到白鹿仙的护佑，从此便能走出自身家境衰

① 丁金龙，丁爱军．白鹿原[J]. 剧本，2001(4)：2-19.

败的阴霾。其实，白嘉轩自始至终都相信白鹿作为一种神秘的力量改变着他的生活。虽然这种希望最终变成了具有悲剧色彩的反讽：那株刺蓟草和那块从鹿子霖手里骗来的坡地……带给白嘉轩的绝不是幸福和吉祥，而是一连串的灾难和打击。[①]但是在换地之后，白家果真出现了风水流转的好气象："青砖门楼拔地起""人勤仓满逢大吉""三儿一女堵住非议"。可在白嘉轩的骨子里，对于迁坟至此能够给后人带来时来运转的说法，他却始终充满着怀疑。

二、假迁坟的意图倾向

其实，假装迁坟的核心意图是突出作为白鹿原族长的白嘉轩"内斗"策略的技高一筹，表现他有着眼光长远的算计，这也是他高于鹿子霖的地方。剧中的鹿子霖时常与他为敌：利用乡约的身份，站在白嘉轩的对立面，想给黑娃"立户文约"；让田小娥引诱白孝文，把白嘉轩气晕；将黑娃的复仇火焰引向白嘉轩；等等。白嘉轩在与鹿子霖的反复斗争中，头脑更加清醒，对世事发展的规律也有所把握，斗智斗勇的技艺可谓是炉火纯青。按照剧作者的编排，白嘉轩不迁祖坟，有意于突出表现他的长远算计：如果将祖坟迁入风水宝地，日后此地一旦转入他人之手，又势必再次迁坟，与其让先人的骨殖颠簸辗转，倒不如使之维持原状的安稳。果然，那块坡地不出白嘉轩所料，后来又转入鹿子霖之手。不得已他只能再次瞒天过海，做出二次迁葬至原址的假声势。因此，在最后白嘉轩讲明了事情原委之后，鹿子霖也感慨："这才是天算不如人算计，到头来我还是斗败的鸡。"多年的勾心斗角，他最终甘拜下风地认输。后来鹿子霖面对白家子女的出人头地，以及自己的坐牢等，最终无法承受内心的压力而发了疯，代表着他在精神层面的全面颓败与彻底崩溃，表明了传统礼仪规范对道德人格没落者的挞伐与摒弃。

也许白嘉轩心里非常清楚，白家后来的家业兴盛，在很大程度上应该

---

① 李建军.陈忠实的蝶变[M].南昌:二十一世纪出版社集团,2017:170,217.

归功于仙草的贤惠勤劳及其娘家所提供的物质资助，虽然也有着种罂粟而带来的赢利。的确，白嘉轩的家业兴盛是在仙草过门之后。仙草不但长相漂亮，而且聪明能干、做事得体。况且，娘家也给予了众多的物质资助。仙草出嫁时，以及头生儿子满月时，她的父亲都是用骡子驮着大批物资来接济白家。婆婆对待这个媳妇也是绝对满意的。而且，仙草与白嘉轩有着情同兄妹般的相互悦纳，他们是喜欢这个结缘的，仙草新婚之夜主动撇掉腰间的桃木棒槌，不怕一切流言与传闻，凭着强壮的身体为白家生育了多位子女，家和也带来了万事亨通。因此，或许在白嘉轩的内心并不相信迁坟转运之说，只想借助拥有那块神奇的坡地，驱散家运不济的重重浓雾。

毋庸置疑，工于心计式的民众间斗智斗勇的表现，在秦腔剧作中用假迁坟的故事演绎得到了最大限度的强化。行使族长职权与管理宗族事务的白家，为了维护自身执掌宗族的社会地位，设法闯过娶妻生子与繁衍后代的关口，费尽心思地玩弄伎俩，竟掩人耳目地达到了目的，虽然并未对鹿家造成多大的财产损失，但这一事件作为摧垮鹿子霖精神世界的因素之一而存在。其实，白嘉轩与鹿子霖的争斗，最终都服从于原著的“恕道”弘扬，遵从于孟子的“强恕而行，求仁莫近焉”的至理教义。

第二节　朱先生形象缺失下的话语表达

在原著中记述着有关白鹿的神奇传说，但凡白鹿过处就会出现奇异的景象：庄稼长势旺盛，百姓病痛尽除，姑娘花容月貌，毒虫猛兽瞬间毙命。这一传说中的白鹿代表着能够使百姓过上幸福安康生活的引导者；能够打败一切危害百姓生命的邪恶势力的战斗者；能够为了弘扬正义、不惜做出个人牺牲的革命者。据此而论，有此白鹿精神的人物有朱先生、白嘉轩、白灵、鹿兆鹏、鹿兆海等，其中，“毫无疑问，朱先生是具有道德原型意义的形象。在他身上集中地体现了信奉传统伦理道德观念的中国儒士的道德风范”[①]，朱先生被原著者塑造为白鹿原上的精神领袖与整部著作的灵魂人物，也是作者所树立的传统文化道德高标的践行者。但是，在秦腔《白鹿原》中，剧作者却删掉了这一形象，那么，缺少了朱先生的白鹿精神又是如何体现的呢？

其一，剧作让白嘉轩在大雪天碰到一棵形似白鹿的刺蓟草：“那小草绿茵茵充满生气，嫩乎乎似白鹿形神可掬。”并让他由此产生推断：“我断定那面坡是风水宝地，白鹿仙指迷津让我发迹。”并在此后断言白鹿仙会给他带来家业的兴盛，成为他“七娶六亡，厄运不断”的终结者。在这里，借助一棵神性化的不畏严寒，将一片翠绿奉献给人间的刺蓟草作为白鹿的化身，寄托着白嘉轩对家业兴旺的热切期盼。

其二，剧作者设定了“白鹿玉坠”的意象，将白鹿精神外化在冰清玉洁的象征物体上，并使之成为现实中的精神宣示载体，还让这一意象重复出现了两次，从而加深了对于白鹿意象的渲染。白灵离家出走之时，借“白鹿玉坠”表示：“我要像白鹿一样，神驰山川，降福人民，走遍祖国大地。”揭示出了白鹿意象的内涵，表现出了一个幸福生活的引导者、抗争邪恶的战斗者、勇于牺牲的革命者的姿态，并且将白灵标定为白鹿精神宣示的代言人。而在剧作的结尾鹿鸣出现之时，他所展示的“白鹿玉坠”，一方面表明自身是白鹿精神实践者——白灵的传人，由此表示母子之间白鹿精神一脉相通的延续传承。另一方面，从结尾的预言：白灵将会在“太阳升起白鹿出世时”出现，表明了在新的社会条件之下，白鹿精神将会代代相传，永不磨灭，并且能够给人们带来光明与希望。在此，秦腔剧作者着意刻画的是以白灵为代表的白鹿精神，与原著相比，虽然对其内涵层次揭示的深度及广度不足，但还是能够代表一部分内在主旨精髓的，毕竟剧本演出的容量不同于小说，它要求在较短的时间与空间之内，更加立体化地塑造人物与体现精神指向。在此，剧本中白鹿意象的内涵表现为：以白

① 李建军.陈忠实的蝶变[M].南昌：二十一世纪出版社集团，2017：181-182.

灵为代表的追求光明自由、为国为民的昌盛福祉而不恤牺牲个人利益的一往无前的奋斗者。

毋庸置疑，在小说《白鹿原》中，白鹿的形象寄托了人们对于美好生活的憧憬，它能够给人们带来扫除一切艰难患害的自由与幸福。朱先生被陈忠实先生塑造为最能代表白鹿精神的实践者，能够代表民族精神境界的中流砥柱式的人物。一方面，朱先生在白鹿书院传播传统儒学，为世人指点迷津。另一方面，在本地区即将走向生灵涂炭的险要关头，他能够挺身而出，阻止了一场大灾难的发生。按照原著者的创作初衷，白灵是白鹿形象的化身和代言者，她是白鹿精神的重要组成部分，但不具备全部精神的素养，或者不具备白鹿精神标志的特质。诚然，在她的身上体现出即使牺牲个人生命，也要为民众带来一个新世界的精神追求，同时，作为女性的阴柔品性，又是与白鹿的柔美神性相一致的。

剧作以此为出发点进行刻画，可以说是合乎情理的。然而，白灵只是代表新生力量的不怕艰险勇往直前的一极。虽然“她身上的许多优秀品质与朱先生是相通的”①，但是剧作者或是基于戏剧舞台表演时间的限制，去掉了对具备传统文化厚重深度形象朱先生的刻画，而把对白鹿精魂的表现寄托在白灵身上。这样一来，丢掉了代表传统文化厚重蕴藉的一极，即缺少了对朱先生形象的塑造，让人感觉大大削弱了原著的精神汇聚力量与标志性的形象，从而减弱了剧作的主题表现力度，失却了原著的博大宏深。

① 吴成年.论《白鹿原》中三位女性的悲剧命运[J].妇女研究论丛,2002(6):43.

第三节　清醒追求婚姻自主者的形象

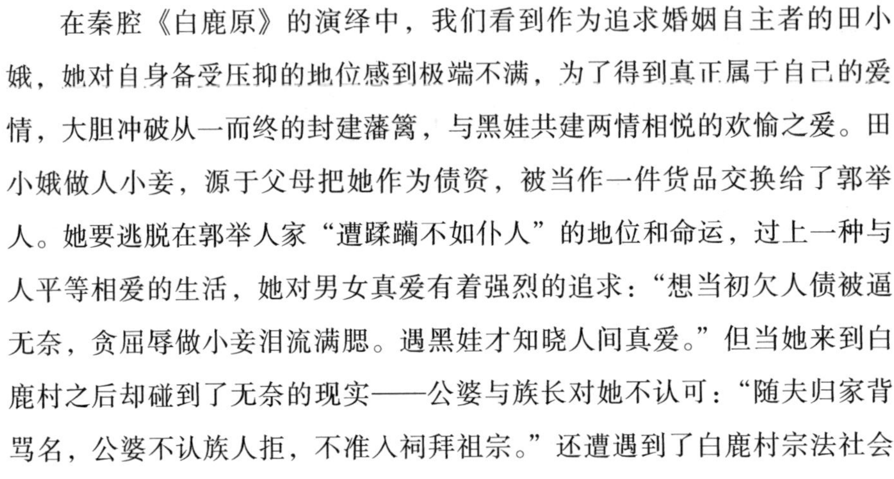

在秦腔《白鹿原》的演绎中，我们看到作为追求婚姻自主者的田小娥，她对自身备受压抑的地位感到极端不满，为了得到真正属于自己的爱情，大胆冲破从一而终的封建藩篱，与黑娃共建两情相悦的欢愉之爱。田小娥做人小妾，源于父母把她作为债资，被当作一件货品交换给了郭举人。她要逃脱在郭举人家“遭蹂躏不如仆人”的地位和命运，过上一种与人平等相爱的生活，她对男女真爱有着强烈的追求：“想当初欠人债被逼无奈，贪屈辱做小妾泪流满腮。遇黑娃才知晓人间真爱。”但当她来到白鹿村之后却碰到了无奈的现实——公婆与族长对她不认可：“随夫归家背骂名，公婆不认族人拒，不准入祠拜祖宗。”还遭遇到了白鹿村宗法社会氛围下的冷酷排斥，碰到了逃婚私奔与宗法制度相抵触的问题。

一、唐诗与元杂剧作品中对男女私奔的态度

相爱私奔是古代社会一个永远绕不开的话题。我们首先能够看到白居易的《井底引银瓶》一诗中的“止淫奔”意识，从“聘则为妻奔是妾，不堪主祀奉蘋蘩”“寄言痴小人家女，慎勿将身轻许人”诗句中，可以看出：只有明媒正娶的女子，才可以作为正房妻子，而私奔来的女子只能作为偏房的小妾而存在，甚至是没有资格参加家族的祭祀，社会地位低下。白居易以此警告那些痴情的女子，在婚姻上要慎之又慎，切勿轻易以身许人。其中虽然有着浓重的封建思想，但讲出了冷酷的社会现实。其次又能看到白朴《墙头马上》剧作中“赞淫奔”的思想翻转。李千金是一位婚自主姻的追求者，她对爱情有着强烈的渴望：“我若还招得个风流女婿，怎肯教费工夫学画远山眉。宁可教银缸高照，锦帐低垂；菡萏花深鸳并宿，梧桐

枝隐凤双栖。”接着，在后花园中看花，她隔着墙头看中了翩翩公子裴少俊，于是主动写简帖约其晚上相会。裴少俊如期前往，不料却被嬷嬷发现，此时，她清醒地说出了自己对女孩必然出嫁的认识：“那里有女孩儿共爷娘相守到头白？女孩儿是你十五岁寄居的堂上客。”于是与裴少俊商议，决意私奔。此后李千金在裴府后花园一住便是七年，并生下一双儿女。裴尚书发现之后，对其进行了斥责：“妇人家共人淫奔，私情来往，这罪过逢赦不赦。”“你比无盐败坏风俗，做的个男游九郡，女嫁三夫。”“可不道‘女慕贞洁，男效才良；聘则为妻，奔则为妾。’你还不归家去!”这些言辞代表着封建势力对于私奔的传统看法，但均遭到了李千金的强力回击。但裴少俊听从父亲的授意，一纸休书将李千金赶出了家门，于是李千金断言：“既瓶坠簪折，咱义断恩绝!”待裴少俊状元及第为官之后，复婚诉求一开始并没有得到李千金的应允，但当裴尚书夫妇携一双儿女前来时，李千金才不得已而答应。裴尚书的说辞如下：“儿也，谁知道你是李世杰的女儿，我当初也曾议亲来，谁知道你暗合姻缘……我如今和夫人、两个孩儿，牵羊担酒，一径地来替你陪话，可是我不是了。”“孩儿也，您当初等我来问亲，可不好；你可瞒着我私奔来宅内，你又不说是李世杰的女儿。”从中可以看出作为封建势力代表的裴尚书，对于私奔问题的妥协与退让，效法卓文君与司马相如的私奔最终取得了胜利。除此之外，还可能听说过不同时代发生在民间的许多私奔传闻。虽然私奔有着为情所牵的成分，但其合理性却常常遭人质疑，不过其最起码的合理性在于：双方能够平等地悦纳对方。在宗法制度与社会舆论面前，私奔从来都是被置于风口浪尖，甚至被一棍子打死。相反却特别注重明媒正娶的社会正当性。

二、田小娥的清醒追求与自主婚姻的失败

田小娥与黑娃的私奔，遭遇到了“仁义白鹿村”的人性不容，再加上黑娃的出走，造成她自身生计的毫无着落。于是，当黑娃逃离村子之后，她感到：“家中无男日月亏，生计无着塌了天”。此后，德行不彰的鹿子霖

便乘虚而入，为救黑娃与维持生计，她不得已委身于诡计多端且风流成性的鹿子霖。而善良的本性与宗法社会对妇女的道德要求，使她的内心产生了深深的自责：“救黑娃求乡约一步走错，为报仇上贼船更是不该”“扪心问我不该为虎作伥，扪心问背叛黑娃更不该”。在上当受骗之后，她有着反躬自省的多方面思考，不该助纣为虐，对不起黑娃。她看到在鹿子霖的蛊惑之下，被自己引诱直至害得潦倒颓废的白孝文时，又出于良心的发现，在自责之余，开始了对于始作俑者的反击，指责鹿子霖：“败家子也是你逼的”“都是你口蜜腹剑笑藏刀，害得我遭毒刑难立人前，编谎言帮我报仇全是假，借刀杀人我终生难安”。当鹿子霖骂她“婊子”时，她向鹿子霖的脸上吐唾沫，骂道：“你也不是个好东西！”接着将鹿子霖的本质揭露得一览无余：“你是乡约你是官，咋往我的窑里钻？你是名人天上飞，咋和婊子闹得欢?”于此，田小娥的反抗精神一步步加深，愈来愈强烈，直至鹿子霖逃离窑院。实质上，她清醒地认识到了鹿子霖的恶劣本性：乘人之危、占人便宜；搞垮对方、不择手段；自恃高贵、实则下流。她在与对方的交往和对之挞伐之中，表现为愤怒与痛骂。于此，我们看到了一个较之原著，有着更为清醒且富有反抗意识的田小娥，一个有着强烈婚姻自由追求，又有着善良自责之心、痛恨虚伪丑恶的田小娥。需要明确的是：如果黑娃一直在其身边，她会与之厮守维持着对自主婚姻的追求。但令人无奈的是：黑娃长久在外，一个无依无靠的外乡女子，为了他却上了鹿子霖的贼船，乃至于骑虎难下，最终丢掉了自己的性命。

实际上，在鹿子霖的内心深处，非常清楚田小娥的秉性与精神世界，他对田小娥还是有所敬畏的，对其被杀充满了忏悔与同情之心。甚至在其发疯之后，本剧还让其站在一定的高度，评价田小娥之死：“田小娥是白嘉轩杀的，也是本乡约杀的，也是你们大家杀的。”看似疯癫的话，实则为清醒之语。他觉得，是众人所造就的众口铄金的社会氛围，使得本不该死的田小娥，最终却被这个不认可其追求行为、推动其身败名裂、冷漠封闭顽固的人群，夺去了年轻的生命。这样的编排，较之原著更加明晰地点出了田小娥之死的深刻社会原因，对宗法制度的道德标准的非人性化给予了彻底的否定。

三、戏剧作品的婚姻自主追求与白鹿联姻的成功

千百年来，统摄中国的儒教伦理道德体系，缺乏对个体选择爱情的权利与自由的充分尊重，因此，对家长意志式的婚姻枷锁的挣脱，成为历史演进中一个历久弥新的话题。实质上，包办婚姻制度延续着传统的“父母之命，媒妁之言”的陈腐观念，显现着封建家长制对男女真情的扼杀。从元杂剧《西厢记》到明传奇《牡丹亭》，再到新中国成立后的地方戏《小二黑结婚》《刘巧儿》等，一直表现着冲破这种婚姻藩篱的顽强斗争。在元杂剧《西厢记》中，崔老夫人严格管制崔莺莺，从不考虑女儿的感受与选择，并对其婚姻进行了一波三折的自我专断处理。剧本的开头，她便将女儿许配给郑尚书之长子郑恒为妻，给出“因俺孩儿父丧未满，未得成合”的交代。当孙飞虎兵围普救寺时，她允诺“但有退得贼兵的，将小姐与他为妻”，但后来却出尔反尔，让两人以兄妹相称，并向张生解释道：“先生纵有活我之恩，奈小姐先相国在日，曾许下老身侄儿郑恒……莫若以金帛相酬，先生拣豪门贵宅之女，别为之求，先生台意若何？”但崔张两人从未停止相互交往，无奈之下她只得答应这桩婚事：“我如今将莺莺与你为妻，则是俺三辈儿不招白衣女婿，你明日便上朝取应去。我与你养着媳妇，得官呵，来见我；驳落呵，休来见我。”但对张生提出的条件是苛刻的，以至结尾之处郑恒的出现，她又在对方的诓骗之下，承诺“你拣个吉日良辰，依着姑夫的言语，依旧入来做女婿者”“明日拣个吉日良辰，你便过门来”，最终在真相大白之下，不得已成就了崔张的婚姻。

明传奇的《牡丹亭》中，杜宝对女儿杜丽娘有着严格的家教，不准她“白日眠睡”，让她“课女工”“多晓诗书”，以便“他日到人家，知书知礼，父母光辉”，他甚至责备妻子：“我请陈斋长教书，要他拘束身心。你为母亲的，倒纵他闲游。”从中可以看出，对于杜丽娘的思想自由，他是

想方设法进行压制的。在对待女儿的婚姻意识方面，无视其情感活动的存在："古者男子三十而娶，女子二十而嫁。女儿点点年纪，知道个什么呢？"对于女儿的复活，他不做实际的勘验，却表现出冷酷无情的态度，一则认为"臣女亡已三年，此女酷似，此必花妖狐媚，假托而成"。二则断言"臣女没年多，道理阴阳岂重活？愿吾皇向金阶一打，立见妖魔"。对于前来认翁婿关系的柳梦梅，他的所做"嫌贫逐婿，刁打钦赐状元"，对于女儿的无媒而嫁极力反对。直至皇帝的一道圣旨："朕细听杜丽娘所奏，重生无疑。就着黄门官押送午门外，父子夫妻相认，归第成亲。"顽固的杜宝才不得已而屈服。

在新中国成立后的地方戏《小二黑结婚》中，对于小二黑与小芹的婚姻，双方家长都极力反对，于是，小二黑的父亲为他找了童养媳，小芹母亲为小芹找了年老的地主作为结婚对象，最后在区长的干预之下，两人才终于喜结良缘。《刘巧儿》中的刘巧儿自幼被父母包办许配给赵柱儿，在她的婚姻自主的诉求之下，父亲退掉了婚约，但把她许配给了财主王寿昌。于是，刘巧儿去找妇联主任，与自己喜欢的赵振华（赵柱儿）见面，倾诉了爱慕之情，最后有情人终成眷属。

在对待婚姻的态度上，秦腔剧作也将鹿兆鹏与白灵作为另一组描写对象，将批判的矛头直指双方父母对儿女们的婚姻安排。他们面对的也是对于包办婚姻的反叛，一个是父母已经为其娶妻在家，逼其就范，另一个是父母已经为其定亲，逼其出嫁，由此将批判的矛头直指双方父母对儿女们的婚姻安排。剧作所要表现的是对于自由恋爱的呼唤与渴求，毋庸置疑也包括在革命行动之列。鹿兆鹏对于黑娃与田小娥的婚姻追求，给予了充分的肯定："你俩的事我都听说了，你们太勇敢了""你俩这叫自由恋爱，这是一种革命行动"。在此尤其强调了自主的婚姻需要有冲破旧势力的勇气，赞美黑娃两人的追求所带来的对婚姻习俗与制度的冲击，同时，剧作将自由恋爱包括在革命行动之中，肯定婚姻自主是一场艰巨的革命。面对自己的婚姻，鹿兆鹏能够面对父亲，坚定地说出"那是包办婚姻，我不承认"，表现了自身抗争的勇气与坚定的斗争精神。白灵在面对父亲白嘉轩的最后通牒“王村你婆家已经托媒人定下日子，下月初三花轿娶亲”时，她斩钉截铁地说：“包办婚姻我坚决不同意，王家要抬，就来抬我的尸首”“谁要敢做阻碍革命的绊脚石，我就会一脚把他踢开”，“打断腿我还有嘴，我还要辩理，我还要抗争”，表现出了毫不妥协地对于自由恋爱的追求。最终，她与鹿兆鹏在实现革命理想的过程中，志同道合、两情相悦地走到了一起，正如鹿兆鹏所言：“战斗中我们俩忧患与共，为革命结夫妻同斗顽凶。”共同的革命理想是他们结为连理的爱情基础。

由此可以看出，本剧作着重刻画了两对自由恋爱者，其结局却有所不同。田小娥虽然坚定地与黑娃走在了一起，但他们遭受了宗法社会的否定与戕害，在众口铄金的风口浪尖上炙烤之后，由昙花一现终至于灰飞烟灭。而鹿兆鹏与白灵在革命团体的婚姻自主的氛围之中，幸福地结合在了一起。作为一对具有火热革命热情的追求者，他们在脱离了传统婚姻制度桎梏的环境之后，在革命团体的婚姻自主氛围之下圆满地结合。于此，自由恋爱在革命组织生活中的成功，代表着革命组织对婚姻态势上处理的先进性与合乎人性，接着，他们也顺理成章地提出了消灭旧制度的革命诉求，同时，也预示着在奔向新目标的路途上，不会缺少伤亡与牺牲。如果说原著在对婚姻自主的刻画上，已经有了隐含的表达，但秦腔剧作将这些隐含的表达，进一步精细化与明朗化，清晰地表现出对于包办婚姻的彻底反对、对自由恋爱的憧憬与向往。

第四节　白鹿精神传承的创意表达

秦腔《白鹿原》剧作的着眼点，以白鹿两家的家族争斗作为切入点，没有从阶级斗争的角度入手对农村阶层进行尖锐对立性的考察，反而将族长白嘉轩与佃农鹿三塑造为白鹿原上最好的长工与最好的地主，这可以被看作受到了新写实主义思想的深刻影响。新写实主义小说开端于20世纪80年代中后期，直至影响到20世纪90年代中期，它的创作建立在现实主义传统的基础上，又在一定程度上受到西方后现代主义思潮的影响。新写实主义的作品均在不同程度上淡化塑造"典型环境中的典型性格"，倾向于"作家零度情感介入，注重对生活原生态的还原"，竭力淡化社会阶级关系和政治历史背景，避开重大的矛盾冲突与斗争，致力于描写生活琐事、性爱心理和生命冲动。注重客观地还原生活本质，以普通人的视角展示社会百态，以现实视角展开对生活的反思。由于新写实主义重在对生活的客观描写，淡化了政治斗争复杂背景下的人物命运表述，因此，在秦腔剧作中，受其影响表现为：将陈述的重点放在家族的争斗上，审美的倾向较之原著发生了转移，并且在剧作的结尾设定为家庭亲情的悲剧，剧作以此为出发点编排故事，其合理之处体现为：揭示了宗法社会的矛盾斗争的推动规则，探讨现实社会的运行规律以及人们之间的复杂关系。剧作末尾编排鹿鸣的出现，将白鹿两家的争斗归为和谐统一，符合社会发展的逻辑。

白鹿村在原著中被县令古德茂批为"仁义白鹿村"，"如果说，仁是儒教道德的核心，义是成仁的行为方式，那么，和就是以仁的精神、义的行为所追求的一种境界"，并且"和的前提是恕"。以仁、义、恕、和为核心的传统道德，构成了“中国传统伦理道德镜像的正面样子”[1]。在剧作结尾，鹿兆鹏13岁儿子鹿鸣的出现，改变了原著在鹿子霖发疯去世后结束故事的写法，寄托了剧作者延续白鹿精神与表现白鹿两家之间“仁义恕和”的思想倾向。笔者认为其编排意义有以下四个方面：

其一，表明白鹿两家从原初的本为一家，再次走向血脉相合，后继有人，弥补了两家多年来明争暗斗的裂痕，交代了对鹿鸣出生后的抚养情况，并要将其送回白鹿村，接受老一辈们的教育与熏陶。“小鹿鸣出生后农家哺育，今日里托父母送回家中。”

其二，表明白灵已经离世，起初是鹿兆鹏隐含地表示与白灵音讯的隔断“三六年赴陕北参加红军，消息断音讯阻关山万重”，接着，由黑娃清楚地表明：“白灵她……在一次战斗中牺牲了。”此后，写出了爷孙对白灵的一片怀念之情，白嘉轩说出了：“我也想啊，你妈她离家二十一年了，我也想她呀！”最后期盼当太阳升起白鹿出世的时候，白灵回来。

其三，白嘉轩借成为亲家的机会，真心表露由彼此争斗而来的对鹿子霖的长期蒙骗的内疚之情，表现了其内心深处的忏悔。

其四，借鹿鸣之口，说出鹿子霖发疯的现实诱因，以及表现鹿子霖对田小娥的同情与自责。

鹿鸣之父鹿兆鹏是白鹿原上先进思想的宣传者与践行者。他有着三重身份：白鹿原镇学校校长、共产党员与国民党员，在当时的形势之下，他传播着新思想，推动着婚姻革命和农协会革命，有着与封建思想及反动势力顽强斗争的胆量与智慧。在他身上，已经完全看不到受其父亲鹿子霖的影响，看不到鹿子霖的狡诈奸猾、自私阴毒的狭小心量，反而看到了公而忘私、舍生取义的革命斗志。与此同时，在白灵身上，传承了其父亲白嘉轩的仁义为重、刚正不阿与为民请命的斗争精神，抛弃了其固守族规的一面。鹿鸣是鹿兆鹏与白灵的儿子，有着白鹿两家的血脉融合，又是两家祖传家风的继承者。鹿鸣是白鹿精神的见证者与传承者。他的出现引出了人

① 李建军.陈忠实的蝶变[M].南昌:二十一世纪出版社集团,2017:182-185.

们对剧中白鹿精神的代表者白灵的追忆，并期盼这种精神能够得以传承发扬，同时，也为白嘉轩在儿女亲家的基础之上，推心置腹地说出内心话创造了条件。鹿子霖与孙子鹿鸣一起祭祖，承继的是对先人在天之灵后继有人的告慰，但由于鹿子霖作孽太多，引出了臆想中的田小娥侮辱其先人埋葬之地的复仇行为，他因此而走向了神志不清。但在其发疯之后，却说出了田小娥之死的社会真相，令人沉思。

在此，由白嘉轩与鹿子霖一代人的相互争斗，转而成为白灵与鹿兆鹏一代人的革命结合，然后再到鹿鸣一代的对父母辈革命精神与意志的继承，这样，爷爷辈的恩怨情仇到了孙辈因为父母辈信念的蜕变，进而消失殆尽，况且，爷孙之间只是拥有血缘的亲情，相互间的思想却呈现为完全的剥离，白鹿两家共有的孙子，从较深层次上消弭了两家长久以来的重重矛盾。这仿佛为作品的结尾设定了一个另一种意义上的大团圆结局，这种结局虽然形式不同，但在传统戏剧里却是屡见不鲜的，虽然屡遭批判，但似乎又更合乎我们民族的心理。

秦腔《白鹿原》利用人物的说白与唱词，将原著的平铺直叙进行重新编排、组合与深化，鲜明生动地营造了舞台氛围，树立了新的舞台形象。在原著的基础之上，进行了渗透作家思想意识的再创作，创设了带有时代特色思想观念的新意象，丰富了原著的思想内容与艺术表现形式，推动了民众的接收度与社会传播，加深与推进了原著的经典化过程。

第三章 《〈白鹿原〉连环画》中的意象再造

连环画是一种独特的艺术形式，其受众范围广泛，在人类绘画史上占据着重要的地位。它属于插图的一种，有着中国水粉画的特征，又融入了工笔画的技法，其图文结合的特征，体现着语言艺术与造型艺术的完美结合。《〈白鹿原〉连环画》属于原著小说的衍生作品样式之一，由李志武在2001年创作的711幅画组成。李志武被媒体誉为“传统连环画的最后旗手”，其创作《〈白鹿原〉连环画》历经两年多，本部连环画作被誉为“新世纪开端之年最重要的连环画佳作，是中华民族最隐秘岁月形象的再现”。《〈白鹿原〉连环画》首先在《连环画报》上连载了12期，然后在2002年10月由人民美术出版社出版了单行本，曾入选第十届全国美术作品展览。2015年1月，法文版出版，原作在法国安古兰、巴黎、波尔多等地展出。与此同时，汉语版再次引起了人们的关注。2017年出版了《〈白鹿原〉连环画》上下册，其中，连环画有738幅，另有间隔插画22幅。漫画家华君武对作品的创作风格进行了总结，对其创新精神给予了称赞。中国出版工作者协会连环画艺术委员会主任姜维朴认为，这部画作注重人物与景物之间的烘托陪衬关系，在写实的基础上运用了变形夸张的手法，采用线描与皴擦的绘画技法，表现出粗犷古朴的风格。陈忠实先生认为：“志武画的《白鹿原》书的连环画，以一种变形的人物形象和变形的场景形态出现。一种古朴，一种原生态，正吻合着20世纪前五六十年中国北方乡村农耕社会的气象。人物造型、人物的行为和形态，展示着人物的个性、人物的内心冲突和情感变化，我以为把握得甚为准确，甚为传神，更有着画家自己有意的夸张和张扬。”

用连环画的形式来呈现故事，较之于用纯文字的文学表达树立形象，可以借助线条的粗细、颜色的浓淡与构图的变化等，渗透作者对于原著的理解，呈现给读者富有艺术个性的图像。这种进行再创作的艺术形式，体现了创作者的直观理解，显示了其艺术耕耘的独具匠心。首先，创作者需要在熟悉作品内容与主题的基础上，结合现实取证，去粗取精，去伪存真，进行基于绘画艺术的二次创作，从中选出易于被绘画所表现的内容。这是一个复杂的过程，画作者李志武在熟读原著的同时，“曾专程前往白鹿原及关中多地的古建筑集中地和民俗保护区采集素材……收集了大量历史图片及书，甚至购得一些老物件”①，获得了易于表现的关于地域景致的富有价值的资料。其次，需要在脑海里进行非常清晰的构图，从而达到胸有成竹的创作境界和得心应手的创作实践。最后，需要考虑选择与主题表达相一致的艺术风格，并且配上相应的简短的图下文字，同时，还需要保持故事情节的连贯性。绘画者体现在图画中的独特艺术风格，并借助富有个性化的艺术手段与方式，因此，在其所显示的画页中，会彰显出不同于原著文字叙述的图画形式的意象塑造。

第一节　图文结合的连贯故事

小说《白鹿原》共三十四章，章之间的衔接叙述方式多样，且富于变化。第一种方式是上下两章故事情节紧密相连的顺叙。如第一章末写白嘉轩的第六个媳妇胡氏之死，而第二章就紧接着写娘俩之间所产生的分歧。就前四章而言，属于前后连贯的故事叙述，在后面的其他章中，也存在着

①陈忠实，李志武，石良．白鹿原：连环画：全2册[M]．北京：北京十月文艺出版社，2017:2.

这种前后章相互连贯的情形。比如第二十章末，写黑娃离开白鹿村时，大雨倾盆而降，紧接着下一章写他冒雨回到山寨后的情形，乃至接下来的两章，黑娃在山寨见到鹿兆鹏仍旧是紧密衔接的。第二种方式是从上下两章的衔接来看，各自表述不同的对象，这表现为“花开两朵，各表一枝”的平叙。比如第五章末写黑娃面对白鹿两家子弟外出上学的情形，第六章开头转而写白嘉轩的第三个儿子降生；第九章末写黑娃与田小娥离开田家什字村，第十章的开头写孝文和孝武回到白鹿村；第十章结尾鹿泰恒杖打鹿兆鹏，第十一章开头“一队士兵开进白鹿原”。第三种是由上一章引出下一章的倒叙。比如第八章末的黑娃领着田小娥在村头破窑洞里安家，引出第九章开始的黑娃当初打工将军寨的情形。第四种是在改换表述对象之后又衔接了上一章的平叙与顺叙。比如第十二章末概括提到黑娃在白鹿原掀起了一场风暴，但第十三章开始写白嘉轩轧花与白灵的活动，接着才具体写黑娃成立农协会的情形，又衔接上了第十二章末的叙述。总的来讲，各章之间的衔接多用顺叙，平叙也多有出现，而少数章之间采用倒叙或间杂的叙述方式。在运用多种叙述方式的情形之下，保证了故事发展的整体性与连贯性。

一、连环画故事的图文连贯性

《〈白鹿原〉连环画》的前后联系按照小说的叙述顺序展开，在原有的情节相互关联的基础之上，剔除了庞杂，拉近了上下图文的联系，明确了主线，使故事情节更加紧凑，关联性更强，其图文故事的编排环环相扣，层层推进。从开头情节的连贯性而言，由白嘉轩起初的家门不幸，激起他外出寻找风水先生占卜命运，适逢在雪天见到鹿子霖家田地里鲜活的刺蓟草，于是想找人识别其中的奥妙，此后便引出了对朱先生身世及其传奇经历的描述，中间穿插对其居住地白鹿书院的介绍。接着，在朱先生识认出刺蓟草所展示的白鹿形状之后，引出了关于白鹿的传说故事。接下来由对刺蓟所在地的神奇认同，引出换地及迁坟计划的实施。再后来，迁坟之后娶仙草为妻、种植罂粟赢利与接连生子的现实，使他的家境显示出人财两旺的景象。这一段情节的图文呈现，有着层递式的故事逻辑进展，其中省略了原著对六个女人之死的具体描述，至于朱先生南方讲学的具体情形也一笔带过。另外删除了白秉德老汉之死的情形，去除了庞杂的文字描述，保持了故事情节的连贯性。

接着铺展开来，形成逐层推进的一个个情节连贯的故事。以人物作为主角与主线而言，相互穿插而又大致分明。其中有与白嘉轩与鹿子霖相关的故事：李寡妇卖地风波；仁义白鹿村的命名；修复祠堂与办学堂；防范白狼；制定《乡约》；交农事件；营救黑娃；鹿子霖发疯。有黑娃与田小娥的故事：将军寨做工；田小娥进村；烧粮台；闹农协；田福贤清算；田小娥之死与黑娃的追查；六棱砖塔的建造；黑娃娶妻、自新与认祖；保安团起义；黑娃被抓及被枪决。鹿兆鹏与白灵的故事：白灵闹学堂；鹿兆鹏创办学校；与黑娃山寨相见；鹿兆鹏与白灵相伴革命；白灵出城生子；白灵之死；中间穿插冷秋月、鹿兆海、鹿三以及朱先生之死。白孝文的故事：白孝文做族长；被诱惑、被发现后受罚；卖地卖房与讨饭；县保安队任职；回乡认祖；做滋水县县长。原著的以下情节在连环画中未曾出现：朱先生只身劝退方巡抚20万大军进攻西安；何县长来白鹿原拜谒白嘉轩；白孝文新婚贪欢；镇嵩军刘军长拜访朱先生；杨排长逃离白鹿原的情形；黑娃投身习旅；大拇指的传奇故事；孝义媳妇借种；鹿马勺的发家经历。之所以如此处理，是因为一在绘画者的设计中，按照自己设定的叙述主线，没有将其作为绘画的重点；二涉及避讳话题，相关画面不便于表现。

二、连环画插页的多种形式与作用

为保持故事的连贯性，就2017年版的连环画本而言，将整体故事划分为相互连贯的片段，片段之间插入22个单页，这些插页均为富有代表意义的风物形象，辅助着故事的前后连贯。其具体表现为以下三种形式：

第一种作为开启图文描述的隐喻而存在。开篇的雕花窗下的一双女人的三寸金莲鞋子，预示将要讲述与女人相关的故事，接着的画面开始了相关的图文展示，对白嘉轩所娶的六房女人相继离世进行了介绍。此后插图页的一盏老油灯下的三封鸡毛传帖，预告着下面图画展示的交农事件的发生。一块血迹斑斑的布上放置着梭镖钢刃的插图，开启了下页对田小娥被害经过的描述。枯枝树桩落着的乌鸦，预告下文白鹿原瘟疫的流行。

第二种作为上下图文连贯的线索。单页插图砚台旁的纸上勾勒出的白鹿形象，承接着前面白嘉轩发现刺蓟草与白鹿传说的图画，延展着下面图画对于换地风波的描述。肚兜与小棒槌的单页插图，连贯着上下图文的仙草不惧生死与超强的生育能力。罂粟的插图代表着对前面图文的种植与铲除罂粟的总结。一把锤子旁被砸成碎块的“仁义白鹿村”石碑的插图，代表着对前面图画展现的黑娃闹农协的总结，开启了田福贤的清算及白嘉轩对石碑的修复。

第三种作为故事叙述的媒介物而存在。一支毛笔与一个砚台的图示，代表着继续陈说与叙述，在介绍了朱先生追查鹿兆海之死的原因之后，开启县府收编土匪的人马。一幅白鹿的雕塑插图，放在朱先生墓室被挖开与黑娃被害中间，寓意人们对朱先生所代表的白鹿理想与白鹿精神的敬仰。

第二节　粗犷古朴风格的多视角树立

本部连环画作品的画风与原著史诗性的故事内容达到了非同寻常的契合，小说《白鹿原》以“仁义白鹿村”为核心，描绘了清末至新中国成立之初的历史场景，其时间跨度为50年。白鹿原的莽莽地形、悠久历史与沧桑变化构成了古原的神秘与厚重，连环画风格的粗犷古朴与民族历史演进中的波澜壮阔高度一致。每幅画在被标定的黑色的方框之中得以展现，根据不同的故事内容，绘图者留白勾勒或皴擦作画，黑白分明，画面清晰，富有浓厚的历史感和画面冲击力。将地面、原野、墙壁、窑洞、家具、房屋、人物、动物等事物，用多种线条或浓墨展示成层次分明而又立体感极强的图画，运用了“在写实的基础上略有变形的手法，并将线条与大笔皴擦结合起来，以追求粗犷古朴的气韵”[①]。这里所表现出来的粗犷古朴，一是从对坡塬勾勒的莽苍，以及房屋院落与碑牌器物的富有地域特色而言的。二是从人物相貌、服饰表情的朴质淳厚勾勒而言的。三是从故事的内容中所表现的人物做事风格及内在守持精神而言的。这种粗犷古朴的画风表现，是通过选取不同的角度来达到的，在实际操作中，绘图者利用平视、俯视、仰视的手法，并且以平视为主，以俯视为辅，兼以采用仰视方式，在故事的演进中，从绘图上表现出独特的风格。

一、平视画面的多样化表现手法

在所有的平视图画之中，于常规表现的基础上，又赋予多种变化。每当叙述令人压抑不畅的故事情节之时，在人们所处的房间上方，往往显示是由做工粗糙的檩条所支撑的铺板或者是梁檩组合的结构，整体的色彩是黑漆漆的一大片，这似乎形成了作者固定的表现手法。木材的粗糙不堪、大小不一与高低不平的拼接，黑压压地悬在头顶的厚重气势，粗犷古朴与万分压抑尽显。比如：白嘉轩查阅《秦地草药大全》，将其急于想解决心头谜团的疑惑淋漓尽致地表现了出来，将他在自身家境不兴的精神压抑，以及对于奇异之物的神秘之感做了充分的显示；白嘉轩与鹿子霖为防白狼，商议修堡子建围墙的画面，厚重的房上铺板占据了画面的三分之二，商议的三人只是占据了下方小小的一角，以此表现人们对白狼横行乡里的恐惧之感；西安解围后，白灵杳无音讯，白嘉轩一家充满了担忧，密密的黑色的粗细不匀的檩条与房梁，显得凌乱而高擎，而一家人却被缩小了比例，放在画面的最下方，显示出压抑、悲伤与沉闷的气氛。在黑娃手提铁

① 安海燕.试析连环画版《白鹿原》中的人物服饰刻画方法[D].石家庄：河北科技大学硕士学位论文，2014.

锤砸开祠堂大门的画面中，房顶的黑漆漆的檩条、横椽、灯笼被展现了出来，古香古色里显示出一种威严、秩序以及反叛的气氛。孝文媳妇挨饿的画面，两次出现黑色的房梁与铺板，衬托着她内心的压抑、悲凉与痛苦。除此之外，还有一些正视的画面出现了左右的歪斜。每当描绘违背道统之事发生时，就会出现这种类型的画面。如三位家长在学堂教训逃学儿子的画页，只见门框廊柱倾斜，表现了人们对传统道义规则的追求与坚守；鹿子霖在窑洞挑唆田小娥，门窗与床的倾斜，以此来说明他谋事的奸邪刁滑；黑娃戒烟的画面，倾斜扭曲的身体与斜着的夸张的炮筒，表现他此时内心的痛苦。这些特殊情况之下的左右歪斜，丰富了画作的表现方式，使其风格得以全面展现。

二、俯视画面的个性化技法

俯视保证了容纳众多的信息量，表现更为丰富的内容，同时显示了其独特的画风。在展示与坡塬相关的开阔画面时，多处运用了俯视，在介绍白鹿故事时所出现的坡塬画面，广阔的地域中间，寨墙、寨楼及牌坊清晰可见，其古朴厚重尽显；在鹿三参与交农事件的画面中，手持铁叉、镢头等农具的一队农民，边喊边走，穿戴淳朴，表情淳厚，斗志高昂。黑娃踏上关中平原外出干活，在茫茫原野中的一条蜿蜒曲折的小道上，行进着肩背行李的黑娃一人，显示了他独自一人闯荡天下的倔强与勇敢；在押送田福贤去县政府的画页中，由三位农协纠察队员手持梭镖，紧跟田福贤走在原野中的大路上，他们身后的不远处是一座矗立的牌坊；白鹿两家遭劫后的画面展示，几处四合院外散落着石磙、柴草堆、高高的木架，其背后是茫茫无际的原野，较好地展示了古村落的分布与地域的风格特征。

在关于白鹿书院的画页中，首先有朱先生推倒白鹿书院四神像的画面，从挂有蜘蛛网的横梁立柱俯瞰下去，只见在拿着工具的几个人面前，一幅塑像已经被砸坏倒在地上，而另一幅塑像还在站立着。只见立柱与横柱大小不一，且每柱粗细不匀，显示了粗犷古朴的风格，体现了朱先生为民做实事的精神。鹿兆鹏在白鹿书院碰见岳维山，房内隔间与门窗的镂空雕镂与桌椅的古香古色尽显；白灵来白鹿书院时的台阶、廊柱与雕镂门窗尽在；为朱先生送葬时的旗幡飘飘、灵车简陋；岳维山与朱先生谈交易，桌子上的笔、笔筒、砚台、镇尺、书籍等尽在，背后倾斜的雕镂窗子，表现朱先生对来客观点的不认同；白鹿书院改为养猪场，房内及屋外跑的都是猪，形成了强烈的讽刺。

在对房屋、窑洞、山寨及演戏场面的俯视场面表现中，白嘉轩结婚时出现的四合院，可见门上贴着以及灯笼上显示着双喜大字，四周围鳞次栉比的房子及街巷，也透着古朴与喜庆。鹿子霖得意于白嘉轩的晕倒，离开白家，画作利用门楼的倾斜，表现其心术不正的丑恶灵魂；冷秋月从家中向外跑，四合院中除了她单薄的身影之外，只有一个水缸，还有一个木架，体现了她的孤单与无助；翻修祠堂的工程开始一页，用俯视的角度展现在临时搭建的火灶旁，众人挑水与和面的情形，还有拿着工具前来做活的人，真实地再现了众人做工的热闹场面。白孝文回乡祭祖，粗壮不匀的交叉着的檩条之下，手持三支香的白孝文与媳妇一起双膝下跪祭祖，众人围观，成为对白孝文改邪归正的见证与认可；田小娥死后的窑洞，在近处的坡塬之下，远处就是房舍林立的白鹿村，窑洞的相对低下与村子的距离，表明了近在咫尺的白鹿村民众对她的拒之入村式的不认同；“大拇指”所在的山寨，崇山峻岭之中，建有高高的瞭望木架楼，手持长枪站岗的哨兵在其中站立，山寨风貌可见一斑；戏班子演唱的场面，远处舞台旁边是粗糙不均的木材搭成的架子，舞台下前几排坐着听戏的民众，后面是站在凳子上看戏的观众，再往后是卖小零食器玩的小商贩与一些闲散的民众，最后面是坐在树杈上看戏的少年，展示了乡间听戏的原生态场景。

三、仰视画面的隐喻性呈现

相比较而言，仰视的画面为数较少。仰视通常指仰面向上或是抬头向上看，常表示对某人或某事的敬慕。白嘉轩在娶来仙草的同时，也带回罂粟种子的画页上，只见一辆牛车行进在高高的坡道上面，其下是厚厚的黑土所铺成的道路，道旁有断掉的树桩，上面又萌发了许多小小的枝丫。牛车上行与新芽萌生，暗喻白嘉轩的家境将蒸蒸日上。孝武做族长，领读乡约与族规，其上是黑漆漆的房梁椽檩，代表着传统宗法的威压，其下是端坐一旁的白嘉轩，代表着现实中的强大支持力量，仰视的画面，展示的是高压的气势，于是惩罚白孝文便开始进行；黑娃成亲之日，廊下灯笼与门帘上显示着双喜字，雕镂的窗子上贴满了窗花，彩球高挂，屋瓦上面的天空中悬挂着月亮，预示着花好月圆。

以三种角度为出发点，画作从不同的侧面表现了社会环境的状况及人物的精神风貌，尤其是在对外部景致的勾勒上，凸显了生产力水平不高的农耕村落的真实场景，使粗犷古朴的风格完美地展现了出来。

第三节　人物绘画的变形与突出

对于连环画版《白鹿原》的人物绘画的创作，画作者李志武认为："《白鹿原》里众多的人物以及他们鲜明的个性，为连环画创作提供了广阔的发挥空间。创作过程中，我常常对每一个人物的形象变化过程和心灵演变过程进行思考。他们每一个人物都历经几十年的岁月，有些人物是从孩提时代走向成年，有些人物是从青年时代步入老年，时间跨度很大，不能一张脸谱，一套衣服画到底。"[①]他以此为出发点，经过了长久的苦思冥想的艺术化思索与创作，我们看到的人物形象能够契合清末及民国服饰及发型的特点。连环画利用其本身的艺术语言，以线条、色彩及形体为表现方式和手段，重视大致神行的写意，不重细枝末节的工笔刻画，吸收了中

①陈忠实，李志武，石良. 白鹿原：连环画：全2册[M]. 北京：北京十月文艺出版社，2017:811.

国传统水墨画的特色，采用中国画的传统技巧及意境创造，体现了浓重的本土化审美情感。为了达到形神兼备的效果，还采用了适度变形，利用粗细兼有的线条勾勒出人与物的形态，展示夸张性的人物服饰与表情，人物的衣物状态不是自然状态，而是通过富有艺术张力的手法表现出来。有的地方的大小比例及角度，似乎又合乎现实中的影像成像原理，画面也极力突出。对于人物形象的塑造，从面部轮廓表情、肢体动作与服饰穿戴上体现出来。主要从以下几方面得以体现：

一、人物五官及身体轮廓的变形、夸张与突出

年轻的白嘉轩长相一般，眼睛小，眉毛短，高颧骨，大嘴巴，中年开始留有八字须，老年白嘉轩脸上的皱纹、眉毛、眼睛、鼻子、胡须、嘴巴，画像大致清楚，但太过突出的眉毛胡子的夸张式模糊，让人感觉分辨不大清楚，而又似乎是一位老人的相貌。其服饰采用粗线条、大笔泼墨的手法，以此表现其威严与正义的形象。朱先生的脸型端正、眼窝内陷、眼袋突显、三缕胡须的样貌，突出了其清瘦干练。他头戴圆顶小帽，身穿青衣长袍，腰杆笔直，又显出其儒雅风度，其长袍的绘画多用直线勾勒，突出其性格的稳健与始终如一。黑娃的形象，在干农活时是寸头、穿无袖坎肩、大裆裤，赤裸上身，夸张表现出其身体强壮、不修边幅的种田人特征。做土匪后仍旧为寸头，但穿戴趋于齐整，上身短褂，下身大裆裤，身上斜挎装枪皮带，显示出土匪的气质，而后来的成婚和走进白鹿书院之时，其穿戴为短褂配上长衫，显示出“学为好人”的雅致。

二、对杨排长带领的镇嵩军的变形化处理

镇嵩军到白鹿原抢粮，为非作歹，遭人痛恨。画作极具讽刺意味地将其形象扭曲变形为白腿乌鸦似的样貌，实在是滑稽不堪，令人忍俊不禁。这些士兵通常穿宽裆裤，但绑腿绑得细如麻秆，且站立之时，又多为两腿岔开，再加上罗圈腿的造型，故意丑化的意味尽显。尤其是将杨排长夸张

式地画成上身穿大如猪肚的制服，大头上扣着小小的鸭舌帽，再加上弓着腰、个子矮的样子。其丑态夸张扭曲到了极致，对他们到白鹿原上的为非作歹，充满谴责的讽刺意味。而这群乌鸦兵后来被国民革命军打得抱头鼠窜的画面，更显得极富张力，只见后面火光冲天，前面的一队人马丢盔卸甲，捂着脑袋弓腰逃跑，这一画面着实使人顿觉大快人心。

三、脸上五官显示不完整的写意变形处理

那些未显示脸上五官的画像，多为正面对着读者的人物形象，其中存在着两种类别，其一表现为画面近处的1—2人，其二表现为群体人物中的中间或者后排人物的一人或多人。例如：鹿兆鹏在国共两党分裂后进山，画页上只见他一人衣服飘动地走在山路上，迎面只见脸部轮廓，未见其眼眉鼻口，画作者省去了笔墨，意欲调动读者的想象力，思考鹿兆鹏此时的心态与表情，从而达到促使读者再创作的艺术效果。朱先生在公祭仪式上发言，后面站着的两个士兵，未画出其眼眉鼻口，相比之下，使主要的人物得到了突显。这种画法屡见不鲜，一旦遇到人数众多的画面，身在远处的人物多为不显示五官，在朱先生查禁烟苗一页，远处的官员与百姓，其脸部皆未画出五官，可能是作为陪衬又距离遥远的缘故；鹿兆海葬礼的最后面的人物的五官也未显示，也是出于画作的虚实结合的艺术化处理考虑。

四、人体比例失调的变形化艺术表现

鹿家父子在田地里平掉垄梁一页，手持镬头的鹿子霖明显下身过短，其头部过长，形象比例极不匀称，而相比之下，站在其面前的鹿泰恒又显得身材过于矮小，父子的形象显得不够协调。画作变形的意图，是对鹿家父子作为配角行为的不认同。白嘉轩晕倒在田小娥窑门前，其整个身躯夸张式地匍匐在地，两臂伸展开来，而头部却显露极小：小帽微露加上几绺头发而已。当他被抬回家躺在床上之后，或身躯仰躺张扬，脸露半边，或

双拳紧攥，脸、脖子、手皆被画为黑色，脸上五官不甚分明，但能够显现出其痛苦的表情。黑娃用枪指着白嘉轩，质问为何怀疑自己让人打坏他的腰时的画面，其整个人像的左右比例过宽，两腿夸张式地岔开，表现了他的嚣张气焰与不可一世的态度。白嘉轩眼见鹿三发疯的几页，人物形象左右过宽式地处理。鹿三之死的画页，白嘉轩所占面积极小，而鹿三四肢张开趴下占据的画面的中心部分，手脚伸开的姿势比较明显，形成了一定程度的变形处理。

五、借画面留白突出对人物形象的塑造

一些画页往往通过大面积留白的手法来彰显突出。比如：白嘉轩劝导黑娃抛弃田小娥，答应给他包娶媳妇时，画页上显示的是：蹲在地上的黑娃愁眉不展，难以舍弃，除了旁边的一堆柴草，其余皆为空白，这是为了着重突出黑娃的思索状态与思想坚定。坐在椅子上的鹿兆鹏与黑娃商议烧粮仓的计划的画面，只见鹿兆鹏身子前倾，手扶膝盖，表情恳切，后面只有挂着的笔记本和有字的贴纸，其余均为空白，突出了这一形象的做事稳健。铡三官庙老和尚，只见一具趴着的尸首前面，放着一把放倒的铡刀，血迹斑斑而不见头颅，再就是散落的珠子与丢下的一只鞋子，其余均为空白，不见人影，这一画面的出现，突出了民众对老和尚的愤恨。白嘉轩的腰被打了一杠子之后，他躺在床上想起了黑娃，这一页除了空白之外，只有白嘉轩躺着的侧面背景，显示他对往事的沉思。黑娃戴脚镣手铐的画面，仰天而坐的痛苦表情，显示着其内心的冤屈与愤恨。

人物绘画形象在画页中的变形与突出表现，借助于其形象的整体突出与空间留白，这种突出是在整个画页中的大面积占比表现，以及对于人体某些部位的夸张呈现，其中仍然夹杂着写意刻画的成分。空间留白是对其他现实事物的有意忽略，意在强调所要表现的事物，使得画作主题更加鲜明。这些手法的运用提高了作品的表现力，并形成了自身独特的风格。

第四节　地方风物特征的全景式展现

在故事情节的推进中，《〈白鹿原〉连环画》所展示的内容，尤其重视表现人物所处环境里的时代风物，并且种类繁多，从大的建筑到细小琐碎的老物件，应有尽有，且独具特色。从年代的跨越上讲，与讲述清末及民国的历史相关，这一时期的各种实物也展示最多。从风物出现的地点不同而言，有村庄、学堂、山寨、城市、官衙等，而尤以村庄居多，这与故事的主要发生地白鹿村有关。从风物存在的类别来看，有建筑样式、家用器具、农用器具等。作者倾尽自身对历史风物的全面把握，对大小风物进行了全景式的展示。这与其先期所做的基础工作有着很大的关系，他先后三次到白鹿原采风，到多处古民宅拍摄资料，购买“有关民俗、风情、建筑、老照片等的书，还买来一些老茶壶、铜锁、油灯之类的古旧用品”[①]。

即使是对一般的树木而言，画作的表现也有独到之处。在许多幅画中，这些树木均有着粗壮扭曲的枝干，但树叶极少，给人一种刚刚发出枝丫的感觉，从来不显示出蓊郁葱茏式的繁茂。其实白鹿原上并不缺少树龄上百年的皂荚树、槐树等古树，但绘画者之所以如此表现，为数居多的是欲展示人们在艰难境遇中的生存意志与坚强抗争的意识与性格。另外，各处搭建的木架子，给人的整体感觉是粗陋古朴，其木材做工多为大小粗细不匀，木材之间的连接又多为原始的绳子捆扎形式，这种最原始的架构方式，较之于应有的榫卯结构，显示出其随意朴拙的特征。

① 陈忠实，李志武，石良. 白鹿原：连环画：全2册[M]. 北京：北京十月文艺出版社，2017：807.

一、建筑样式的地域特色

白鹿村的民居建筑样式体现为典型的四合院，这种院落，由以庭院为中心的四周的主房、厢房与门房或门楼组成，具有冬暖夏凉的特点，能够形成富有保护性的居住环境，通常长辈们住在主房，晚辈们住在厢房，体现了中国传统的尊卑等级以及阴阳五行观念。或由基础的一处院落拓展为三进的大宅院，比如将军寨郭举人的院落，其院落分别为门屋院、厅堂院、私室或闺房院三个独立的单元，前后院相互贯通。四合院的大门前往往立有拴马桩，这是乡间殷实富裕之家拴系骡马的立柱石，白嘉轩与鹿子霖的家门口都立有这种石桩。门内外放着石狮、石鼓，也成为居民宅院建筑的有机构成部分，并隐含着装点建筑、炫耀富有、避邪镇宅的寓意。白嘉轩门楼内墙上还有砖雕壁画白鹿，隐喻着白鹿传说的故事，寄托着人们对于美好生活的期盼。进门之后，迎面建有影壁墙，能够作为房屋建筑的一道屏障，显示出威严和肃静的格调。院中有石桌石凳，以备人们随时休息与攀谈；门窗上刻有独具民族特色的雕花，显示出古人的审美追求；村边的道路上立有牌坊，这是为表彰乡人功德、科举及第以及忠孝节义所立，其目的是宣扬礼教、弘扬道德。村中建有祠堂，祠堂里立有祖先牌位与乡约青石板碑，院子里立有“仁义白鹿村”的石碑，其追思先祖、道德树立的象征意义巨大。经过了白嘉轩与鹿子霖主持的重新修缮，发生了黑娃砸祠堂事件。接着发生的事情有：白孝文被罚、祭祖；黑娃祭祖。田小娥居住的村外窑洞，窑洞内建有简单的炕及灶台，既是她的生活之地，又是生出诸多是非之地。而白灵在龙湾村生子的窑洞，炕、门窗及布帘俱全，成为养育革命后代的摇篮。白鹿书院的建筑与古寺院布局大致一致；新式学堂出现了阶梯式的教室；政府机关新式的门窗雕花样式，大门的两面照壁独具特色，上面写有文字且左右对称。

二、具有时代特色的家用器具

画作中出现的器具包括休息用具、炊具、坐具、灯具、纺织工具，另外还有抽烟工具、文具等，这些人们的日常生活用具，在画册中出现了许多，且具有浓郁的地域色彩和时代印痕。白鹿村用于休息的器具是炕，上面铺有草席，放有方枕、炕桌，炕前面有专门放鞋子的床踏；而在城里白灵休息所用的却是床，并且床边放有衣架。即使鹿子霖在监牢里，睡的也是临时搭建的床。日常所用的炊具，图画中出现了许多：水缸、瓢、风箱、碗、锅与木水桶等。不同的画面中出现的坐具有条凳、石桌凳、冷先生与朱先生家的罗圈椅、官府里的西式圆桌凳等。灯具花样繁多：老式的长腿油灯、挂着的灯笼、山寨吊灯；新式的玻璃罩煤油灯、白灵与鹿鸣所用的台灯。纺织工具有仙草及白嘉轩母亲所用的老式纺棉车、织布机。抽烟工具有白嘉轩所用的水烟袋、鹿三所用的一般烟袋；文具有笔、墨、砚台、镇尺、笔搁、笔筒；另外，其他的器具有古色古香的八仙桌、做工精致的屏风、现代工艺的写字台等。

三、种类繁多的农用工具

耕田所用的器具有耕耘工具木犁、锄地用的锄头。收获粮食工具有镰刀、石磙、簸箕、木锨、镢头、粪钩、铁叉、篮子。运输工具有牛车、独轮车。切草及玉米秆所用铡刀，修理器物所用锤子，对付猛兽所用梭镖。其他所涉及的器物有糖葫芦、铜锣、花轿、塔、黄包车、珠算盘等。

画作对于地方风物不厌其烦地展示，一则可以由此营造出旧时代的社会氛围，将读者引入故事所发生的年代之中，给故事发生的合理性提供坚实的注脚。二则可以使读者了解农耕社会宗法思想产生的真实土壤，以及生产力发展水平低下所使用的独特工具。以此丰富画作所要表现的核心内容。

《〈白鹿原〉连环画》是李志武先生试图用绘画的形式，对原著故事进行解读的一种艺术创作尝试，他利用大众化的民众喜闻乐见的连环画形式，树立了经过自身深思熟虑的且具有艺术个性的诸多意象。在对原著内容充分把握的基础之上，删减凝炼了相关故事情节，对于前后的内容进行了重新组合，基本反映出原有故事的样貌，突出了主要人物的形象。为了达到绘图与时代的场景吻合，作者不辞辛劳地进行了大量的资料搜集与实物搜证工作，以求达到实物绘画的现实准确性。在实际的创作中，绘画者又利用线条勾勒与皴擦技法，将人物与实物进行变形化的夸张处理，内质里寄寓着自身的褒贬判断与着重强调的情感。为了更好地表现人物形象，作者不惜大面积地留白，甚至不画人物的五官，借以实现对其他人物的突出，给读者留有再创作的余地。为了表现浓郁的地域色彩，图作对大到旷野、建筑，小到风箱、烟杆进行了细致的刻画，尤其注重对日常所用器具的展示，从农家所用到政府摆设，大小无遗地展露出来。这是作者倾尽心力所要着意刻画的。通过匠心独运的多年耕耘，一部富有创意的连环画作品展现在我们面前，虽然存在着在突出“白鹿精神”方面的笔力不够集中，但整部作品完整地交代了故事发展的过程，依托自身的艺术手段与方法，重塑了原著的意象，对于原著小说的传播与推广，对于原著的经典化起到了很大的推动作用。

第四章　三个《白鹿原》话剧版本的衍生意象

小说《白鹿原》有着博大宏深的命意，它对中国乡土社会的伦理传承与宗族发展有着深深的思考，意欲表现民族精神自我剥离的痛苦过程。在对50年风雨变化的描述中，白鹿原世界里的人物命运经历了此起彼伏的多次转折变化，在对权势利欲盘根错节的交织争夺之中，以血缘关系为核心形成的宗族礼仪支撑着整个族群艰难前行，但在波诡云谲的社会变迁面前，它似乎又无力应对，直至在被冲击得支离破碎的多次震颤之后，由此走出的白鹿原子弟们在生与死的洗礼之中走向了新生。在这部小说诞生后的三十多年来，以它所提供的史诗特质的再创作空间为出发点，各种艺术形式竞相进行再创作，不断拓展与加深原著的内在意蕴，在话剧《白鹿原》的创作上，先后有2006年孟冰编剧、林兆华执导的北京人艺版；2016年孟冰编剧、胡宗琪执导的陕西人艺版；2016年吴京安、赵思源编导的西安外事学院版3个版本的出现。对于在小说基础之上的话剧再创作，面临着服从于戏剧逻辑的困难，编剧孟冰认为，戏剧“呈现的往往是行动节点的结论、结局”[①]。另外，由于小说铺排的白鹿原故事内容庞杂，“当此时此刻白鹿原上发生任何事情时，都能让人想到这当中的某种必然的联系，而这一条在话剧中是极难表现的”[②]。尽管如此，话剧《白鹿原》

① 郑荣健.如何讲述民族精神剥离过程的复杂性：专访话剧《白鹿原》编剧孟冰[N].中国艺术报，2016-03-18(4).

② 孟冰.十年《白鹿原》：戏剧与文学的对话：兼述2016年陕西人艺版话剧《白鹿原》引发的争论[J].当代戏剧，2016(2)：15-17.

创作还是取得了前所未有的成就，它拓宽了原著小说思想的传播方式、传播手段与传播途径。以下将3个话剧版本作为研究对象，探讨以话剧艺术为形式所营造的小说以外的衍生意象，并由此考察小说所形成的话剧艺术新成就。

第一节　方言、老腔与秦腔熏染之下的白鹿原民众世界

从话剧艺术的表现角度上，为了增强对小说深邃主题的完美开掘，以地域特色渲染为切入点，将观众迅速带入原著所构筑的环境氛围中，探寻白鹿原上各色人物在风雨飘摇的艰难历程中的变化，三个剧作首先在舞台布景上匠心独运地做了力求接近于原汁原味的地域特色设计。或采用一幕到底的舞台布景：原生态的凸凹不平的黄土坡坝、残壁颓垣、疏叶枯树、破旧的手推车、窑洞、歪倒的车轱辘、游动吃草的羊群；或采用随场切换的背景布置：牌楼、牌坊、灰檐、院墙、戏场、“仁义白鹿村”牌匾、祠堂里的先人牌位、传统桌椅等标志物的轮番出现。著名文艺评论家李星说：“（舞台的选景）是一种深厚的民族精神与源远流长的历史文化的象征。”[①]这样的舞台氛围，能够一下子将人带入陈忠实描绘的那个历经风雨变幻的典型乡土化的白鹿原世界。除此以外，还从其他方面入手进行了展现。

一、陕西方言的文化魅力

3个版本均不同程度地采用了陕西方言的表达，将方言作为展示西部地域文化的“根脉”，从而构建真实的故事发生地的关中氛围。虽然北京人艺版演员的陕西话说得并不地道，西安外事学院版的也存在陕西话与普

① 李星.话剧叙事艺术的出新[J].当代戏剧，2006(5)：19-20.

通话的间杂，只有陕西人艺版所运用的是纯正的蓝田话。但是，在成分不同的“额”“大”“娃”“乡党”等方言语境中，对于熟悉陕西方言的观众而言，会因为能够迅速从语音和语调中感知某个语境里的语义，倍感亲切、新鲜和充满好奇心，从而激发起由语言认同而引发的对作品内容与思想的积极探寻与思考；对于不熟悉陕西话的观众而言，可能会造成由方言而带来的理解隔膜，减弱作品的影响力，但只要是有对陕西话感兴趣或对小说原著作品有所敬畏的观众，我觉得不同于读小说时，读者用自己的方言所进行的识读与理解，他完全可以在一个截然不同的陕西方言场域中，重新感受白鹿原故事发生的独具特色的语言氛围，从而增加对作品的富有地域色彩的深层次理解。

二、老腔与秦腔的感人力量

北京人艺版中，自始至终对富有地域标志性的文化符号——老腔、秦腔的穿插运用，使人感到作品格调苍凉悲壮的味道更浓，感到原生态的乡村的赤裸裸泥土气息。这两个或具有西部船工号子或“百戏之祖”背景的古老声腔，象征了关中百姓的文化人格，与朱先生游华山归来的感慨“砥柱人间是此峰”[①]的气韵一致，同出一辙。将先民生活的高亢悲壮、倔强刚正、粗犷豪爽、苍凉凄美的格调表述，一览无余地展示在观众面前，将民族演进中豪壮与凄美的原生态场景一下子展现了出来，给人们带来精神与心灵深处的层层震颤。这些作为编剧者设定的贯穿在剧作中的线索的演唱，好似只是体现为游离于作品之外的对作品氛围的渲染，与作品主题并无多大关联，但是，仔细琢磨起来，又与作品有着千丝万缕的联系。

开篇老腔团队一起吼起的由陈忠实先生写就的“拉坡调”：“他大舅他二舅都是他舅，高桌子低板凳都是木头……”交代了故事发生的背景，描述了以血缘关系为纽带的白鹿原，在农耕文明的支撑之下，子孙繁衍绵延以致族群强盛的境况，其内容看似陈述事实，但反映出了人们对于事物真

① 陈忠实．白鹿原[M].北京：人民文学出版社，2015：20.

实道理的确认，并且还夹杂着某些幽默诙谐的色彩。剧作结尾的老腔武将出场唱段："将令一声震山川，人披衣甲马上鞍……"渲染了气势恢宏的出征场面，将阵势浩大、蓬勃向上、万众一心的团体豪情展现在观众面前，这与开头的民族繁衍生息的气势浩大遥相呼应，前后连贯成一体，一脉相承。同时，末尾的唱词出现在白嘉轩经历了生离死别与"精神剥离"的内心忧伤与困惑之时，剧作者借此预示或唤起他与民众的奋发向上以及集体拼搏的内在精神追求。

在白嘉轩对众人表明将要以《乡约》为依据，按情节轻重处罚宗族成员时，老腔剧本《收五虎》中的《骂开道》唱段："手指开道叫着骂，我把你无知的匹夫骂几声……"这段唱词借对不听梁王指令而丢失城池的将领的训斥，暗指族众要听从族长的训示，依规行事才能不出差池，成为团结而正向前行的一个整体。老腔《淤泥河》唱段："征东总是一场空，难舍大国长安城……"出现在"闹农协"时，运用民间戏曲演绎的历史故事，描述唐王李世民征高丽失败后，将向敌国呈交投降书时，感慨唐帝国的江山秀美以及痛苦难耐的自责心境，暗合了鹿子霖内心盘算但又苦于无人支持的无可奈何心理。秦腔唱词"没来由犯王法横遭刑宪"，出现在农协运动失败之后，田福贤反攻倒算惩治田小娥，借窦娥之口诉说其内心替黑娃受过，以及自身不该遭此惩罚的冤情。秦腔唱词"怒气腾腾三千丈"，出现在田小娥被杀后，借李慧娘之口述说被害的冤屈；秦腔"天哪，为何人间哭断肠，哭断肠"，出现在镇妖塔建成后，借以表示对宗法制度处事法则给予强烈的抗议。秦腔《罗成征南》唱段："两次打我八十棍，三次一百二十刑……临行床边击一掌，惊醒南柯梦中人。"暗合田小娥听信鹿子霖的安排，与狗蛋儿一起被打的痛苦和冤屈心理，又表现了她对鹿子霖指使自己陷害白孝文，白惨遭惩罚后的警醒。老腔《斩黄袍》："进朝来为王对你表，我三弟生来火性焦，……"借郑子明被斩的冤屈，暗表冷秋月凄惨死去的冤屈。老腔合唱："解放区的天是明亮的天，……"借以表明新中国的到来，民众们欢天喜地的心境和喜气洋洋的社会氛围。以上借助地方戏曲唱段，展示了话剧人物的内在心理表白以及局外人的多角度评点，有力渲染了当时的社会氛围，利用传统戏曲艺术感染力的迁移，无疑更加直观地拓展了对于原作主题的开掘深度。

三、歌队表演的辅助渲染作用

陕西人艺版中出现了古希腊歌剧式的歌队表演。歌队这种形式来自原始时代的巫术仪式，美国现代学者费格生认为："歌队可以说是一个群像，好像从前的议会，它有自身的传统，思想感情的习惯和存在的方式。"[①]表明歌队像议会一样，拥有自身固定的独特的运行规则。按照编剧孟冰的考虑，话剧中歌队的存在，"不仅解决了'叙事'（交代背景）的问题，更重要的是它发挥出古希腊悲剧中'歌队'的功能，在'叙事'中不停地转变身份（跳进跳出），在全剧节奏控制、感情渲染上起到了至关重要的作用"[②]。

该剧的歌队成员安排为角色不断转换的多位民众，他们是剧情的介绍者、剧情发展的联系者与清醒的旁观者。这种编排与小说原著所表现的宏大场景的民众群体是高度一致的，村民甲乙丙丁的出现，一方面利用与原著不同的民众参与和评判，开掘了乡村社会实际存在的乡民之间的自由议论村内外发生事情的社会场景，无论是从对剧情的推动上，还是从对真实的乡村民众言论的状态展现上，均增强了对民众的日常生活的表现力度。另一方面，从剧情的结构安排上讲，减轻了主角演员的自我陈述压力，同时，也更好地使群众演员起到了剧情纽带的作用。其具体表现为：第2幕全部设置为村民的议论，通过群众演员的交谈，让观众知晓了白嘉轩在和鹿子霖换地后的二十年来，他的家境发生了巨大的变化，迎娶的第七个女人，给他带来了发财致富的种子，还给他生育了后代。现在他新盖了豪华

① 邱运华．文学批评方法与案例[M]．北京：北京大学出版社，2006：125.

② 孟冰．十年《白鹿原》：戏剧与文学的对话：兼述2016年陕西人艺版话剧《白鹿原》引发的争论[J]．当代戏剧，2016(2)：15-17.

的宅子，并且家境殷实，花钱似流水。以此丰富了故事背景的介绍方式，提高了对观众的吸引力。

第7幕的“闹农协”，歌队表现为：附近各村参与革命的农民，剧中直接展示了他们的革命热情，扩大了对众多民众的表现力度，显示了他们斗志昂扬的气势。对鹿子霖遭儿子批斗，吓得晕倒尿裤子的表现感到惊奇。第11幕写村民惩治狗蛋儿的情节，我们觉察到了村民因惊惧族长及鹿乡约的威压，只能冤枉惩罚狗蛋儿，助纣为虐地不让其说真话，宗法社会的人情世态由此可见一斑。第14幕，从村民的口中得知：白鹿两家遭土匪洗劫，“白嘉轩被土匪拦腰一棍打折了腰”，鹿子霖的老父亲被杀，并引出白嘉轩欲前往窑洞，证实白孝文是否与田小娥有染。在此既交代了故事情节的发展，又引出了其发展趋向。第18幕鹿三被鬼魂附体，表现出村民对田小娥的看法与态度：“她活着的时候就是个害人精，死了以后为啥还不消停?”促使田小娥被杀的社会氛围可见一斑。第24幕在鹿子霖的召唤下，村民表达对鹿兆鹏闹革命的认识，以及对鹿兆鹏媳妇发疯的认识，从道德层面表达对鹿子霖的不认同。第33幕，“公审大会”开始，显示民众对黑娃被枪毙的疑惑：“都起义了，咋就白孝文当了县长，黑娃就要给枪毙呢?”展现对白孝文心狠手辣的认识。通过群众演员的表演，将乡土社会的街坊邻里之间闲聊乱谈的真实场景搬上了舞台，对在白鹿原世界中的百姓心态进行了精细的刻画，表现了民众对白鹿原事态发展的真实认识，由此勾勒出全面的民众世界。

第二节　白鹿两家的严格家教与相互间的斗而不破

白鹿原上奉行“耕读传家”的家教，其追求的目标是：每个人既会耕田种庄稼谋生，又能读书明理会做事。蓝田县曾拜在张载门下的宋儒吕大临，在宋神宗年间编订的《吕氏乡约》，以“德业相劝，过失相规，礼俗相交，患难相恤”为四大宗旨，“这部由吕氏兄弟创作的乡约，是中国第一部用来教化和规范民众做人修养的系统完整的著作，曾推广到中国南北的乡村”[①]，直至晚清在白鹿原上仍根深蒂固地被运用。

一、白鹿两家对严格家教的认识与行动

在这种道德教化的濡染之下，鹿子霖虽然阴险狡诈，但在对儿子的严格教育上，与白家轩却保持着高度的一致。他为了实现自己老太爷期望后人能够荣耀祖宗的理想，对于两个儿子寄予了厚望。无论是在北京人艺版还是在陕西人艺版的话剧里，都留有以鹿子霖打儿子“三巴掌”为标志的严加教诲的场面，他不允许儿子出外闹革命，不允许儿子婚姻自主，也不允许儿子不按族规做事。在他的思想意识里，《乡约》的规范不可违背，他要求儿女们守在原上中规中矩地种地耕田、结婚生子，平顺安稳地度过一生，不允许他们招惹是非。但当他碰到一心闹革命的儿子鹿兆鹏时，这种愿望被冲击得荡然无存，只能面对因儿子“闹农协”而遭受批斗，无奈地将其斥之为“不孝之子”，直至当公审大会被儿子押上台时，他想起对儿子曾经的管教，只能绝望地喊出：“我鹿子霖没有儿子啦，……我鹿家断子绝孙啦……”鹿子霖的严格家教遭遇了儿子的叛逆，而作为族长的白嘉轩也有过之而无不及，他一听说儿子白孝文与田小娥的不正常来往，便

① 陈忠实.寻找属于自己的句子:《白鹿原》写作手记[J].小说评论,2007(4):44-50.

追到窑洞外面大喊:“白孝文,你听着,你要是真在哩,你就死在里边吧,不要走出来,我不让你走出来,你就是出来也是个死!”[①]但当白孝文真的走出窑洞之后,他的精神高标便轰然倒塌,晕倒在地。当他醒来之后,将儿子押到祠堂里进行严厉的惩罚,接着将白孝文逐出家门。对待女儿白灵的不服管教,女儿竟然从家中逃走,被白嘉轩视之为“以后就当她死了”。由此,我们在话剧的编排里,较之小说原著更清晰地看到了两位父亲,在极力维持族规的坚守之下,却遭遇了儿女们竞相背叛的尴尬,这也是小说与剧作共同探索解决的艰涩命题。一方面是顺延了几千年的乡规民约,怎么就会在下一代身上失灵了,况且搞得父辈们在众人面前颜面尽失?另一方面,儿女们何以热衷于各种变革与革命,甚至会因此丢失性命而在所不惜?不断变幻的社会风云,似乎有些将人被动地推向它所构建的社会环境之中而不断地变换走向,而这种变换又并非是主人公所甘心情愿依随的,岁月留下的是疯癫的鹿子霖,还有被打折了腰而陷于迷惘的白嘉轩。

二、白鹿两家斗而不破的宗族关系

关于白鹿两家的关系,无论是小说原著还是北京人艺版的话剧,均已点明:“白鹿两家合祭一个祠堂”“白鹿两姓本是一家”。在陕西人艺版的话剧里,这种关系被白嘉轩更加明确地表述为:“自从这‘白鹿’出现以后,族长决定把村里的两兄弟改名换姓,老大那一条枝蔓上的人统统归白姓,并永久担任族长,老二那一条枝蔓上的子子孙孙统统姓鹿姓,白鹿两家合祭一个祠堂!”在此,将白鹿本是一家的说法具体坐实,况且,两兄弟同处一村,其中一人改姓的事情,在历史上也曾经存在过。此处的这种编排,更进一步地表明了白鹿两家在历史渊源上的血缘关系,他们相互之间的斗争仅属于具有血缘关系中的“窝里斗”。而这种争斗涉及两个方面:对土地与房屋拥有权的争夺;对族群成员道德行止处置权的争夺。

在“天、地、人、和”由优到劣的四类地中,能够有实力与白家

① 孟冰.话剧《白鹿原》[M].西安:西北大学出版社,2017:50,111.

"天"字号水地置换"人"字号坡地，同时又能付给差价的，也只有鹿家，这足以表明鹿家有购买大量土地的实力，而拥有土地是出产为数众多农作物的重要标志。白孝文的卖房卖地给鹿家，白嘉轩认为丢尽了颜面："这房是啥？是祖宗！是活人的脸！"即使后来白孝文趁鹿子霖落败，买下了对方的房产与田地，并且也认同："房子和地不算个啥，可那是张脸哩！"当然置办房产也是拥有财富的标志。在北京人艺版里，白嘉轩与鹿子霖因为争夺李寡妇土地的拥有权，双方打起了群架，甚至要告至官府，但最终朱先生给双方写下的劝解是："依势恃强压对方，打斗诉讼两败伤，为富思仁兼重义，谦让一步宽十丈。"再加上教导双方要带头实行仁礼、济贫助弱，致使两家冰释前嫌，不仅免了李寡妇家的债，并且还准备接济她家粮食与种子。此后，鹿子霖还不依不饶地骂了白嘉轩六个"狗日的"。

鹿子霖行为的不合《乡约》规范，白嘉轩是心知肚明的，其处罚族人时的敲山震虎的做法也是存在的，但与鹿子霖的引诱白孝文走向堕落的害人手段相比，白嘉轩的做事风格是光明磊落的。无论是"闹农协"对鹿子霖的批斗之时，还是鹿子霖的被捕入狱之时，白嘉轩都挺身而出前去营救。同时，在他起初的家运不济时，鹿家也给予了礼仪上的同情，在白孝文被打之时，无论出于何种考量，鹿子霖还出面主动讲情。总的来讲，白鹿两家在道义面前是富有担当、和衷共济的，但在争得个人的颜面上，又是相互斗争的。但即使是争斗，最终也并没有走到视如寇仇的那一层次上，反而发展到儿女一代，彼此出现了合作与姻亲的关系。编剧孟冰认为："他们的仁义，不是他们两家所独有的，而是有着数千年传统儒家文化的一部分，是家族中代代相传的，他们从小接受的教育，所接触的人际环境，都是这样的文化血脉。这两家的争斗，可以说是他们现实的人性的本质。"[①]诚然，中国乡土社会以家族聚居的形式而存在，在其发展的历程中，儒家文化始终保持着延续与传承，人们生存的文化环境孕育了他们斗

① 郑荣健.如何讲述民族精神剥离过程的复杂性：专访话剧《白鹿原》编剧孟冰[N].中国艺术报，2016-03-18(4).

而不破的人性法则。中华民族就是在这种合作与斗争的矛盾对立统一的发展中走来的。

第三节 执着于“奔月”理想的田小娥

对于田小娥这一形象的孕育，陈忠实先生在他的《寻找属于自己的句子——〈白鹿原〉写作手记》里记述，当他翻开《蓝田县志》的《贞妇烈女卷》时，“首先感到的是最基本的作为女人本性所受到的摧残，便产生了一个纯粹出于人性本能的抗争者叛逆者的人物”，“田小娥的形象就是在这时候浮上我的心里”。

一、田小娥“奔月”理想的展现

在北京人艺版与陕西人艺版话剧中，田小娥被塑造为一个经历坎坷且富有“奔月”理想的女子形象。她作为郭举人的小妾，并没有被当作一个女人来尊重，只是作为一个供他下身泡枣的工具而存在。因此，田小娥有着强烈的作为人的获得真爱的强烈追求，她时刻想逃离这种非人的虐待，想跟着黑娃实现自己的简单的生活理想，好好过日子。但她虽然执着于自己的理想追求，却似乎忘记了宗法社会的礼仪威压。初到白鹿村的祠堂，当她面对众人做自我介绍时，引出了其名字所赋予的理想意义，暗含不是做飞蛾扑火的毁灭，而要像嫦娥一样奔向月亮，追求过一种自由自在的幸福生活。并且首先把“仁义白鹿村”当作理想中的“月”：“看见房子，看见树，看见村子里的孩子，我都喜欢。我愿意把这当家，我愿意侍候老人，我会做饭。”[①]由喜欢黑娃，延展到喜欢村子里的环境、孩子和老人，

① 孟冰.话剧《白鹿原》[M].西安：西北大学出版社，2017:14.

还进一步表明自己是一位普通劳动者。面对白嘉轩与鹿三拒绝他们在村子里生活，田小娥还是表现出对未来出路的希望："奔月！黑娃，咱们走！那地方明亮着哪!"这种表述似乎像初恋的女子，充满激情，理想的光环时常掩盖着令人失望的现实。她觉得只要能跟黑娃待在一起，无论什么地方就是"月"。当田福贤清算农协，将田小娥吊上木桩时，白嘉轩叹了口气说："要是真能奔月就好了!"在白嘉轩的语气里，充满了同情与惋惜，但已经确认"奔月"只不过是一种美好的期望，现实中的田小娥只能经历着社会的约束与考验。接着，染上大烟瘾的白孝文，在幻觉之中，将田小娥的"奔月"理想继续演绎下去，承接"我第一次见到你的时候，你就说要奔月"，他把田小娥的窑洞当作"月"，待在这既安静又明亮的地方，觉得自己很有福气。感谢像仙女一样的田小娥，将她带到这样的天堂上来，享受人间的快乐，并愿意抛弃一切，待在这"静静的、明明的月"上，"永远地待在这月上"！白孝文的这番说辞，着实感动了田小娥，此时，两人心中构筑的"月"应该是产生了强烈的共鸣。当白孝文看着死去的田小娥的身躯时，喃喃地感慨道："小娥，这回你真的去月啦?"他又似乎感觉到真正的"月"，在另外一个世界里真正出现了。

二、对"奔月"理想破灭后惨死的演绎

关于田小娥的"奔月"理想的破灭，牵涉到对她死去方式的描述。首先，鹿三"按他的道德信奉和善恶观，无法容忍小娥的存在"[①]。其次，3个版本均不同于小说原著的描述。北京人艺版是在田小娥将尿泼在鹿子霖脸上后回屋的途中，被躲在黑暗中的人捅了一梭镖，渐渐倒下，接着，白孝文走出屋来扶住了她。并且她在死前用实际行动，表现了对引诱白孝文走上堕落之路的忏悔，回击了鹿子霖的险恶用心。她此时的被害，外在地助推了其忏悔自责的程度。陕西人艺版的被杀害是发生在窑洞里，当田小

① 陈忠实.寻找属于自己的句子:《白鹿原》写作手记(连载三)[J].小说评论,2007(6):38-44.

娥在与白孝文滚在一起时，被蒙面人用梭镖捅入了后背。在两人偷情的情景之下，鹿三真实地看到了他们的不伦行为，确信了黑娃带来的这个女子的害人事实，更能激起他对田小娥诱人误入歧途的愤恨，他用梭镖杀人似乎有了客观现实条件的推动，顺理成章地完成了心中的计划。

西安外事学院版的编排，是让田小娥从自身的社会行为危害及现实处境上，用道德的准绳进行自我反省，让其感觉自身已经失去了存活于世的理由，最终走向了自杀。其剧情展开在窑洞之外，田小娥发现鹿三手持梭镖，意欲结束自己的生命，当被质问起祸害白孝文的原因时，她陈述了曾经遭受过郭举人非人的虐待；黑娃久不回家的生活无助；白孝文败家散财，不听劝阻，感觉自己“没脸活啦”“活不下去啦”，恳求鹿三杀了自己，在鹿三犹豫不决之时，她夺过梭镖刺向了自己的胸膛。笔者以为，西安外事学院版的构思更加合乎剧情的发展逻辑，一方面，鹿三对白嘉轩长久地照顾自己一家，怀有深深的感激之情，对其保持着赤胆忠心。当看到因田小娥祸害白孝文，致使白嘉轩颜面扫地时，他感觉到无法容忍。他自然会产生对其难以抑制的愤恨，油然而生除之而后快的念头。但另一方面，虽然他没有让田小娥进家门，不承认她是自己的儿媳妇，但田小娥毕竟是自己儿子所带来的女人，并且孤独无依地住在村外。就此而言，本剧本展示了鹿三在杀与不杀之间的矛盾徘徊。因此，剧本将真正害死田小娥的原因，归结于她自己的所作所为，在她的“自我”屈从于“本我”之时，“超我”促使其走向了自裁，这似乎是属于合乎事理的逻辑编排，也更合乎田小娥对于“奔月”理想追求的彻底绝望。

第四节　对“铜钱”信物伴生的爱情对象改换的多重演绎

“铜钱”在3个剧作中均被作为叙事线索而出现，它是鹿兆海与白灵选择党派与信仰的决定者，又是他们爱情的见证信物。他们在国共合作的前提下，由抛掷铜钱所成的正反面，决定各自所要加入的党派。可不久又适逢国共合作破裂，在白色恐怖面前，白灵受鹿兆鹏的影响，面对死去的同志的嘱托，毅然决然地加入了中国共产党。

一、政治信念不同下的彼此分手

在北京人艺版与陕西人艺版中，共产党的英明领导被黑娃明确为：“政治民主，经济公开，官兵一致，百姓拥戴。”朱先生也断定：“毛朱必得天下！”当鹿兆海再次见到白灵时，他为双方相反的党派选择感到吃惊，甚至将鹿兆鹏发起的穷人革命的成员视之“一群乌合之众”，还对这样的团体能否完成国民革命的重任感到质疑。但在白灵的眼中，“国民党大开杀戒，已经暴露出反革命的真实嘴脸，共产党是要发动被压迫被剥削的劳动者建立一个没有压迫和剥削的自由平等的世界”[①]。于此，两个人共同营造的爱情高塔失去了存在的根基，在不同的信仰面前退却了往日彼此悦纳的温情，思想的沟壑从此横亘在两个曾经相爱的人面前，那个代表着爱情的“铜钱”的信物也被白灵拒收了。此前，鹿兆海曾经拿出“铜钱”对白灵说：“这是咱们俩的定情物！”还别有心机地说：“人家说两口子咬一个铜钱，谁要是咬过去了，谁以后说了算！”此后两人各咬一半，嘴唇相碰，相拥相吻在一起。然而，当又一次面对不同党派的选择之后，这枚“铜钱”被当作“有纪念意义”的物品，附着在上面的意义只能是曾经拥

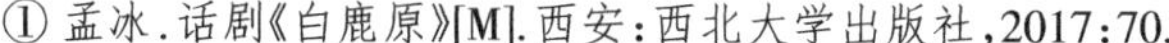

① 孟冰.话剧《白鹿原》[M].西安：西北大学出版社，2017：70.

有的美好回忆，由朱先生代为转交给白灵。在另一版本里，朱先生在鹿兆海死后转交给了白鹿两家。

二、对于三人恋情的合理化演绎

对于读者错误的感觉：鹿兆鹏似乎不太光明地夺走了弟弟的恋人。陈忠实先生的解释是："那个时代里的这样两个政治意识很强的恋人，个人情感很难淡漠政治的歧见，必然导致决裂。""让兆鹏和白灵以假夫妻相处的决定是地下党做出的，不是兆鹏假公济私的小小阴谋，白灵之所以扮假成真和兆鹏结合，既是她的选择，也是作者我以为合理而又完美的结合。"①的确，真正的爱情是附着在共同的理想与信仰之上的，舍此，爱情只剩下婚姻的躯壳，名存实亡。但是在北京人艺版与陕西人艺版的编排中，以鹿兆鹏主动的爱情追求做编排，似乎心机太重，仍旧维持着那个读者的错觉。尽管在这两个版本里，编排有白灵后来面对鹿兆海的"是我主动不要当假夫妻，要做真夫妻的！"的辩解，还有鹿兆鹏的回答："你们的分手是因为你加入了国民党！"但这些解释似乎在其他负面的铺排之下显得苍白无力，立足不稳。尤其是鹿兆鹏对白灵知晓自己新角色行踪时的回答："这都是我安排的，我怎么会不知道？"②还有白灵的台词："当时让我和你假扮夫妻的时候，你就没安好心……"以及鹿兆海的台词："我哥够狠！……脸皮比城墙还厚咯！""他所爱的唯一的女人让他的哥哥抢走了""他的哥哥以组织上的名义让那个女人和自己假扮夫妻，然后弄假成真……"虽然，白灵选择最终与鹿兆鹏结合，是建立在共同的革命理想基础之上的，有其现实的合理性，但显然剧作缺乏前期的基于鹿兆鹏光明磊落的充足铺垫，以至于使后面的落脚点不稳，甚至于使观众把此处当作笑料，剧作似乎有意花费过多的篇幅渲染鹿兆海不满的心理，将他列为受害

---

① 陈忠实．寻找属于自己的句子：《白鹿原》写作手记（连载九）[J]．小说评论，2009(1)：83-88.

② 孟冰．话剧《白鹿原》[M]．西安：西北大学出版社，2017：74.

者一方。

其实要解决这个问题，笔者比较赞成西安外事学院版的设计与编排。这个版本以白灵为主动展开的爱情追求，更合乎小说原著者的思想指向。其切入点是在白灵与鹿兆海有了思想裂痕之后，接着出现她与鹿兆鹏的相遇的画面时说："白灵奉党的指示来给你做假太太。"鹿兆鹏这时才知道，原来上级指派做假太太的竟然是白灵，然后他与白灵约定："在没人的时候，咱们是同志、兄妹，在有人的时候我们是恩爱的小两口、夫妻。"但白灵在革命道路的成长中，早已喜欢上了鹿兆鹏，此时表露心迹说："咱俩结婚吧，做真夫妻，咱俩生娃。"鹿兆鹏起初拒绝："我这辈子就没打算娶妻生子……等革命成功后再说吧"，但在白灵的真心追求之下，方才最终同意。这样的铺排，为原作者的创作意图找到了合理的注脚。当鹿兆海发现嫂子是白灵时，剧作并未做过多渲染，只是轻描淡写地说："从今往后我没有哥啦，鹿兆鹏不配当我哥。"然后将重点放在他所关注的"中条山"上，表现了他一心抗日、保家卫国的英雄气概。笔者以为，这样处理，解脱了鹿兆鹏抢夺弟弟喜欢女人的罪名，抹掉了一个看似因私情而抛弃兄弟情义的革命者形象，同时，也突出了鹿兆海铁血男儿视死如归的宽广胸怀。

第五节　《三字经》、白鹿书院和土地的文化意蕴表达

3个版本的结尾互不相同，各自设计了与小说原著不同的韵味悠长的寄寓性场景。每个结尾的编排，都艺术地体现了剧作者的创作意图与主旨表达，这是在对原著小说钻研后的再思考与再创作，兼顾剧情与话剧表现手法，富有创意地展示了符合时代特征的思想内容。

一、《三字经》与白鹿书院影响下的民众心理

北京人艺版是让白嘉轩在大雪纷飞的坡塬上，在喊了一声“姐夫”后，诵读《三字经》：“人之初，性本善，性相近，习相远”，表现了他对姐夫的追思，以及对传统儒学的传承与弘扬；陕西人艺版让白嘉轩在落叶飘零的白鹿书院内，喊出“姐夫”后，便由小声地哭泣，终至于大声地哀嚎。[①]他痛心于白灵的早早离世，还有缺少了像朱先生一样能给他指点迷津的人，眼前的路一片迷惘。

在北京人艺的版本里，除了结尾有对《三字经》的诵读之外，在白嘉轩与鹿子霖对骂之后，编排了在祠堂里，群众每人手拿一张板凳上场，边走边念《三字经》的场面。在白鹿原的世界里，宗法制度约束民众行为，靠的是宋儒吕大临编写的《乡约》。对于乡约精神的学习与领会，徐先生或朱先生做了讲解：“谁要是违反了《乡约》条文里的事情，按其情节轻重处罚!”除此以外，《乡约》是以《三字经》为思想核心的，其所规定的是成年人的道德行为标准，《三字经》的着眼点是儿童教育，在此显示了以血缘关系为核心的宗法制度之下，较为完备的礼仪道德教育规范。宋儒王应麟编写的《三字经》是我国古代童蒙识字的重要教材，历经元明清三代，久用不衰，其内容涉及教育、伦理道德、历史地理、民间传说等，贯穿着积极向上的精神与以“孝悌为本”的道德标准。[②]这是我们民族得以绵延发展之精神根基，其伦理道德规范与宗法世界相一致，与《乡约》思想相一致。所以能够使白鹿原的孩子们受其熏陶，也让成年人重温其教谕。白鹿书院是朱先生传播儒学传统、教育白鹿原子弟与民众的圣地，是博大精深的民族传统文化的象征符号。白嘉轩在经受了一系列的人事沧桑之后，尤其是在其精神引领者朱先生离世之后，在他执着守护的传统伦理

① 孟冰.话剧《白鹿原》[M].西安：西北大学出版社，2017：113.

② 于吉东.亲近传统经典，固本铸魂打底色：以蒙学经典《三字经》的阐释为例[J].现代语文（教学研究版），2017（6）：50-53.

道德，被新时代的风云变幻打得七零八落之时，他只能被动地接受与思考前进的方向，然而，在民族艰难前行的步伐里，他似乎又找不到合理的答案，但他或者依旧相信《三字经》里的道德人伦与典范人物的行为没有错，所以他依旧诵读以慰自心，或者在其面对落叶飘零的白鹿书院时号啕大哭，这是苦于在土匪滋扰、军阀混战、党派纷争面前，在子女辈的叛逆面前，感到个人力量的渺小、被动与无奈，兼及前路难寻的悲鸣。

二、后辈们对白鹿原土地的挚爱

西安外事学院版的编排是让贯穿全剧的讲述人鹿鸣发自肺腑地说出："这是我的土地，这是深埋着我的父亲、我的母亲的土地，这是我的世世代代、祖祖辈辈用血肉熔铸的土地！我的土地，我的妈妈，我的白鹿原！"表现了他对于白鹿原的深厚情感。在此借白鹿原的后代鹿鸣之口，说出了对这块热土的一片深情。在农耕社会里，土地是乡民们生死相依、安身立命的根基所在，吃穿用度无不依赖于田地里出产的产品来维持，村人出生于斯、成长于斯、生活于斯，乃至死后埋葬于斯。父母先辈们虽然已经离世，但他们的身躯已经与白鹿原的土地融为一体，躯体已逝，精神却永驻。难以忘怀曾经生活于斯的先辈们，他们曾经用血肉之躯捍卫和固守着民族道义；也曾用血肉之躯执着于对陈腐道德的背叛及对革命真理的追求；也曾经用血肉之躯，在面对宗法威压的虐杀里，显示出激愤的抗争与控诉。今天，作为属于鹿鸣一代拥有的白鹿原，从先辈们的固守与背叛、压制与反抗、坚信与困惑中走过了艰难行进的50年，老一代没有做明白或者没有想明白的事理，他应该能够把握其中的真谛，继往开来，推动民族走向辉煌。

毫无疑问，话剧创造的人物与环境是鲜明立体的，其脱胎于小说原著的故事叙述，通过在主题统摄之下的再次创作与编排，形成了符合舞台要求的活灵活现的道具烘托与人物表演，呈现了对于原著故事与形象的新的拓展。《白鹿原》话剧的三个版本，或依托艺术优势，或延展原作，或另树新景致，等等，均创造了不同于小说的新意象，同时，拓展了小说原著的传播途径，打造了话剧经典作品，为戏剧艺术殿堂的文化繁荣做出了巨大贡献。

第五章　交响舞剧《白鹿原》的意象呈现

经典的小说作品常常有着丰富的内涵，对于它的解读，应该是没有穷尽的。因为在作品的创作阶段，除了作者有意识地创作之外，还存在无意识地融入大量的社会思想意识。因此，在作品呈现给不同时代的读者时，各种各样的解读应运而生。这正如德国哲学家伽达默尔所认为的："一部文学作品的意义从未被其作者的意图所穷尽；当作品从某一文化和历史环境转移到另一文化历史环境时，人们可能会从作品中抽出新的意义来，这些意义也许从未被其作者或同时代读者预见到。"①自陈忠实先生的小说《白鹿原》产生后，人们便借助不同的艺术形式在不同的历史时段对其进行了多重演绎。回眸2007年6月由和谷编剧、夏广兴为总编导的大型交响舞剧《白鹿原》，着实掀开了舞剧表演小说情节的崭新一页。这部剧作由首都师范大学音乐学院出品，在北京保利剧院成功首演，后在西安人民剧院、北大百周年讲堂多地演出。在编舞上，本剧荟萃了陕西民间歌舞、周秦汉唐舞蹈以及现代文化的时尚元素，利用舞者的动觉形象完成了对于台本的诠释，塑造了生动的舞台艺术形象。在音乐上，将现代交响的创新与舞蹈表现得相得益彰。本剧从全新的视角，利用音乐、舞蹈、布景灯光、舞台与服装设计等方面的艺术表现，对《白鹿原》这部"深沉而凝练，酣畅而严谨"的"扛鼎之作"进行了全新的诠释与编排。围绕田小娥这一"白鹿原上的女神，又是白鹿原上久驱不散的冤魂"被封建礼教所扼杀的叛逆者形象，进而展现20世纪上半叶，新一代年轻人面对封建礼教和宗

① 邱运华.文学批评方法与案例[M].2版.北京：北京大学出版社，2006：241.

法制度的种种桎梏，做出的坚强不屈的抗争。

毋庸置疑，这部交响舞剧融音乐、舞蹈、文学、舞美等不同元素于一体，以独特的视角和艺术语言，表现了现实主义文学巨著《白鹿原》的深刻思想内涵。虽然本剧或被认为“充满了观赏性，但总觉得那已和小说《白鹿原》没有太大的关系，已被演绎成了另外的一个故事”[①]。但在陈忠实先生看来，舞剧《白鹿原》毕竟是根据小说《白鹿原》改出来的，还是有所关联的，舞剧可能是比其他艺术形式更好，用舞蹈最优美的肢体语言，书写出沉重的历史生活下的一出爱情的悲剧。舞剧中的这些人物，编剧和导演在基本忠于原著的基础上，按照舞蹈塑造人物的需要做了一些调整和创造，陈忠实先生认为可以接受，整个情节很自然、很合理，编剧、导演和演员都花费了很多时间和精力，充分展示了他们的智慧和创造性。总而言之，陈忠实先生首先肯定了舞剧《白鹿原》与原著小说的紧密联系，并且有利于拓展创作。其次认为舞剧在尊重原著的基础上做了一些修改，对于情节的修改充满了智慧。笔者以为，本舞剧对原著小说在创作空间上做出的拓展与阐释，创造了一些新的意象，值得深入探讨。

第一节　生育与成婚的理想表达

在原著小说的开头，我们发觉白嘉轩一生娶了七房女人，原因是前六房皆过早离世，直到将仙草娶到家为止。其目的除了欲摆脱“不孝有三，无后为大”的“不孝”外，还有白家需传承族长的职位，不能没有儿子，因此其娶妻生子、传宗接代、秉承父业的愿望是强烈的，集中体现了丈夫在家庭中居于统治地位，以及生育只是他自己的并且应继承他的财产的子女的社会现实，并且也体现了有了孩子，也就有了延续他生命的其他个

① 人民文学出版社编辑部.《白鹿原》评论集[M].北京:人民文学出版社,2003:7.

体，他还要向更高层面发展他们的追求。其实，在小说的其他地方也有着对于生育愿望的刻画。但对于田小娥来讲，自始至终却未述及她的此种念头及其怀胎迹象，只是在黑娃从田秀才家将她领回时，其父交代说："再不许女儿上门，待日后确实生儿育女过好日子，到那时再说。"[①]然而，一般来讲，当一个女子与男子有了情爱的欢愉之后，由倾注全身心的痴爱以及由社会赋予的男女角色分工，可能会产生为其生育后代的心理倾向。以此推论，田小娥在摆脱了郭家窒息的生活之后，应该有为救助自己走向新生的黑娃孕育新生命的想法，况且本来她到白鹿村也只有一个朴素的理想：过一种男耕女织、夫唱妇随、养儿育女的平静而幸福的生活，做一个名正言顺的庄稼院媳妇。在此，也许她还有着借孕育儿女达到重回娘家的目的，于是，我们在舞剧中看到了编导者们的大胆演绎。

一、田小娥生育理想的展现

在舞剧的第二场中，高高的殿堂墙壁上，悬挂着一张送子观音菩萨怀抱婴儿端坐莲花台的画像，其下，一群少妇在铃钵的敲击声及其他配乐的共鸣中，双手合十面带欣喜之情地在殿堂内向四方敬拜。显然，她们在祈求菩萨赋予自身孕育生命的力量，希望能够迎来男女情爱的结晶，从而实现生儿育女与传宗接代的梦想。接着，随着舞蹈动作的变化，她们的身躯姿势在不断地变换，只见她们时而挺起肚子双手叉腰；时而将双手放置背后摆动；时而双手放在身前做抱球状，非常形象地展示着女子怀孕时的笨拙地艰难行走的姿态。只见这群女性舞者或做左手抱婴儿的行走状态，或做双手合十举过头顶的姿势；时而跳跃，时而躬身膜拜，时而又仰望苍穹，好似极其迫切地祈求心中愿望的顺利实现。演员们用一系列的舞蹈动作，一方面展现了对神祇赐福自己而实现理想的祈盼，另一方面展现着女子模仿怀孕的行走姿态与怀抱婴儿的母性特征。这些祈祷的动作为后来田小娥的心理期盼，提供了现实世界群体引导因素的前期铺垫。接着田小娥

① 陈忠实.白鹿原[M].北京：人民文学出版社，2015：146.

穿行在祈求生育的少妇们中间，从好奇地观望，到初步受到感染，渐至于凝神思考，好似在有了孕育儿女的想法之后，迅速加入了祈祷的行列，她也显现着艰难行走的怀孕姿态，等到少妇们卡腰挺胸离去，她陷入了期盼母性育儿理想实现的沉思。接着，她郑重地对神祇表明了自己的生育理想，在木鱼有节奏的敲击声再次响起之时，田小娥欣喜地拿起一柱长香，小心地用袍袖拂去香杆上的灰尘，显示着她内心的珍视与对神祇的虔诚。只见她高高地举过头顶敬拜上苍，在此过程中，不断地呵护燃香，唯恐它突然熄灭，最终高举燃香拜向送子菩萨。

佛家认为燃香的芬芳气味，能够使人心生欢喜，助人达到沉静、空净、灵动的境界，引导人的身心根性向正与善的方向发展。因此佛家把香看作修道的助缘。同时，香还能沟通凡圣，“香为佛使”“香为信心之使”。燃香的功用之一是：“传递信息于虚空法界，感通十方三宝加持”。田小娥在此想用一炷燃香表达她正心诚意期许于送子菩萨的赐子应允，但事态的发展导致这一理想彻底毁灭。人们常常在命运未卜之时，忐忑不安地求助于虚空之中的神灵，从而找到心灵的慰藉。其实，世间万物时常按照其纷繁驳杂的自然组合规律一往无前地运转，从不为人的祈求而改变既定的规则。所谓愿望的实现，只不过是合乎了因缘和各种组合规律的运行法则而已。

二、田小娥的婚嫁希望与破灭

由对生儿育女的期盼，转而畅想成婚嫁娶的传统仪式。此后，田小娥伏在台阶上昏昏睡去，她的梦境随之展现在观众面前：一群穿着花衣长袍的花脸蒙面人上得场来，只见他们手举旗帜构成威严的仪仗，翻转腾挪，欢愉跳跃，仿佛将人带入了神秘莫测的奇异之境。接着，群舞之中，突然有人将红盖头蒙向田小娥，此后，她用手掀起盖头，露出喜悦的微笑。但红盖头是由并不相识的人加上的，因此她萌生了对与自己完婚之人再次确认的念头，于是她在群体之中，挨个摘下了每个人的面具，最终找到了自己心爱的黑娃，此后，黑娃又重新给她蒙起了红盖头，欢天喜地地将其背走。到此田小娥的成婚之梦应该是圆满的。可是，画面突然一转，郭举人凶神恶煞般地出现在舞台上，他驱散了黑娃与众人，将田小娥高高地抱起，使其处在痛苦的挣扎之中，终至于昏倒在地。接着，画面再转，现实里的黑娃将她从噩梦中唤醒，她睁开双眼倍感欣喜交加，高兴地与对方拥抱在一起。在此，一切细腻的内心情感和戏剧冲突在舞动的肢体中得以圆满的表达，在音乐的烘托和引领下逐步升华。

生育愿望的表达，可以通过自我倾诉与祈祷的方式，不受限制地顺利实现。田小娥与普通妇女一样，也有着对生儿育女的理想期盼，她有与黑娃一起过安稳日子的诉求，这其中除了解决吃穿住行的日用所需之外，也包括延续后代的愿望，这一问题虽然在原著小说里未曾提及，但从常人的角度出发，也是合乎情理的。成婚嫁娶仪式的完成，需要遵循一定时代的社会要求规则，得到社会成员的认可。这其中牵涉道德标准、社会习俗与法令制度等方面的问题，常常囿于种种复杂的社会因素，有时却难以成为现实。对于田小娥来讲，与郭举人的婚姻对她造成了伤害，即使在睡梦中，也会因遭遇到这种不幸婚姻的戕害，魔障似的阴影挥之不去，成为阻拦自由婚姻之树开出艳丽花朵的隐含消极因素。

第二节　精神威压与生命威胁的双重枷锁

田小娥的形象具有层次多面的复杂性，她起初生活在富家但遭受着人性的压抑，接着本着与黑娃安心过日子的理想来到白鹿村，但随之遭遇不让名列宗祠与黑娃长久在外躲难的艰难处境，最后，与鹿子霖和白孝文的交往，将她渐渐推到死亡的深渊。因此，“田小娥既不是潘金莲式的人物，也不是常见的被侮辱被损害的女性，而是一个很有艺术特色与社会内涵的人物”[①]。的确，原著中的田小娥在六十多岁的郭举人家中，充当着泡枣与泄欲的工具、倒尿的仆从与做饭的厨子，当郭举人发现了她与黑娃的来往时，便将她休回了娘家，从此不再对其进行精神层面的控制，也不再有其他任何的瓜葛，至于此前对其内心所带来的损伤也从未提及。原著倾向于揭示田小娥所受的精神枷锁的戕害，最大程度地来自白鹿村的严苛宗法与社会氛围。然而，在交响舞剧的展现中，田小娥的内心深处留有来自郭举人精神高压的阴霾，还有从现实中来自鹿三多次欲结束其生命的威胁。由此在精神与现实的双重因素层面上，构成了封建伦理社会对下层妇女追求婚姻自主的联合绞杀。

一、郭举人带来的精神戕害

在剧作的第一场，面对郭举人的狰狞面目，田小娥表现得神情凝重、心情抑郁与低眉痛心，时常下意识地将脸庞转而向外，其手势也时常表现为或护在脸旁，或护在胸前，由此显示出自我保护状态的对于郭举人的排斥与憎恶，时刻做着意欲挣脱其控制的努力。而郭举人将田小娥或拉回或抛下或拥在怀，在拉拽与撕扯中，显露出的是猎人面对猎物的得意忘形的丑态，强力与暴虐意欲使柔弱的一方屈服就范。甚至郭举人还幻想着得到田小娥的温情，直至用脸蹭田小娥的胳膊或脚，表示对对方的亲昵与喜爱，但这一荒诞不经的奢望，毫无例外地遭到对方的断然拒绝。可见他想用夫权的高压，获得对方扭曲而迎合的驯服情感，但当他发现这一想法，根本没有存在的现实可能性时，便恼羞成怒地逼向了田小娥，迫使对方惊恐地一步步后退。接下来，田小娥看到黑娃的到来，将手伸向了能够拯救自己的救星，但她的手许多次又被郭举人拉回。即使田小娥手揽黑娃的身躯，但郭举人仍旧多次将她拉回，旧有的势力顽固地维持着本身强大的力量。在此，剧作者用一系列的舞蹈动作，显示着田小娥挣脱封建枷锁追求个性自由的顽强抗争精神。她挣扎着，倾尽全力投向搭救她的黑娃，在多

① 人民文学出版社编辑部.《白鹿原》评论集[M].北京:人民文学出版社,2003:111.

次反复的争夺中，田小娥最终挣脱了郭举人的魔掌，追随黑娃一起逃走。

在本剧第二场的舞蹈展示中，与黑娃在白鹿村过了一段甜蜜的欢爱日子之后，田小娥的梦境中再次出现郭举人的身影。起初是她非常喜悦地被黑娃娶走，接着的画面是：面带狰狞笑意的郭举人突然闯了进来，再次揽起并牢牢地控制了她，在惊惧之中的抓挠、捶打与挣扎，一阵激烈的反抗之后，终至她被气急晕倒在地。涉及郭举人梦境的第二次出现，表现着田小娥对自身处境的担忧。此时她的不幸在于不准她入祠堂且未被明媒正娶，她对婚姻的美好憧憬是与黑娃名正言顺地做夫妻，但同时又非常担忧被郭举人强行拆散。因此，醒来的她见到心中的黑娃之后，又变得十分欢畅起来。在最后的舞蹈画面里，死后的戴有肚兜的田小娥，面对郭举人，本能地惊恐地倒退，右手前推，左手护胸，低头快速离开。仍旧保持着对对方的极力排斥。诚然，如果说只有以爱情为基础的婚姻才是合乎道德的，那么也只有继续保持爱情的婚姻才合乎道德。田小娥与郭举人的没有爱情的婚姻，其本身是不合乎道德的，却又时常带给田小娥噩梦般的惊惧，进一步强调了其有违道德规范的不合理性。

由以上情节的设置，我们觉察到本剧中来自郭举人的精神威压高过白嘉轩，郭举人的形象在本剧中得到了突出的表现，其形象被塑造为对田小娥控制欲极强的暴力实施者，他欲极力保持对方作为自己的附属品而存在，供自己消遣与役使，丝毫不考虑对方的情感好恶，甚至还希望能够得来对方的欢心。在此，剧作所彰显的是蔑视人性的封建夫权所带来的精神戕害。这种势力的存在对于女性的内心影响已经深入其梦境，甚至于在田小娥死后，再次面对郭举人时，其灵魂也是同样地表现为惊慌恐惧。这实际上是对封建夫权的彻底批判，是对精神施虐者的血泪控诉，虽然在原著小说里并无对相关情节的描述。

二、鹿三施加的生命威胁

鹿三做人的基本信条是仁义忠诚，为了维护其所认定的封建伦理道德而杀死了田小娥，原著小说意欲借此“说明封建礼教、封建伦理道德的残忍，说明它的反人性、反人道主义的性质”①。鹿三对田小娥的到来，起初是喜悦的，但当他听了鹿子霖的窃窃私语后，开始捶胸顿足，拉过黑娃，表示不同意他与田小娥结合。看来是鹿子霖向鹿三详细地透露了田小娥的身份，由此激起了鹿三内心的不满。在黑娃提出田小娥入祠堂的请求，遭到族长白嘉轩拒绝后，鹿三又多次奉劝黑娃抛弃田小娥，但遭到了黑娃的断然拒绝。

当黑娃砸祠堂被抓走后，满腔愤恨的鹿三，将所有的愤恨加在田小娥身上。只见他手持梭镖，几次三番刺向田小娥，但在白孝文的强力阻拦之下，并未成功。这是鹿三想要结束田小娥生命的第一次冲动，因自己儿子挑战宗族礼法，将罪责算在不劝说与阻止事件发生的田小娥身上。当白孝文与田小娥的隐情被发现之后，鹿三又一次上来欲要用梭镖刺死田小娥，但这次被鹿子霖阻拦了下来，这是鹿三的第二次冲动，因儿子带来的女人，引诱并使主家的儿子误入歧途，有些伤风败俗。最后，鹿三的第三次冲动由白孝文的堕落直接诱发。只见他手持梭镖，独闯白孝文走后的窑院，左冲右撞追逐着四处躲闪的田小娥。他眼前的田小娥起初惊恐万分跪下身子，求告饶恕自己，此时的鹿三似乎于心不忍地停下手来，但思来想去，黑娃的变坏与孝文的堕落，仍旧与这个女人紧密相连，于是气愤至手指发抖。接着转身跳上炕台，挥动着梭镖一顿乱刺，面前的田小娥惊恐地躲避，手指紧握梭镖头部，渐渐推开，跪下双手合十地祈拜，鹿三又不忍心地跳至炕下，但胸中的怒火似乎愈演愈烈，双手颤抖地站在炕下徘徊。渐渐地，田小娥似乎不再畏惧死亡，安静地褪去外衣，背过身躯。鹿三趁势刺向了其后心，田小娥旋转了一下，身子倒下了。

据此，本剧中鹿三对田小娥的生命的追杀，经过三次精心编排方才完成，仅从第三次的舞蹈语言表现而言，设计准确、匠心独运，两人的性格变化得到了充分展现。田小娥由惊惧终至于无畏，鹿三由心存不忍而终至

---

① 人民文学出版社编辑部.《白鹿原》评论集[M].北京:人民文学出版社,2003:217.

于痛下杀手，这与原著小说的田小娥毫无防备、被鹿三从后面下手刺死相比，增添了相关的情节内容。毋庸置疑，舞剧的铺排充分体现了人物性格的发展脉络，同时，也让我们清楚地看到：在宗法社会的氛围之下，鹿三思想行为的出发点在于维护封建的忠孝礼仪，为了匡正道德教化，他抛弃了本身并不缺乏的良善，走向了结束他人生命的惨绝之路，从而“反映出儒家文化因未能有知性认识人之生命本体的能力和机制而不能发掘出人之性中自然因素的合理性，从而在张扬形而上之性体之时又导演出扼杀人性之悲剧”[①]。封建礼教杀人可见一斑。假如在当时的乡村社会，存在自人性出发的社会规则与氛围，绝不会出现如此令人不可思议的杀戮。

第三节　诱惑之爱高于相互悦纳之爱

原著描述的田小娥，由起初追求与黑娃的性爱，渐渐“成为一种真正互相依恋的爱情，一种真正的人的需要，以至只要能够摆脱被奴役，被贱视的婢妾的地位，她甘愿和黑娃一起过贫苦的自由的生活”[②]。为得到精神与身体的解放，甘愿放弃富家的生活。为了保持与黑娃的两性之爱，两人由起初的偷偷交往，到被发现后被驱离将军寨，第一次冒险付出了惨重代价。再度相逢，他们同回白鹿原，在一波接一波的浪潮之中，第二次冒险使田小娥失去了生命。

一、相互悦纳之爱的真情展现

本剧用舞蹈语言表现出了田小娥对黑娃的真爱，初到白鹿村，她被抹去额头的汗珠的黑娃拉着手，欣喜地眺望白鹿原的田野。想在大石头上挨

① 人民文学出版社编辑部.《白鹿原》评论集[M].北京:人民文学出版社,2003:235.

② 人民文学出版社编辑部.《白鹿原》评论集[M].北京:人民文学出版社,2003:213.

着她并排歇息的黑娃，被她故意地一屁股撅在地上，接着，两人相互喜悦地拉扯、推搡与拥抱，一不留神，田小娥被黑娃恶作剧拉倒在地。由此可见小夫妻之间相互悦纳对方的童稚式的、恶作剧式的嬉戏欢愉心情，表达终于可以光明正大地在一起生活的快乐。在白鹿祠堂的众人围堵之时，两人相互支持着，抗击着来自各方的压力，体现着患难与共的真情。此后在白鹿村窑院生活的日子里，两人一块用水桶提水，一同喜悦地和面、拉风箱与做饭，体会生活在一起的幸福快乐。田小娥梦中畅想黑娃将她迎娶，噩梦醒来她与黑娃相拥在一起。后来，黑娃砸了白鹿祠堂被众人打倒在地，田小娥到场，向众人磕头哀求饶过黑娃，接着，两人搀扶相拥，田小娥有些担忧地捂脸痛哭，想拉着黑娃的手逃离而去，不料黑娃突然摔倒被人抓走。两人在困难面前，能够风雨同舟、患难与共，体现了真心相爱的情感力量。

二、诱惑之爱的迷失与终结

在鹿子霖的教唆威逼与复仇心理的驱使之下，田小娥对戏台下的白孝文开始了挑逗，想用性爱的诱惑，使对方陷入世俗风化道德的谴责中，将其从族长的位子上拉下来，使坚持宗族礼法的白嘉轩陷于尴尬的全面崩溃，从而完成鞭打自己的复仇计划。起初她故意用肩膀碰撞痴迷看戏的白孝文，继而开始勾其肩搭其背抚摸其脸，并不断阻拦对方的惊恐逃离，于对方的害羞、闪躲与拒绝中，紧逼相追，直至解下了白孝文长长的白色腰带，迫使其提着裤子行走。引诱与逼迫恩威并施，致使对方逐渐放弃了原有的矜持。田小娥利用自身的魅力，极尽诱惑之能事，在她的死缠软磨之下，白孝文微微放松了排斥，开始正视她，并且回过头来欣赏性地抚摸其手与腿，随之与其共舞，拥抱其身，亲吻其腿脚，紧接着下跪抚摸拥抱其身，直至两人面带喜悦地共舞。

白孝文在父亲的严格管制之下成长起来，他在田小娥的多次挑逗之下，从压制自我逐步走向了放浪形骸。此后的舞蹈场面展示雨后的两人，非常喜悦地相互追逐，背靠背相偎依、手拉手快乐地奔跑，白孝文还用独舞式的欢喜跳跃，表达着与田小娥在一起的欢悦，相互对视的欢喜，以至于田小娥猛咬白孝文的胳膊，将对方的手放在自己的脸边，进而相拥蹲坐在一起。既表现着田小娥对白孝文透彻心扉的一片痴爱，又突出了他们两人欢心相拥的亲密相悦程度，似乎超越了田小娥对于黑娃的爱，从对舞蹈演员的眼睛与动作的喜悦程度的表演上，也充分体现了编剧者的编导指向。

当两人之间的交往被发现之后，面对众人的指指点点，他们是相互扶持的。原著里的白孝文遭打之后，“他的理性的外壳及精神障碍被彻底解除”，“被放逐的白孝文自然属性得到恢复的同时，又是向兽性迈进的开始，自戕式的纵欲、吸烟和彻底背离他先前的信条导致了他人生的暗途”[①]。本剧里的田小娥面对众人的唾弃，伤心地痛哭起来，白孝文醒来之后，两人相拥在一起。破窑中，田小娥抚慰着白孝文的伤痛，并给他笑脸，意欲追回以前的欢爱情感，但对方在经历了众人羞辱后逐渐犹豫徘徊，直至在炕头捡起鹿子霖的烟袋，他似乎觉得田小娥骗取了自己的真情，还与另一个男人相好，未能保持对他的感情忠贞。于是，此时的舞蹈语言表现为旋转诧异，接着田小娥懊悔地怒扔烟袋，上前握着对方的手并主动拥抱祈求和好，但最终还是没有留下执意离去的白孝文。这样的结局编排寄寓着诱惑之爱的彻底失败，这与原著小说的叙事是截然不同的。其中的白孝文因为饥饿离开了窑洞，想要为自己与田小娥讨些饭来，并未出现两人情感决裂后的出走。

在结尾的田小娥死后的展示中，当她面对四尊塑像时，其所展现的舞蹈语言总结了她的最终感觉。其中，她对黑娃塑像的反应是：想拉着他的手一同逃离，但这一想法却没有得到对方的回应，于是她痛苦欲绝地扶着其身躯，几乎伤心地倒了下来，可见在其离世之前，已经对黑娃产生了绝望之情。她见到白孝文的塑像之时，似乎有着神情的缓和，显现出更多的

① 人民文学出版社编辑部.《白鹿原》评论集[M].北京:人民文学出版社,2003:237.

痴爱深情，勾其项背，拥抱其身，但最终踉跄倒下，表示对方最终也弃她而去。两相比较，田小娥对白孝文的情感专注程度更深，这与黑娃离家之后，长久没有回来看她，致使她对黑娃的情感陷入了淡漠失望之中。而在很长的一段时间内，她与白孝文发生的一段异化的奇情别恋，虽为起初诱惑，但相伴生活也存在些许真情。因此这样的演绎也是合乎情理的。

第四节　求雨及雨后情节的情感助推作用

中国民间对于龙王的信仰，是龙神崇拜、海神信仰与佛经中龙王相结合的产物，并受到道教神仙谱系的影响。当遇到干旱的天气，乡民们就到龙王庙祭祀求雨，有时把神像抬出暴晒，让龙王感受烈日炎炎似火烧的滋味，直到天降大雨为止。

一、“伐神取水”的求雨情景

在《白鹿原》小说的第十八章中，当干旱笼罩着整个白鹿原之时，按照旧有的习俗，人们举行了“伐神取水”的求雨仪式。这种仪式现在被我们视之为一种迷信活动，因为除非巧合，绝不会出现天降大雨的情形。据传这种活动是对后羿射日而解除旱情的英雄崇拜心理的延续。“伐”字在此的意思是“作伐、做媒”，“伐神”就是指将附体的神作为人与龙王之间的媒介物，或者指附体的神。“伐神取水”也被称作“伐马角”，“马角”的本义是指马的头上生出角来，喻指现实中不可能实现的事情。“伐马角”代指为不可能实现的事情做媒介的人或代言人。“马角”指主祭求雨的被某神灵附体的代神说话的人。这一角色需要通过特殊的方式选拔出来，通常采用的方法是：首先将被选的男性公民集中在一处，进行昼夜不停地敲鼓“吵马角”，直至有人神志不清、言行癫狂地说胡话，被初步认定为被神附体的“马角”。其次，需要进一步地验证真与假，看看是否能够经受住下一步的痛苦考验。采用的方式是：让其手抓烧红的铧犁，并且还要“戴印”。“戴印”是用铁签子从腮帮外穿进，再通过口中穿出，并用牙咬住铁签。“抓铁铧”与“戴印”是“马角”替民受苦，并让附体的神怜恤万民，祈求龙王早降甘霖。每个“马角”所附体的神不同，其中有黑虎、齐天大圣、二郎神、三太白、白马将军等。由此可见，“伐神取水”是让附体的神作为代言人，带领民众到特定的地点，求龙王赐水，借以表达希望能够早日解除旱情的愿望。

在“伐神取水”的过程之中，让附体的神体验身体的火热痛苦，从而唤醒其内在的对于干旱无雨的不适感觉，让其感同身受，进而为民请命，祈请龙王答应民众们的强烈要求。于是，我们看到伐神的白嘉轩被“黑龙乌梢大仙”附体后，在火铳的爆裂声与锣鼓的敲击声中，在关帝庙前，拈来一张黄表纸衬在手心，接来一只烧成金黄色的铁铧，还接住一杆烧红的钢钎儿，从左腮穿到右腮，这些都要经受皮肉焦灼的痛苦，然后前往黑龙潭祈请西海龙王赐水。直至第二天从黑龙潭取回用瓷罐儿装的清水，那支钢钎才从腮帮中抽出。但这场干旱可谓是旷日持久，带来了可怕的年馑。于是，饥饿引来了白孝文的借粮、卖地、沿村乞讨与抢舍饭，他最终堕落为一个叫花子。在僵持了一年的干旱之后，过了夏天，一场透雨才迟迟到来。此时的人们一改很少种植秋庄稼的习惯。“苍天对生灵施行了残暴之后又显示出柔肠，连着下了两三场透雨，所有秋粮田禾都呼啦啦长高了、扬花了、孕穗结荚了。”[①]

二、舞蹈化的求雨场面

在舞剧《白鹿原》中展示了一种别样的解读，对原著的求雨仪式做了舞蹈化的隐含编排。首先是众多百姓的求雨场面，白嘉轩与白孝文带领民众舒展双臂向天求告，下跪祈拜，民众们也都双臂交叉在胸前，虔诚地跪

① 陈忠实.白鹿原[M].北京：人民文学出版社，2015：400.

拜苍天，转换不同的身姿，走动起来，敬拜天地，有人的头上还戴着柳条雨帽。白嘉轩手执龙头，然后转换给白孝文及小伙子们传递，众人随之舞动。在此，龙头的展示，实质代表着祈请龙王早日降雨的愿望，众多民众对于雨水的需求十分强烈。此后，众人在疯狂地敬拜之后，一个个渐次晕倒在地，表明因为干旱少雨造成了食物极其短缺，饿倒了甚至是饿死了许多人。看到此种情形，白孝文万般无奈地瘫坐在地，痛苦万分，黑娃对于眼见的情景也倍感吃惊，他扶起奄奄一息的民众们，但那些人又毫无力气地倒下了。在此之后，沉闷无望的环境促使黑娃砸毁白鹿宗祠。而在原著小说的描述里，这件事情却是发生在饥荒年之前的。作者之所以如此编排，是出于对黑娃在遭遇了种种困难绝望之后的情绪总爆发的酝酿与铺垫。

三、求雨成功后的情节发展

在白孝文逐渐接受了田小娥诱惑之时，雷声突然响起，雨声接踵而至，求雨获得了成功。于是，一群身着白衣黑裤的女子翩翩起舞，一个年轻人也兴奋地再次手执龙头引领其他人依次而上。接着，龙头被传到在白孝文的手中，再被传至其他人的手中。大家一边传递龙头，一边欢腾跳跃，白孝文腾空翻动，欢喜跑跳，大家面对龙头，欢喜雀跃。接着滴答的水声响起，一群姑娘足蹬泥屐，将蜷曲的身子渐渐舒展，手持雨伞欢乐地舞动，她们或小步走动或蹲下身子或舒展身子，或夹伞或撑伞或将伞放在地上。灯光下，绿衣女子们撑起的伞，组合起来好似池塘上漂浮的绿叶，然后引来了白孝文与田小娥的出场，用舞蹈语言展现了两人缠绵悱恻刻骨铭心的爱情。原著小说里写到了饥馑之年的春节，白孝文与田小娥倒有一场情欲之欢，但此后白孝文面对饥饿尽显人生堕落之象。一场透雨下来的时候，田小娥早已离世。而舞剧的编排，似乎要让这场雨滋润与推动他们的情爱发展，的确，白孝文对于田小娥的诱惑，由起初的惊慌排斥，及至半推半就，转而扫尽担忧，倾尽心力地爱恋着田小娥。

另外，本剧也表现了具有关中特色的地域风情物态。有着浓郁地方格调的秦腔表演和乡土气息的婚庆场景，将窑洞、祠堂、车辙、土沟、坡塬等民俗风情很好地融入了剧中。高挂祖先画像、旁列《乡约》、下摆八仙桌的白鹿祠堂，上演了民众持香鞠躬下拜的庄严场景，也呈现了黑娃与田小娥前往敬拜遭受阻拦，以及砸坏了“白鹿祠堂”招牌的场面。对于烟袋的运用，剧中有着手持烟袋抽烟的舞蹈表演，鹿子霖的出场也一直手持烟袋。还有众人手捧大碗或转身挑面，或仰头与低头吃面的场面。再有作为生活背景的土墙、窗户、木水桶、陶盆以及田小娥抻面、搅面与捞面的动作等等。在以上背景的烘托之下，观众能够洞悉人们对民族传统、礼治纲常、文化立场、价值观念等的精神选择，体验到关中地域特色的民俗风情，觉察到主人公鲜活的人格魅力以及悲凉的惨淡人生。

交响舞剧《白鹿原》从新的角度对原著进行了深刻的艺术开掘，利用声画及舞蹈体态语言，突出了对追求自主婚姻的核心表现力度，鞭挞了戕害追求美满爱情理想的社会氛围，同时对复杂社会条件下的奇情别恋也做了充分表现。整个剧本在原著的基础上，做了许多合乎逻辑发展的艺术改编，借助舞蹈语言，塑造了诗化的人物与风物场景，拓展了原著小说的思维空间，也有力地推动了原著小说的社会传播。

第六章 电影《白鹿原》在原著基础之上的意象呈现

电影《白鹿原》2012年公映版，截取原著小说的部分情节架构，意欲借助电影艺术的表现手法，有所突破性地进行创新改编，从而带给观众一种不同于原著小说的全新感觉。这正如编导所述的拍摄追求：“作为影像独立呈现的白鹿原的，对于文学来说是不是有一个新意，新的一种感觉”，“既得让观众觉得熟悉，又得有一种陌生感”[①]。的确，本剧在原著的基础之上，做了一些拓展性的工作，在所描述的故事情节的时间跨度上，不同于原著小说的始于白嘉轩娶妻，止于鹿子霖发疯离世。它起于白嘉轩的农田收麦，止于田小娥、鹿三离世后的鹿子霖出狱与飞机轰炸白鹿村。有所选择性地采用了原著的片段内容，在整编之后做了一些新的创作。它将富有视觉冲击力的麦田、牌坊、祠堂、戏台等地方风物，推至观众面前，较好地渲染了特定历史时期中国社会的农耕生活场景。与此同时，本剧呈现给观众的是带有强烈思想主旨的影视画面，它利用诸多电影表现手段，承接与延展了原著对道德仁义、宗法文化与人性解放等的思考，借助原著所提供的再创作空间，渗透了后现代主义消费文化的特色，带给观众一定程度的情感宣泄。

当然，由于电影制作时间的限制，要求在单位时间内集中表现一定的主题，难以容纳繁杂的内容，以本剧作的主旨表达而言，与原著深邃博大的思想内涵相比，显得层次肤浅，思想单薄；对于个别情节的交代也过于仓促与生硬；对于某些因素的增添，与艺术的真实存在一定的距离。因

① 王全安，倪震，胡克，等.《白鹿原》四人谈[J]. 当代电影，2012(10)：46.

此，本剧作有着许多再创作后的缺憾。

首先，整个故事情节的编排，无疑是围绕田小娥展开的，虽然也有对原著其他情节的展现，但基本上演绎成了“田小娥传”，且对于田小娥的形象再塑造，明显地背离了原著的主题倾向。

其次，剧作缺少了朱先生、白灵、鹿兆海等代表“白鹿精魂”式的人物，着力塑造了田小娥、黑娃、鹿三、白孝文、白嘉轩、鹿子霖等形象，而对于其他人物，如孝文与兆鹏两人的原配媳妇，只是进行一笔带过的处理。这明显地削弱了源于原著主旨精神的传承表现。

再次，对于白嘉轩与鹿子霖的角色塑造明显展开不足，前者表现为固执自傲、人情味淡薄；后者表现为情绪展现不合情理，且遇事有时没有主心骨。

最后，本剧对于众多人物的最终命运也没有做出明确交代，黑娃、鹿兆鹏、鹿子霖等人的最终结局不明，给人的感觉是缺少了应有的结尾，未达到曲尽剧终的感觉。尽管人们对于这部电影的评价是毁誉参半的，甚至批评多于赞美，但它确实展示了许多新的富有创意性的原著拓展。

第一节　小麦农事生产与土地眷恋的着意渲染

电影《白鹿原》给我们展现了一望无际的金黄色的麦田，多次出现以成片的小麦为背景的广阔田地，通过运用长镜头与空镜头，以及不断地移动与转换，从始至终，在不同的剧情穿插中，不但呈现微风吹动下起伏翻滚的麦浪，而且还呈现晚霞满天时的纹丝不动的静默麦田。等待收割的小麦展现着沉甸甸的穗子，一派丰收在望的景象显示在影像之中。远处是牌坊伫立路途之中的起伏不定的广阔坡塬。本剧在带给人一种丰粮满仓的感觉之外，还有着深沉厚重的苍茫深邃之感。除此之外，电影中的许多故事情节，也设定在割麦、装麦、拉麦、打麦、烧麦等环境中展开，小麦生产活动成为故事演进的媒介物而存在。

一、与小麦生产相关的画面呈现

在不同的画面中，白嘉轩、鹿三等人熟练地挥舞镰刀弯腰割麦，迅速地起身用秸秆缠绕打捆的场面，表现出在当时生产力水平之下，农民依靠较为原始的劳动工具，辛勤劳作、吃苦耐劳的品性，也揭示了他们善于就地取材的劳作风格；麦客们争先恐后地加快割麦的速度，争当割麦状元的干劲，以及堆积成高耸且圆实的麦秸垛的场面，表现了他们不甘落后、憨厚诚实、肯卖力气以及巧于处理庄稼秸秆的淳朴性格；白鹿村人在戏台前打麦子的场面，表现大家选择已有的平整地面，就地取材迅速抢收麦子的共同心理；镇嵩军杨排长到白鹿原收麦，以及鹿兆鹏、黑娃与白孝文的黑夜纵火烧麦，从中可以看出军阀的蛮横无理、横行霸道、祸乱百姓，同时，也表现了年轻一代善于斗争、勇于斗争与彻底反抗军阀势力的坚强意志。这种编排不同于原著焚毁粮仓，本剧是烧毁了成片的麦田，也打乱了镇嵩军的抢粮计划，减少了对其队伍的粮食供应，打击了其嚣张气焰，加速了其灭亡的进度；还有，军阀枪毙百姓而众人默立麦茬地的画面，表现出了白鹿村人面对军阀的抢掠烧杀，虽然怒火中烧，但又无可奈何的心理。另外，对田小娥与黑娃、白孝文故事的展开，也离不开堆满小麦秸秆的场景。

影片欲要渲染魅力无穷的小麦生产意象，从而传达出白鹿原区域内农耕时代厚重的历史沧桑之感。“影像不同于语言，它基于人们的感觉记忆，运用的是人们的无意识中的东西……影像通过偶像化来固定地指代某些意义。”[①]这种对小麦影像画面的展示，寄寓了编剧对于人们生存所依的深切关怀，充裕的粮食收成养育了一代代白鹿原人，从而推动了历史不断向前

① 迈克·费瑟斯通．消费文化与后现代主义[M]．刘精明，译．南京：译林出版社，2000：115..

发展。

二、对土地眷恋之情的表达

白鹿原地处浐灞两河之间的黄土台地上，东靠终南山东段的篑山，南临汤浴河与岱峪河，北依辋川灞河，三面环水，呈东南至西北向分布，总面积约263平方公里。农作物以种植小麦与玉米为主，民间至今还流传着“白鹿原，长寿山，见苗收一半”的谚语。“长寿山”的名称源自一个久远的传说，据传原上一个村子旁的沟谷中曾经盛产灵芝仙草，且有一位老道士在此存活至888岁，又由于其地处坡塬高地，因此得名。“见苗收一半”，是说即使碰到干旱的天气，播下的庄稼种子也能够破土而出，还至少有一半的收成，寄言原上可以供给人们得以生存的粮食。如此看来，生活于此，既可长寿又有粮食的供应，白鹿原的确是风水宝地。正像被抢粮的镇嵩军枪决的老汉临死前所说：“白鹿原是个好地方，你把我杀了你也拿不去！”这块土地是土匪强盗所掠夺不走的。肥沃的土地，孕育出茁壮生长的庄稼，出产的粮食养育了生活于斯的代代民众。以成熟小麦为背景的土地图画的多次出现，形成了本剧宣示意念的招牌。“土地其实在这个电影里是一个基本的语言。”①

这些反复出现的画面，使得“民以食为天”的生存法则有了落脚之处。它所传达的土地的博大莽苍与庄稼的收获图景，展示了百姓们生存依归的地域环境，以及生命得以延续的厚实之感，电影极力渲染出一种农民对黄天厚土的眷念之情，农民的恋地情结中蕴含着与物质世界的亲密关系，他们依赖于物质，同时也蕴含着大地本身作为记忆与永续希望的一种存在方式。在此，大地母亲一览无余地展现了她博大的胸怀，她给民众提供了维持生命与延续种族食粮的记忆与希望，充分展示了农民对土地的感激、崇拜与深深的依恋之情。

本剧通过对粮食生产与土地眷恋之情的反复渲染，以此为基础，展现

① 王全安，倪震，胡克，等.《白鹿原》四人谈[J]. 当代电影，2012(10):46.

时代不断转换下的社会变革、命运选择、婚姻理想等主题。千百年来，农业文明的发展与人们对精神解放的追求同步前行，面朝黄土背朝天辛勤劳作的农民，在遭遇土匪、军阀、官绅的蛮横抢劫与掠夺之下，激起的是他们自发的一波又一波的反抗与抵制。正如黑娃的基本认识："不管啥世道，农民都是最可怜的，出力最多，身份最贱。"因此，在闹农协运动中，他的斗争性最强，因为农协会的性质正像民谣中所唱："农协会有权威，地主阶级打成灰。列强军阀全打倒……一切权利归农会，农会万岁万万岁。"接着，他带头砸烂了代表封建权威的祠堂，从此，开启了他对旧有社会秩序的颠覆性斗争。另外，男女之间的复杂情爱，也在粮食等物质生产之下充分展开。有了充裕的食物作为基础，我们看到了鹿子霖大摆宴席，黑娃、众麦客、鹿兆鹏津津有味地吃面，还有鹿子霖与田小娥在窑洞饮酒吃菜，故事情节在宴饮饱食中延续发展，物质生产为追求追求情爱婚姻，创造了必备的殷实物质条件。

第二节　生育理想、激越情感与婚姻追求的表达

农耕时代，种族兴旺发达与否的征象，在很大程度上是以家庭人口的增殖程度作为重要标志的。的确，随着人口的增加，家庭规模的不断扩大，能够显示出家业兴盛的蓬勃气象，于是，多子多福的生殖崇拜观念，长久以来便在人们的头脑里根深蒂固。因此，男女结合、谈婚论嫁的一大目的，从社会伦理与发展的角度上讲，符合与顺应于天道人伦的传宗接代。

一、生育理念的基调贯穿

我们从电影的开头看到，小时候的白孝文与孩子们顽皮好奇地远观牲

口繁殖的画面，虽然后来遭到了家长们的惩罚，但是他们隐约受到了启蒙的生殖教育。他与黑娃坐在麦田中吃冰糖，谈到“我爸叫我娶媳妇生娃呀”，然后打闹着躺在田间，向上蹬腿地模仿女人生娃的痛苦情形，这无疑是在强调生育与延续后代在宗族发展中的重要地位。白嘉轩在孝文应该成亲的年龄嘱咐他：“爸这辈子就央求你一件事，到时候争点气，不要像我生你一样，费那么多周折。”希望儿子不要像自己一样，娶了七房女人，才生育了子女，而是能够一帆风顺地早日实现拥有后代的理想。当他发现儿子在结婚好久之后，儿媳妇仍没有怀孕的迹象之时，再次担忧子孙后代延续的问题，却碰到了白孝文的生理功能障碍，这是种族延续上的大忌。正如他说：“你是白家的长子，将来你在祠堂里，你是白鹿两姓的族长。在白鹿原上，是顶门柱立大梁的人，这样的人，不能没有后人。”强调作为将来族长的继承者，要充分保证子孙的存续兴旺。自古以来，传统宗法便有着“不孝有三，无后为大”的道德高标。诚然，“创生新的肉身，使父母的遗体继续生存，让祖先传下的万世之嗣绵延不绝，以至永远，便成为乡土生存者生存策划的历史事件”①。影片将白孝文的男性功能恢复，设定在与田小娥的交往之后。而将此前身体功能的丧失，归因于白嘉轩长久以来的精神高压。而一旦他脱离了由父亲框定的精神藩篱的牢笼，在分家后能够自己做主做事之时，顺理成章地恢复了原来的本能。于是，传宗接代目标的实现也不再遥远。在电影的叙事中，他参军之前，让田小娥怀了自己的孩子，但在建塔的一段情节里，白嘉轩没有承认这个后代，以致从宗族教化的标准出发，让人将其随同田小娥被焚毁的骨殖埋葬在塔下。

二、激越情感的展现

在电影中，田小娥时常伴随郭举人到地里来看麦客们割麦，有人私下里对她的议论是：“小娥到地里头来，就是在屋里憋的，跑地里看男人来了……”话语里充满了男人对女人行止的想象，也真实地揭示了田小娥内

① 段建军.陈忠实研究论集[M].西安：西北大学出版社，2018：38.

在的难以压抑的情欲。后文与此相照应的是：当她独自面对黑娃时，果真极具挑逗性地说："到地里是为了看你。"在两人第一次欢合之后，田小娥说："你甭看主家一天舞枪弄棒的，正经事从来都没办成一回，就是摸摸揣揣的……不像你"，谈出自己的真切感受。两人在麦秸垛上的交欢，展现了由原始冲动的相互悦纳而带来的酣畅淋漓的快慰。在郭举人面前，两人还表现出对于身体交往的直白感受，喊出了被碾压在灵魂深处而能够肆意宣泄的身心畅快。黑娃对遭受毒打无所畏惧，大喊道："来呀！打呀！舒服！"田小娥遭夹，喊出："把我卖到窑子去，也比跟你强，也比跟你舒服！"表现出对郭举人生理能力的直接否定，对存活于世的欲望追求。据此，男女的情欲展现为一览无余的呐喊与宣泄，表现的是那份罗曼蒂克式的纯真和情感的实现。田小娥用自我的生命激情做赌注，欲要获得个体人的自由与生命存在的尊严。但这种离经叛道的宣示，是郭举人、白嘉轩、鹿三等人所丝毫不能容忍的。不合礼法的行止遭到郭举人的惩罚，也遭到来自白鹿宗祠的彻底排斥。

三、婚姻的自主追求与陷于乱情

在今天看来，田小娥与黑娃的欢情有着婚姻自主的意味，两人的结合是思想解放的欢歌，值得同情。为了能够实现白嘉轩的主婚，并且把夫妻的名字上到祠堂族谱上的理想，田小娥对白嘉轩的解释是："就是想跟他（黑娃）过安生日子，不图别的。"但这个最朴素的愿望遭到对方的质疑与拒绝。鹿兆鹏面对处于困境的黑娃与田小娥，向他们介绍了苏联的婚姻制度："人家主张的是婚姻自由、恋爱自由，就是废除包办买卖婚姻，不用父母做主了。"并对两人的结合进行了高度的评价："你俩是咱白鹿原头一个冲破封建枷锁实行婚姻自主的人呀。"但田小娥对于这种制度的认识，始终没有走出宗法制度的怪圈。她好奇地问："那恋爱自由下的婚姻，落得下正房的名分？进得了祠堂？"当鹿兆鹏回答："人家苏联就不要祠堂，人家没有祠堂。"田小娥觉得不可思议："那苏联还有啥意思！"她所认定的是既要有恋爱自由，又要能进得了祠堂，这对于她来讲确实是一个很大观念突破难题。不过，在闹农协时，她所参与的砸烂祠堂行动，其思想恐怕会抛开祠堂的念头，将侧重点放在婚姻自主的实现上。她与鹿子霖的暧昧交往，有着起初营救黑娃前提下的苟且屈从，显示着迫于威压的身体出卖与交易。田小娥对于黑娃的出走，起初有着不满的情绪：“你走了，我咋办？你把我一个女眷撇到屋里，我咋活呀？”有了一种无所依靠的埋怨与苦闷心理。接着他向鹿子霖打听黑娃的消息，为求庇护，愿做对方的干儿媳，但最终未能躲过对方的算计。此后当鹿子霖再次提到黑娃时，她有些失望地说：“甭提黑娃了，我现在离他远得看都看不见了。”从话语中，我们觉察出一个女人在宗法社会中独自存活的无奈与艰辛。

对白孝文起初施以身体的诱惑，有着复仇、忏悔与虐恋的矛盾心理，实质上是出于报复的目的而最终动了真情的放浪狂欢，直至孕育出不为社会所容的乱情结果。在影片中，白孝文起初尽力帮助黑娃与田小娥，主动帮助他们找到村头可以容身的窑洞。接着，在鹿子霖的怂恿之下，田小娥出于报复的目的，诱惑白孝文，但未获成功。后来，在黑娃外逃的雨天里，孝文主动来搭盖窑洞的裂缝，并进屋对田小娥说：“嫂子，黑娃一时半会儿回不来，你有啥难处就张口。我不为别的，你不要忘了，白鹿原你还有个兄弟呢。”显现出接济兄弟的仁义气概，心甘情愿地上了钩，直至最终白孝文动了真情，宁愿抛弃自己的一切，与田小娥待在一起，并坦言：“有你就有我的桃花源。”在大旱饥馑之年，田小娥怀了他的孩子，他希望能够把孩子养下来，并且让鹿三将自己卖身当兵的钱，以及他所送的粮食交给田小娥，并急切地说：“小娥肚里还有我的娃呢。”白孝文彻底抛开了社会伦理，深陷在痴迷的乱情之中。

由此可见，在田小娥身上，对黑娃的欢情与对其余两人的乱情有着泾渭分明的表现。她由起初对自我身体与精神的解救，最终走向了身体的放纵，抛弃了思想与身体上对黑娃的忠贞与专情的婚姻自主追求，无奈地走向了宗法社会下女性生命悲剧的深渊。但“田小娥既不是潘金莲式的人物，也不是常见的被侮辱被损害的女性，而是一个很有艺术特色与社会内涵的人物”①。由于她将白孝文引向堕落而形成了始料未及的实质性戕害，这似乎展示了让人不可容忍的人性之恶，于是，她将自身推至为白鹿原世界所不容的风口浪尖。于此，她的出路就在于要么出走，要么自绝于世，要么被人结束生命，我们看到了本剧与小说原著一致的编排：她最终死于鹿三之手。这也是在宗法时代，一些妇女往往迫于生存压力，不得不用身体交换为代价而促成的命运悲剧。

第三节 “忠义”践行者鹿三火爆刚烈形象的塑造

在原著小说中，鹿三被白嘉轩称为白鹿原上最好的一个长工。对他的性格刻画，并不那么突出性地指向火爆粗莽，甚至于在惩罚狗蛋与田小娥之时，鹿三并无愤怒地指责田小娥的德行。况且，在黑娃到白家追查害死田小娥的凶手时，鹿三也表现得非常镇定地拿出了行凶器具——梭镖钢刃，并没有对着黑娃大喊大叫。电影却将原有的性格非常鲜明地展现了出来。在影片中，鉴于将田小娥的生命轨迹作为描述的重点，因此结束其生命的鹿三也成了被着重刻画的对象，鹿三的性格设定为刚烈火爆，做事敢作敢当，为人富有仁义豪侠之气，即“他是封建礼教和儒家伦理秩序最忠实的践行者和维护者，是家族政治和权威的捍卫者，他心里只有宗祠和家族，没有丝毫现代民族和阶级斗争的概念和意识”②。的确，鹿三是一位十足的忠义道德的信奉者与实践者。

① 段建军.陈忠实研究论集[M].西安:西北大学出版社,2018:111.

② 段建军.陈忠实研究论集[M].西安:西北大学出版社,2018:143.

一、参与社会行动贯穿“忠义”时的火爆刚烈

鹿三在白家长年累月地辛勤劳作，对于对方所提供的衣食住处以及为他操办终身大事，他是心存感激的。另外，白嘉轩还承诺也要给黑娃承办婚事，这更是加深了鹿三对白家的感激之情与忠诚程度。他做事的出发点是：凡事必须从维护白家的利益出发，一切听命于白嘉轩。对白家表现出虔诚的“忠心”，而且自觉维护着两人在等级差异之上的类似兄弟的关系。“交农”事件中，鹿三一马当先冲在最前面，并对儿子说：“干这种事，主家不便出面，有咱们下人去就行了。”既显示了敢于替主家做事的忠义精神，又显示出为了维护众人利益而不怕牺牲的仁义追求。白嘉轩与他本是地主与长工之间的雇用与被雇用的关系，是主子与仆役的从属关系，但我们似乎可以看出，白嘉轩对待鹿三言必“三哥、三哥”地喊。民国的建立，使富有忠义之心的白嘉轩迫不得已地剪掉了代表忠于清王朝的辫子，而鹿三反而抗拒不剪，直至保持到后来被黑娃强行剪掉，表现了他怀有忠贞不渝的赤诚之心。于是，白嘉轩称赞道：“三哥，你是人。”而鹿三也坚称：“他谁要动我的头发，谁就把我的头割了拿去。”由此可见，他们之间没有剑拔弩张式的矛盾极端对立，反而有着一种兄弟般的仁义关怀，甚至让白孝文将鹿三认作了干爸。的确，“正是以仁、义、恕、和为核心的传统道德，在白嘉轩这样的‘地主’和鹿三这样的‘长工’之间，构建起具有家庭氛围和伦理亲情的人际关系和密切的劳动协作方式”[①]。自然，鹿三在白嘉轩的影响之下，除了对白嘉轩的感恩戴德与伺机回报之外，长久以来还耳濡目染，接受着传统的宗法教育，并成为他立身行事的精神追求标准。一方面，他受益于由忠诚仁义而来的生存优待，另一方面，他是一位为了维护这些道德标准而不徇个人私情、敢于扫除一切障碍的卫道者。

① 李建军.陈忠实的蝶变[M].南昌:二十一世纪出版社集团,2017:184.

二、对待家庭成员行止衡量“忠义”时的火爆刚烈

鹿三从将军寨问清黑娃与田小娥以前的行止，回到家之后，便开始发疯似的摔打东西，大喊大闹，粗暴莽撞的脾气尽显，他对黑娃说：“你给我滚，你不是我养下的儿！”对田小娥大嚷：“甭动我，把这个烂货给我撵走，快把她撵走，你两个在郭家塬作下的孽，全滋水川都摇了铃了。”对于黑娃带头砸祠堂，鹿三又一次大喊大叫：“都甭拦我，叫我去把黑娃那牲口戳了，我杀人偿命，挨铡刀我不怕”，“都是我造下的孽，都是我的罪过，那不是我养下的儿啊，叫我去把那孽子戳了”。当田小娥为惩罚狗蛋，自设苦肉计在祠堂上被打时，鹿三从维护白家的脸面出发，强烈要求白孝文下狠心抽打田小娥：“田小娥这么个烂货是个啥东西，还要狡辩，就是不出这事，也早该收拾了。孝文甭叫恶人欺负你，笑话你，打！”他看到潦倒堕落的白孝文，竟然出现在抢舍饭的人群里时，出于维护族长白嘉轩的脸面，有些恨铁不成钢地诅咒孝文：“你这把人都活成狗了，除了嘴硬还剩个啥？我个长工眼窝里，也把你这号败家子拾不进去，我要是活到你这步光景，我早拔一根尿毛把自己勒死了。”虽然迎来的是白孝文对他长工身份的蔑视，但他并未将此记挂在心上，还及时送来了救命的粮食，欲要阻止白孝文参军。与当兵的发生争执，大骂对方，结果被打了一顿，他躺在地上，旁边玉米粒散落了一地。但让他想不通的是白孝文竟然在此时还记挂着害人不浅的田小娥。于是，他回应白孝文的托付，送给躺在床上奄奄一息的田小娥馒头吃，但当听到田小娥的忏悔“我对不住黑娃”时，他再也无法容忍这个祸害白家儿子的女人，竟在她身体最弱的毫无防备之时，丝毫没有对羸弱生命的呵护之意，狠心杀死了她。为了维护心中的忠义信条，他亲手除掉了这个被儿子领回来的“媳妇”，这个在他看来的“烂货”“婊子”与“祸害”。

在此，我们似乎能够察觉到受忠义观念支配的鹿三，没有出于自私的目的，对自己的家庭成员进行罔顾是非的亲情呵护，而是表现得爱憎分

明。同样是面对误入歧途的黑娃与孝文，他对自己儿子的行止深恶痛绝，似乎是除之而后快，而对于白家儿子的堕落，在痛斥之外，却百般地同情与营救。由此可以反观他的内心存在着一种倾向于仁义道德标准的情感。这种情感的秉持，促使他六亲不认地结束了田小娥的生命。

当黑娃深夜潜入白家要与白嘉轩清算旧账时，鹿三愤激地手拿梭镖，大喊："我戳死你个土匪……人是我杀的，不干白家的事……我杀人偿命，你来，朝你老子的胸上戳一枪，你个狗日的。"接着电影编排的最终结局是让鹿三上吊自尽。这一设置不同于原著而又耐人寻味，鹿三更多地是为忠义理想的破灭而死的，试想那个未被承认的儿媳害得新族长白孝文成了叫花子，现在儿子又打坏了主家的腰，再加上儿子割掉了代表自己忠义之心的辫子，由此他觉得已经没有颜面活在世上，一生尊奉的信念大堤在瞬间轰然坍塌，于是，鹿三为表现对于忠义信念的诚心维护殉身而去。至此，本剧合乎情理地完成了对鹿三忠义、刚烈与火爆形象的重新塑造。

第四节　秦腔秦韵等地方特色文化的濡染

电影《白鹿原》加入了许多陕西地方戏的唱段，彰显了浓郁的地方文化特色。的确，"戏曲承载着中国传统社会民间意识形态，是构成乡间与市井聚落或社区公共空间的重要组织方式"，"戏楼上的秦腔表演不仅承担着乡村生活的娱乐功能，也是在历史沉淀后形成的乡民们重要的社会生活形式"。[①]这些出现在影片中的不同唱段，或为了渲染白鹿原历史积淀的京都文化的慷慨悲壮，或为了显示关中百姓劳作与歌舞娱乐间杂的个性风范，或为了刻画剧中人物心理动态的微妙世界。我们看到村中的戏台不分农忙与农闲，都会上演不同的剧目，"忙罢会"上要唱戏不说，即使再次

① 段建军.陈忠实研究论集[M].西安：西北大学出版社，2018：51-52.

得势的田福贤也要请村里人看戏；郭举人不仅请麦客们看戏，而且他自己还在学弹琴与学唱戏；黑娃与田小娥到集镇上自发地看戏、听戏与学戏。陕西地方戏确实有着独特的艺术魅力，陈忠实先生说："我确实喜欢关中地方戏曲，秦腔不用说了，也喜欢眉户，还有多以民间艺人演出的蒲城线胡儿和华阴老腔等。"[①]在此，陕西地方戏老腔、秦腔、碗碗腔等唱段贯穿全剧，推动着剧情的发展，彰显着关中文化的特色风范。

一、老腔声调的情感渲染

开头与剧中出现的唱段："征东一场总是空，难舍大国长安城，自古长安地，周秦汉代兴，山川华似锦，八水绕城流。……我父基业被我废，顷刻卖了唐社稷。"出自老腔皮影戏中唐王的唱词，其背景是唐王攻伐高丽遭遇了失败，他万般无奈向对方投降后，发出痛彻心扉的感慨。其实这种叙述，与历史事实并不相符，据《旧唐书》记载，"十九年，太宗伐高丽"，"十九年春二月庚戌，上亲统六军发洛阳"，"上自高峰引军临之，高丽大溃，杀获不可胜计……刻石纪功焉"，唐太宗御驾亲征，并没有投降的记载。后来，高宗"总章元年，命绩为辽东道行军总管……辽东道副大总管刘仁轨、郝处俊、将军薛仁贵并会于平壤，犄角围之，经月余，克其城"，未亲征，也不涉及投降一事。显而易见，这只是民间记忆中的对历史事件的编排演绎，但寄寓了沉郁悲壮的大国情怀。开头的几句，唐王感慨于东征高丽遭遇失败，同时又丢了江山社稷，感到悔恨不已。但又有着对于山川锦绣长安之地的深深依恋，以及对于深厚蕴积的京都历史文化的景仰。借此极力渲染处于京郊而与京都文化连为一体的白鹿原，沿袭着历史风华的博大宏深气象。反观白鹿原的命名来自周平王遇见白鹿的传说，并且汉刘邦曾屯兵于此，汉文帝及其妻母的墓葬均在此地。可以证明白鹿原是深受帝都文化影响的一个重要区域。电影中的这段老腔唱词配上

① 陈忠实.唏嘘暗泣里的情感之潮：写在《迟开的玫瑰》冲刺"国家舞台艺术精品工程"之际[J].当代戏剧，2005(6)：4.

无边无际的辽阔麦田，显示出广袤的土地与厚重的历史文化相辅相成。苍凉悲壮的“西部船工号子”老腔音调，喊出了白鹿原历史演绎进程中动人心魄的宏大气韵。但在白孝文与田小娥欢愉之时，再次出现这段唱词时，笔者以为却另有一番寓意，那就是，此处仅取“征东一场总是空”的字面意思，虽气魄宏大，但最终是做事无果。借曲词演唱预示田小娥与白孝文的欢爱情感只能呈现一时，最终必将遭遇失败，到头来不可避免是一场空。

老腔《借赵云》唱段，出现在麦客在戏楼上吃面的过程中，其内容为：“将令一声震山川，人披衣甲马上鞍，大小儿郎齐呐喊，催动人马到阵前。头戴束发冠，身穿玉连环，胸前狮子扣，腰中挎龙泉，弯弓似月样，狼牙囊中穿，催开青鬃马，豪杰敢当先。正是豪杰催马进，前哨军人报一声。”老腔与其他剧种最大的不同，在于多数作品表现古战场上两军对垒呐喊厮杀的战斗场景，独特的唱腔与乐器伴奏渲染出悲怆激越的格调。本剧表现三国人物赵云击败典韦出征前的壮阔场面。唱词与曲调表现出的惊天动地与同仇敌忾的豪迈气概，酣畅淋漓地展现了将士们奋发振作的气势，并借对赵云服饰行套的描述，赞扬他一马当先、英勇杀敌的豪迈气概，借此表现关中人的潇洒豪爽与铁骨铮铮的英雄情怀。本唱段出现在麦客饭后的村口戏台上，隐含地表达出对麦客们团结一致、奋力拼搏的赞美，表现出麦客们对赵云豪迈之气的强烈认同，以及众人对这种艺术形式的娱乐认同。同时，是对长久以来我国民众同心协力做事的民族心理的精彩呈现。

二、秦腔唱段的情调铺垫

秦腔折子戏《走南阳》，舞台上展演了女主人公的一段唱词：“殷梨花性儿忙，提上个篮儿奔窑场。正行走来用目望，谁家的娃娃倒路旁。”故事叙述汉朝刘秀，被王莽追杀逃难时晕倒在路旁，适逢村姑殷梨花路过，接着，两人之间由起初的相互逗趣渐至互生爱慕之情，最终“鸳鸯谱上凤配龙”。剧中男女之间的调笑成分较浓，在刘秀身上有着少年顽皮式的挑逗以及自视皇家血脉的高贵，逃难之中，他引来了殷梨花的以身相许。舞台上在演绎风情，舞台下也在演绎风情，田小娥挑逗性地约走了正在看戏的白孝文。按照田小娥的推断，此时正在看戏的白孝文，很有可能被台上刘秀的“死皮赖娃”的风流性情所感染。于是，她要抓住时机，将女人的妩媚诱惑作为利剑，狠狠地回击自己被痛打的仇怨。虽然本次行动并未成功，但为白孝文接下来的自愿上钩做好了铺垫，果然，在后来的复仇成功之时，白嘉轩被气晕在窑院旁边。因此，这出折子戏为田小娥的复仇创造了良好的诱因条件，成为推动故事情节进一步发展的不可缺少的组成部分。

三、碗碗腔的情愫展现

本剧较之原著，还创造性地加入了碗碗腔《桃园借水》的曲调与唱词，意欲建立寄寓美好情愫的桃园意象。这一故事是由唐代崔护的诗歌《题都城南庄》辗转改编而来的，明代孟称舜将其编排成杂剧《桃花人面》，到了近现代，欧阳予倩又将其改编为评剧《人面桃花》。在《桃园借水》中，表现农家少女桃小春与落榜秀才崔护在桃园偶遇，由相慕、相爱再到以身相许。电影中田小娥第一次对本曲调的哼唱，出现在她与黑娃在郭举人家相好之时，借此表现她在得到两情相悦情爱后的畅意心情。对本剧曲调与曲词的第二次呈现，出现在田小娥与白孝文在集镇里的娱乐消遣之时，电影借助桃小春的唱词：“姓桃居住桃花村，茅屋草舍在桃林。桃夭虚度访春汛，谁向桃园来问津。”一边展现着民间艺人精湛的皮影戏表演，一边又表现着田小娥与白孝文的模仿演唱的欢愉，借此表现双方孽缘至深的不离不弃之情，通过这一场面的展现，既传达出艺人们表演技艺所具有的沁人心脾的感染力，又传达两人对桃小春与崔护爱情的无比羡慕之情，另外也隐含了对陶渊明所描绘的桃花源世界自由生活的美好憧憬。毕竟，“归隐田园抑或世外桃源均是见惯动荡的人内心最渴望的宁静”[①]。

除了戏曲片段的加入之外，电影还展现了威严古朴的祠堂、雕镂精工的戏台、静默耸立的牌坊、做工精巧的楼房、陕西特色的窑洞，还有多次出现的吃面场景等等。这些颇具陕西特色的风物，用电影画面增强了原著主题的表现力度。地方风物是特定历史的文化标签，它反映出当时条件下，人们的生产、生活状况以及精神风貌，为人物的性格展现提供了相应的活动空间，更好地展示了富有特色的地域文化。

电影《白鹿原》存在着许多缺憾，但它凭借着自身的艺术表现优势，对原著小说进行了再次演绎，塑造了具有时代思想追求倾向的崭新意象，它力图利用电影手法，将原著故事进行带有时代色彩的重新解读。本剧在遵从原著所述的故事情节之上，截取与延展了情节组合，重新挖掘与拓展了原著内蕴的各种因素，重塑了田小娥、黑娃、鹿三等人物形象，扩大渲染了小麦、土地、生殖、情欲、婚姻等意象，增强了对作品内涵的表现力度。

① 姚宝香.电影《白鹿原》中的视听符号解读[J].电影文学,2019(13):111.

第七章　电视剧《白鹿原》中的意象塑造

《白鹿原》电视剧的创作，在保持原著小说完整叙事主线的基础上，相较于衍生的众多同名艺术作品，凭借其自身的表现优势，从广度、深度与强度等各种维度上，最大限度地再现并拓展了原著复杂的故事内容，延展了其深邃的思想内涵。饰演朱先生的刘佩琦认为："小说里面印象深刻的桥段，在我们电视剧里都保留下来了，还得到了一些拓展，我相信这部作品面向观众之后，一定会得到很好的反响。""作为影视工作者，应该提供像白鹿原这样厚重的史诗般的作品，供观众欣赏。这种严肃风格的作品应该存在，日后会有很强的参考价值。"的确，这部电视剧播出后赢得了良好的社会反响，对于其他电视剧的创作具有重要的借鉴意义。

原著者陈忠实先生曾将改编寄希望于电视剧的表现，缘于借助这种艺术形式，从时长上能够全面展示横跨50年内容的史诗感。对于本剧来讲，编剧申捷将50万字的原著改编成近百万字的剧本，使剧作拍摄有了坚实的基础。它是一部众多演绎者们用工匠精神打造而成的史诗性力作，单就其筹备时间之久、投入资金数目之大、参演人员之多而言，已实属罕见。电视剧《白鹿原》有着16年的筹备、10年的立项、227天的拍摄、1年多的后期制作过程。投资高达2.2亿元，大部分投入在了场景、服装、化妆、道具等设计制作上，美术部门提前10个月进入勘察景点与搜集道具阶段，旧农具、旧纺车有为数众多的拥有量。参加演出的主要演员有94位、群众演出有4万多人次，拍摄转场多地。预拍了85集，实际发行播出77集。2017年4月16日起，该剧在安徽卫视、江苏卫视、乐视视频播出。参加本剧演出的有两代优秀演员，组成能够反映作品人物形象的演员阵营。

剧作延续拓展了原著所蕴含的精神，表现了清末至建国初期，关中地区白鹿原上白、鹿两家三代人的恩怨纠葛，借助处于西安城东南郊的“仁义白鹿村”的半个世纪的风云变幻，参阅当时中国及陕西省历史的发展状况，立足乡村传统的自我管理制度，从中国宗法文化的角度入手，试图解读在民族发展的历程中，对传统文化的坚定守护、遭受冲击、反思吸收以至扬弃前行的不同社会阶段状况，最终经历了痛苦抉择，使维护天地道义、为万世开太平的文化精髓得以传承发展。在时代不断转换的社会状况之下，年轻一代纷纷追求思想自由、人性解放与自我发展，其中的主要人物最终获得了较为圆满的结局。在这部作品中，文学经典的影视化得到了独具特色的表现，为未来的影视剧创作与编写提供了经典案例。与此同时，作品在原著的基础之上，赋予了剧作广博且含蓄的新内容，树立了富有创编者们追求倾向的新意象。

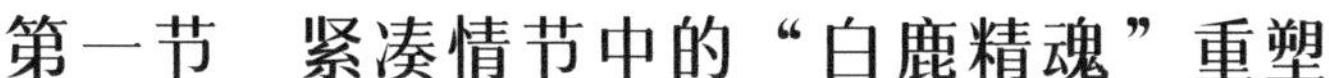

第一节　紧凑情节中的“白鹿精魂”重塑

本剧作通过对以文字为载体的同名文学名著的互文性改编，将原著内容在继承的同时加以整理改编，形成以影像、图画、声音等为综合载体的电视剧，其内容编排与艺术表现有源自原著的一面，也有其与社会评述、同名影视剧作相差异的一面。在尊重原著情节编排与主旨表达的基础上，通过重新组合、删减添加、细节拓展、情节变更、侧重转移等形式，完成了对于原著的影视化改编与意象重塑。电视剧对原著故事的再演绎，需要借助于对原著的透彻把握，以及对能够诉之于画面声像叙述故事的艺术要求的熟练运用。整体来讲，77集《白鹿原》电视剧是忠于原著的，故事情节保持了原著的基本框架：始于白嘉轩娶仙草为妻，止于白嘉轩徘徊守望在茫茫麦田里。

在本剧中，发生在白嘉轩、鹿子霖、鹿三、朱先生、冷先生等老一代人之间的故事是明晰而富有多重意蕴的。白嘉轩的以德报怨以及他与鹿子霖之间的斗而不伤的格调是突出的，多年争斗的最终结局是彼此结成了儿女亲家，并且有了孙女鹿天明的存在。白嘉轩与鹿三之间除了维持着雇主与雇工的关系之外，还有一种讲求仁义忠诚的兄弟关系。作为白家女婿的朱先生，实践着为苍生谋福祉的人生理想，点化与帮助民众逃离与度过险境。有着救死扶伤情怀的冷先生与白鹿两家是儿女亲家，他有着解决纠纷与解救人于危难之中的一颗热心肠。原著小说所勾画的“仁义白鹿村”的血缘关系与亲族关系得到了进一步阐发。在新一代中，鹿兆鹏、黑娃、白孝文、白灵、鹿兆海、田小娥的形象得到了拓展演绎。鹿兆鹏代表着向所有反动势力作顽强斗争的一极，体现着共产党领导下的追求民主解放的新生力量。黑娃代表着挣脱宗法制度的限制而争取获得人格自由的乡村青年，所不幸的是他起初被迫走上的是打家劫舍与杀富济贫的山寨生活之路，乃至于成为国民政府所通缉的对象与白鹿村所排斥的对象。对于白孝文的人生经历，本剧将其演绎为主持道义的族长、在女色关口的投降者、卖尽田产的败家者、吸食大烟的乞讨者、心狠手辣的当政者、罪有应得的被惩罚者。

以上三人是小时候最好的玩伴，鹿兆鹏与黑娃合谋火烧白鹿仓、共同保护白灵、共同闹农协、策动保安团起义，而白孝文从族权的把持者，转而成为堕落后的革命成果的投机者。白灵是革命阵营中无所畏惧的为民请命者，因为所站立场的不同，她与鹿兆海最终走向了决裂，与鹿兆鹏走到了一起。田小娥有着追求其自身解放的一面，但也有着不自觉地充当帮凶的一面，最终被宗法制度所绞杀。通过两位女性对于以爱情为基础的人生追求，说明只有打破旧世界，建立新世界，才能最终获得人性的解放。

一、剧作增添了十分紧凑的故事情节

在本剧中，新增的故事情节有：绑匪事件、借还土匪粮食、鹿兆海教白灵制作氢气球、白灵反抗缠足与闹学堂、朱白氏生娃等，给人物的活动提供了更为广阔的空间，使故事结构显得更加丰满。绑匪事件的增加，与前面的情节叙述紧密相连，突出了人物的性格特征。本事件由石头勾引土匪而起，他们是奔着白鹿原上种植罂粟的暴利而来，其唯一的目的是想通过要挟得到高额的钱财。因此，他们绑架了白嘉轩与鹿子霖。从筹集钱款救人的过程中，可以看出白母、仙草、鹿兆鹏及其母亲的不同心态，白母及鹿兆鹏母亲有着自我生存的考虑，而仙草与鹿兆鹏显得救人心切。在商议归还众人所出赎金的问题上，鹿子霖表现得非常明确："白嘉轩，要还你一个人还哪，没我份。"虽然其父鹿泰恒并不认可。我们可以从中看出鹿子霖自私自利的品性，朱先生的安排较为稳妥以及鹿兆鹏在事件处理看法上充满睿智。借来与还给土匪粮食，表现了白嘉轩的不怕羞辱、不惧风险而为族众生存着想的处世态度。饥荒之年，他不忍心人们外出逃难，亲自上山找大拇指借粮，并向对方承诺日后必定奉还，在黑娃借粮积德的一番劝导之下，大拇指最终同意借给粮食，并带着数十个兄弟将粮食运至白鹿原。后来的丰收之年，在鹿子霖的一番蛊惑误导之下，人们在是否归还粮食的问题上开始动摇。白嘉轩在祠堂教育大家说："乡约患难相恤。滴水之恩，当涌泉相报。当年土匪一把粮，可能就是救了你的一条人命，都忘了饿的滋味是吗？在祠堂里商议这事，羞先人呢，不还粮，那就还命！"大家最终同意归还粮食，白嘉轩的坚守承诺，得到了土匪的称赞。借此反衬了鹿子霖故意从中作梗、故意为难人的敌对态度和低劣品质。

鹿兆海教白灵制作氢气球，激发了白灵去城里上学的积极性，表现出她勇于尝试与敢作敢为的精神，增强了对其性格的刻画力度。鹿兆海首先教给白灵启蒙的知识："外国现在有种氢气球，飞得比它（孔明灯）还高。""在欧洲，已经有人乘着它，飞越撒哈拉沙漠了。"然后教制作氢气

的方法，并警告其会面临着可能会爆炸的危险。当其独自制作氢气时，被震晕了过去，引来了众人的一片慌乱。白灵的反抗缠足，借以表现她的顽强斗争精神。尽显白母、仙草及白孝文的顽固坚持封建信条，白嘉轩爱女心切的心态，以及黑娃与鹿兆鹏对于白灵的保护与对旧有陈规的抵制。白母三番五次强迫白灵缠足，引来了白灵的喊叫与拼命挣扎，也遭到了白嘉轩的反对，于是她就将缠足后的白灵关在李寡妇家，后来得到了黑娃与鹿兆鹏的救助。白灵闹学堂，体现其无视纲常礼仪、内心纯真无邪的性格。她在徐先生生病时，竟自命为先生，震慑管教一帮孩子，还拿朱尿脬吓唬二豆，表现其特有的管理才能，但又有些淘气十足的气派。在其被关在祠堂反省期间，竟然挤到徐先生床上睡了一晚，让白嘉轩及众人感到非常吃惊，在那个年代里，这可是惊世骇俗之举，白灵的无视封建礼仪被表现得淋漓尽致。朱白氏生娃，表现了“男女授受不亲”与“医者大仁”“救命”理念的对立，最终医生的救人性命的天职战胜了陈腐的封建信条。朱白氏生娃时的奄奄一息，需要医生的及时救助，但在朱先生的“君子遇大事不拘小节”的言语面前，冷先生仍旧徘徊不前，而鹿兆鹏的“你杀人了，里面的人死了就是你杀的，你还配背这个药匣子!”让冷先生马上行动起来。表现了传统儒学在普通人性面前的冷酷无情与不作为，对维护礼法的见死不救予以了痛斥。另外，剧作舍弃了原著中的鹿家发迹史、土匪大拇指情史、锅盔的传说等情节，使作品的主旨及人物形象更加突出。

二、“白鹿精魂”的重新塑造

陈忠实先生在生前曾殷切地寄语编剧组：“激荡百年国史，再铸白鹿精魂”。其中的“白鹿精魂”有着深刻的内涵，在有关白鹿的传说中提到，但凡白鹿过处就会出现四种奇异的景象：庄稼会茁壮成长；人们原有的百病尽除；姑娘们变得貌美如花；毒虫害兽顷刻之间毙命。这一传说寄寓着人们对遭遇到的兵匪官绅无尽戕害与滋扰的无比愤慨，充满着对美好生活的追求与向往。在此，白鹿代表着能够使人们过上幸福安康生活的引领者；能够驱逐一切残害百姓的邪恶势力的守卫者；能够为了维护正义、不惜牺牲个人生命的保卫者。据此而论，“白鹿精魂”指的是：为了人们不受黑暗势力的侵扰，过上自由安稳的生活，能够挺身而出，不顾个人得失，为大众谋福利的儒学仁义精神。即关学所推举的核心理念：“大丈夫当为天地立心，为生民立命，为往圣继绝学，为万世开太平”。人活于世，要为社会重建精神价值观，为民众确立生命意义，为前圣继承已绝之学统，为万世开创太平基业。不言而喻，“再铸白鹿精魂”是寄希望于围绕这一主题之下的对故事的重新编排与剧作展现，重新阐发其深刻的内涵。

的确，本剧作在透彻理解原著精髓的基础上，利用新的情节内容，更加充分地表现了“白鹿精魂”所在。有关朱先生的故事，除了突出表现他的情系百姓安危、以民族大义为重的情节之外，又增加了他与徐先生面对民众阐释了“仁义”的含义，表现他对传统经学的透彻把握；他与少年鹿兆鹏的多次论辩，反映出他对儒学思想的继承发扬；通过他参与白鹿仓小学的开学典礼，表现其对新学培养人才的支持与欣喜，使与老百姓同甘苦的关中大儒精神高度呈现出来。作为族长的白嘉轩，维护人间道德正义，做事坦荡磊落，为百姓利益着想，和睦乡邻，为人宽容大度。剧作增加了他敢于随朱先生去清兵大营，为民请命；为了免除族人的饥馑之灾，去土匪山寨借粮食、派年轻人外出换粮食；为淳化民风，严厉禁止赌博等，剧终还让他不徇私情、彻底揭穿了儿子白孝文的真面目：“装仁义；装亲民；装君子；装哭；装笑”，并断言：“你当官可能能当大官，但是老百姓要遭殃了”，为民着想，亲手将儿子送入大牢。为劳苦大众谋幸福生活的鹿兆鹏、白灵，一方面有反抗压迫的勇气与智谋，另一方面有着与百姓同甘共苦的亲民情怀。剧作在鹿兆鹏的对敌策略上进行了细致的刻画；对白灵的闹学堂、同情田小娥、医治受伤战士、与鹿家两兄弟的感情纠葛进行了详细的展现；对于鹿兆海基于民族大义，痛歼日寇，为国捐躯，精心刻画，表达了敬仰之情。

总之，剧作借助充分渲染民族大义、家国情怀、宗族观念，拓展了原著的精神内涵，对“白鹿精魂”进行了深度演绎。借助画面与声音蒙太奇化的组合与编排，将故事情节充分展开，使人物性格与精神风貌得到充分展现，使“白鹿精魂”在原著的基础上更加明晰与充实。

第二节　传奇性与娱乐性的叙事倾向

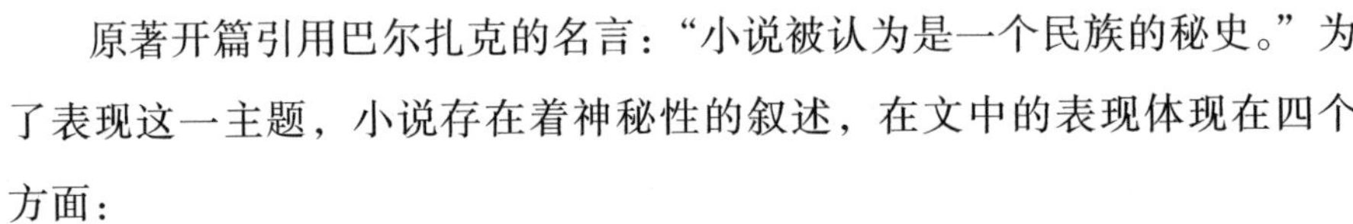

原著开篇引用巴尔扎克的名言：“小说被认为是一个民族的秘史。”为了表现这一主题，小说存在着神秘性的叙述，在文中的表现体现在四个方面：

一是朱先生不仅具有看透一切事理的洞察力，而且还拥有未卜先知的预言家本领。他打哑谜式地在大晴天穿着泥屐的村中走动，起初引来了民众的嘲笑，接着一场大雨的降临，应验他对天气预测的准确性；他的“今年成豆”的预言也得到了应验；人们丢失的衣物、小孩、黄牛，找他打筮问卜，均被找了回来；甚至他死后的墓室砖上写着：“折腾到何日为止”，可见其生前已经预知到，死后会有人掘其坟墓。无论是其生前还是死后，神秘性尽显。

二是无法治疗的疑难杂症或风水起到的玄妙作用。白嘉轩所娶六房媳妇离奇地死亡，以及其父的暴病离世，病因不明。在迁坟于风水宝地之后，白嘉轩的家境竟然奇迹般地有了好转，虽然他的迁坟理由在于父亲的墓中进了水，但与挖掘老坟的没有水迹的情形并不一致。

三是有关白鹿与白狼的传说。根据传说，白鹿所到之地能够改变人们艰难的处境，给人带来对于美好生活的憧憬。在人世间，白灵死后，白嘉轩与朱白氏同时梦到白鹿的出现。朱先生死后，朱白氏眼见前院里腾起了一只白鹿。同样对白灵与朱先生给予很高的赞誉。人们惊惧于现实中白狼的出现，它威胁人们的牲畜安全，有着只吸吮猪血的怪异行为。冒名虚化的放火烧白鹿仓者，署名“白狼”，杨排长及其他人不知何人所为，文中交代是黑娃、鹿兆鹏与韩裁缝三人的共谋。甚至黑娃打劫白鹿村后，墙壁上留有“白狼到此”的字样，使得村民人心惶惶。

四是对田小娥冤魂附体的描述。借附体的魂魄诉说冤屈，主要有以下诉求：自己到白鹿原后不偷、不抢、不打人、骂人；为与黑娃过日子，放弃入祠堂的想法，苟且住在村外烂窑内却被杀死，觉得太过冤枉；恨不得把白鹿村村民收拾干净，让白嘉轩与鹿三生不如死；招来瘟疫祸害百姓，要大家为其修庙塑身、重敛尸骨入棺，并且要白嘉轩与鹿三抬棺坠灵。当然，原著中的神秘性寄寓了传统文化中的“天命”“天道”“天人感应”“因果报应”[①]的哲学观念。同时也是文学表现社会生活的一种手法，夹杂着浪漫主义的格调。

一、传奇性色彩贯穿全剧

本剧作继承但淡化了原著的神秘性，贯穿全剧的是一种传奇性。“传奇性是民间传说艺术虚构的一种独特表现”“传奇式虚构使民间传说生动地表现了历史生活的广度与深度”“传奇性形成了作品鲜明的倾向性和高度的感染力。”[②]传奇的虚构性存在，拓宽了对社会生活纵横表现的空间。

剧作将朱先生洞察一切的飘逸出世与为民请命的积极入世紧密地结合起来，但凡白鹿原上的风吹草动，都会有他的身影与其格物致知的言行表现。众人十分迷惑的事情，常常被他一语道破，指点迷津。无论是官员、军阀、土匪、乡民，无不求教他、崇拜他，他充当着白鹿原上的精神导师。他预言能够带来福祉的白鹿即将来到白鹿原，接续下来有了白家的兴旺富裕；凭借一己之力击退了20万清兵；致力于编纂县志；让白嘉轩犁掉种植的罂粟；讲明白狼不会再出现，白灵是应运而生；安排应对绑匪事件；利用《三国志》所记载的陶谦故事，面对刘瞎子，暗示他的围困西安

① 闫曼.论《白鹿原》的神秘性叙事[J].大众文艺，2016(20):20.

② 屈育德.传奇性与民间传说[J].北京大学学报(哲学社会科学版)，1982(1):40-41.

城，属于祸害万民、危害一方的勾当，将会遗臭万年；砸毁乡绅们送给他的“功德无量”牌匾；支持鹿兆海的杀敌报国并参与公祭活动；决定投笔从戎抗击日寇。

剧作安排仙草的出现更富于传奇性。白嘉轩在带着粮食前去换媳妇的路上，发现了躺在野外雪地里被冻僵的仙草，将其带回家救活后，起初的白嘉轩怕害死仙草，不同意她成为自己的媳妇，但最终仙草却做了他的妻子。当初仙草躺过的坡地也成了能够引来白鹿的宝地。再次，重新铺排了白灵出生的情形。仙草独自在家生出了白灵，当她准备烧热水时，突然发现没有了孩子的声音，走到院中却发现被白狼叼着。于是，在院中的黑娃便手持镰刀追了上去，并要它把孩子放下，否则便杀了它。此时，闻讯赶来的白嘉轩赶到，也大喊白狼把娃放下，此后白狼放下女娃，对着他们大叫，而女娃竟丝毫没有哭闹害怕，还对着白狼发笑，白狼看了看便跑了，而村民传说白狼是被白鹿给吓跑的。

二、娱乐性特色的全面呈现

剧作还尤其注重娱乐性。“电视剧的魅力也许就在于它的凡常与超越，它既是现时代满足最广大、最普通的人们日常审美需求的娱乐形式，又是培养我们时代‘良好品位’的重要文化形态，优秀的电视剧作品不排斥娱乐，但也不失却审美艺术的本性。”[①]电视剧的娱乐性既要保持其自身特性，顺应时代要求，以民众喜闻乐见的方式呈现相关内容，又要兼顾其艺术性，合乎影视艺术反映社会生活的规律，本剧作较好地做到了这一点。

白嘉轩与鹿子霖在剧中的角色一正一反，构成了一对矛盾的两个对立面，庄谐并存，白嘉轩的胸怀宗族、匡正仁义与鹿子霖的自私自利、爱占便宜形成了鲜明的对比，这一组合的本身就足以使人忍俊不禁。在两人的交往之中，鹿子霖为了阻止白嘉轩参与交农事件，将其带入自己家中看管，不料对方却巧妙地点燃了发号施令的三声火铳，本次干涉遭遇了失

① 郑书梅.论电视剧的娱乐性[J].中国电视，2001(4)：34.

败；因村里包括石头在内的几个年轻人要外出做麦客挣钱，起初得到了白嘉轩的反对，但后来他让大家放心地走了。于是，鹿子霖觉得白嘉轩放走了强壮劳力，白鹿原从此无法发展，而他认为这些年轻人是鹿子霖逼走的。两人之间因此发生了争执，以至于大打出手；杨排长在白鹿仓粮食被烧之后，想要一枪打死白嘉轩，遭到了鹿子霖与田福贤的阻拦；鹿子霖为了获得乡亲们对他的感激，不惜将白嘉轩所藏的防灾储备粮偷偷地分给了民众；鹿子霖教唆田小娥诱惑白孝文，将气晕的白嘉轩背回家中，挑唆族人换族长；在鹿子霖被抓走之后，白嘉轩带上原上百姓的联名信，跪在县政府大门外，恳求放了他。两者之间常常表现为“白鹿是一家”的兄弟间的矛盾相处常态，既有利益的冲突与斗争，又有遵礼尚义的对话协同。因此，我们看到的画面，时而是两人一言不合，便扭打在一起；时而又交心排忧，帮助对方渡过难关。另外，鹿子霖有时表现为自吹自擂的出尽风头，有时又表现为敲盆子碰锅的滑稽表演等等。

剧作最具娱乐性的是增加了傻子二豆这一人物角色，二豆是白鹿原所有事件的见证者与参与者，这一角色以夸张的动作、扭曲的脸型、略通人情的半截子话语出现在观众面前，他的表现紧密结合剧情的发展，增强了整部剧作的滑稽表演成分，减弱了凝重悲怆的史诗式气氛，增强了画面的喜乐感、娱乐性。他能与小伙伴们一起快乐地玩耍，童心十足地与大家融为一体；能熟练地背诵几句乡约，接受着儒学教育；当白孝文耀武扬威地来到白鹿原，二豆开心地迎上去与他打招呼，并跑上去热情地为他牵马，充当了迎宾人员的作用；岳维山派来的报社记者闯入祠堂拍照，白嘉轩喊了一声二豆的名字，他能非常意会其中所蕴含的意思，将记者赶了出去，担当着治安管理人员的角色。当白孝文想要进祠堂的大门时，他又看了看白嘉轩的脸色，然后，才放人进来。知道听从族长的安排；二豆跟着白嘉轩进了祠堂，为了不让其中人员将瘟疫传染给他，白嘉轩不让其进去，他听话地走开了，可见其不偏执而非常听话；等等。剧里剧外，大家反而觉得他似乎是我们生活中曾经碰到过的一员。虽然有些弱智但又能参与到大家的生活中来，能够积极做事且略通人情世故，成为人群中给大家带来欢乐的特殊角色。再者，可以借助周围人对他的态度，作为一面镜子，反观其内在的待人素养。可以说，这一人物角色的增添是文学名著影视化的一大成功之处。

第三节 故事情节与人物性格发展的合理化演绎

剧作对原著故事情节进行了合理的铺排。“情节的发端、矛盾的提起，展示了人物各自的性格特征；而情节的发展，矛盾的进一步展开，则是以人物性格的发展逻辑为依据，严格地遵循着人物性格的发展轨迹而进行。”[①]故事情节与人物性格发展是相辅相成、合乎逻辑的。在故事情节的延展中表现不同的人物性格，而人物性格的逻辑发展又是故事情节得以展开的重要依据。毋庸置疑，新增添的情节，为整体的人物性格发展张本。

一、故事情节的合理化铺排

在剧作中，对仙草来白家进行了重新编排，她在雪天里倔强地寻找媒婆曾经说定的婆家，不料却被饿晕在路上。使得她到了白家之后能够任劳任怨，生育多位子女。她躺过的地方出现湿润的土、翠绿的苗，被朱先生解读为白鹿就要来了，却又私下告诉白嘉轩，其实是土层下面有一条水脉所致，这倒是合乎科学原理的解释。体现了朱先生外在的卜筮才能与内在的科学精神的融通。这片宝地后来也被白嘉轩交换成了自己的田地，体现了他欲借此改变家境状况的强烈愿望。各种人物的性格也以此情节为基础得以展开。在黑娃施计娶田小娥一节里，为了能够娶到被休回娘家的田小娥，黑娃以打工者的身份找到她家，首先，他设置圈套聘用多位媒婆，轮

① 高峰.情节发展与性格逻辑[J].戏剧创作,1981(5):115.

番到田家为自己提亲，借以抬高身价，演给田父看。然后，视财如命的田父发现了他确实非常富有，于是，主动提出要将女儿嫁给他。最后，黑娃如愿娶到了田小娥，并用激将法使田父返还了彩礼，虽然这些银两是他偷拿田父的。从中我们可以看到黑娃对田小娥满怀爱意，并且有着引人入彀的计谋策划，其粗中有细的一面尽显，同时也表现了田小娥对于爱情的追求目标得以初步实现。把白秉德的离世，安排在其孙子出生后的交农事件中，使他的人物性格发展走向了顶峰，同时开启了其他人物的性格演进之门。在了却了让儿子继承族长位置、繁衍子孙的夙愿之后，他警示儿子立身行事要谨慎、且要维护族群团结。谨记："不管啥时候，都要容得下鹿家，白鹿白鹿，有白又有鹿，才叫白鹿原，要守住这个原"的处世原则。另外，让白灵与田小娥相见谈心，指出田小娥应到城里的自由环境中去生活。无疑，这是对于田小娥生活出路的当代解读，也较好地推进了两人的性格发展。

二、人物性格的逻辑化演绎

剧作者对于人物性格发展的表现，做了通观全局的合理铺垫与编排，也体现了当代解读的格调。其中最突出的是鹿兆鹏、白孝文与田小娥。鹿兆鹏的才智，在少年时期就初露端倪，他对于绑匪事件的看法，让朱先生顿感后生可畏。他看透了朱先生的各种布置与安排的动机，指出了行动中所存在的不足，看出有许多机会可以制服土匪并留下钱财；面对朱白氏生娃时的生命危险，冷先生以"男女授受不亲"为理由不敢上前，鹿兆鹏当面呵斥，致使冷先生立即采取了行动，令朱先生自叹不如；以至于后来他作为共产党人，能够在复杂的环境之中，机智勇敢地与岳维山之流做艰苦卓绝的斗争，九死一生，显示出了共产党人的大智大勇。据此，前后一致地展现了其性格发展循序渐进的逻辑线条。

白孝文的性格发展也具有合理的渐进性，即使有着白嘉轩严格的家教，他却一直行进在负面的人性扭曲的发展之路上。小时候的白孝文，发现家中来了白狼，并没有主动上前与之搏斗，却选择了翻墙逃跑，表现了其善于自我保全的怯弱性格；不顾缠足给白灵所造成的身心伤害，支持与帮助奶奶的做法，其维护封建礼教的思想与行为可见一斑；他不能主动说出偷拿买糖老人银钱的人是白兴儿，说明其不敢坚持正义；成年后对于赵柱儿媳妇的被糟蹋，不能挺身相救，在其身上看不出侠肝义胆；屈服于田小娥的引诱，自甘堕落，满足于抽大烟的享受，忘却了礼义廉耻，以至于沿街乞讨。西安解放以后，作为滋水县县长，他本来想围剿鹿兆鹏与黑娃，却为了个人私利，杀死岳维山，害死同族兄弟，成为革命阵营里的贪婪自私的投机钻营者。最终自绝于人民被抓。这种性格发展的铺排可谓是水到渠成，丝毫没有生硬不合理之处。

田小娥在郭家过得并不如意，经常被打得满身伤痕，她便主动与黑娃相好寻求慰藉。到娘家后被喝醉酒的父亲又踢又打，成了一个深受伤害的角色。到白鹿村后，早起及晚上在白嘉轩家轧花，显示出其吃苦耐劳的劳动者本色。及至被鹿三得知她在将军寨的过往，态度坚决地对黑娃说："别跟你爸犟了，咱们走，饿不死。"表现其独立自主的性格。当走在大街上被人指指点点，她让黑娃理直气壮地抬起头，认为没有干见不得人的事儿，还当街让黑娃给她挠痒痒，向村人宣示他们真心相爱并没有什么可以惧怕的。住进破窑洞很是乐观，表示有了自己的家吃糠咽菜也不怕。田小娥试着进入祠堂，被石头惊吓，却得到了白孝文的怜惜。田小娥给鹿三做的棉袍，让白孝文转交，白孝文却试着穿起来并非常得意。白孝文给田小娥送粮食时，对方执意不收，两人在推搡之中撒了一地，拣粮食时，田给白孝文吹被迷住了的眼睛，但当意识到过分亲昵之后，慌忙走开。白孝文探望闹农协后受辱的田小娥，在被一番质问之后悄悄离开。以上情节为田小娥遭受鞭刑后，诱惑白孝文上钩做了铺垫，此后的传言黑娃已死，也成为她与白孝文继续来往的催化剂，此时的她已万念俱灰，此前的委身于鹿子霖也根本无法挽回黑娃的性命。在白孝文遭受鞭刑之后，白灵造访窑院，告诉两人黑娃并没有死去的事实，两人感觉十分惊愕。此时的田小娥对黑娃升起的是更多的怨恨。饥馑之年，她与染上大烟瘾的白孝文待在窑院，黑娃在一天的夜晚突然来临，明知屋里已有男人，并没有责备，反而要求对方善待田小娥，并扔下一大包银元，然后扬长而去，此时的田小娥只能更加合理地移情于白孝文。她在野外找到抽大烟的白孝文，要求其禁烟，并将烟枪扔下了悬崖。最后，鹿三眼见堕落了的白孝文，想到成了土匪的黑娃，他狠下心去，杀死怀了孩子的饿得奄奄一息的田小娥。由此而言，对于田小娥的钟情于黑娃，失身于鹿子霖，乃至移情于白孝文，剧作进行了更为合理化的符合现代人意愿的编排，使得田小娥的憧憬新生活、救助心爱之人、复仇愤恨、爱恋管制等复杂的性格得到了合乎逻辑的拓展。

另外，黑娃与白灵的性格发展，也同样表现为前后连贯、高度一致。黑娃小时候的倔强做事、敢作敢为与向往自由，与他长大后的反对专制、摧毁封建枷锁的言行是一脉相承的。他勇敢营救刚出生的白灵、支持与保护白灵的反抗裹脚、砸毁祠堂、火烧白鹿仓粮台、闹农协、洗劫白鹿村、上山为匪、成为国军炮营营长、拜师读书、投诚共产党……其性格发展虽有波折，但其本身总体的发展是合乎情理的。白灵小时候不服礼仪管教，长大后冲破封建枷锁、走向光明。她反对裹脚与包办婚姻、追求进城上学、竭力为村民治瘟疫病痛、与鹿兆鹏结合、砖砸陶部长、躲避国民党的追捕、龙湾村产女、死于国军的炮弹之下……由此我们看到了一个反抗压迫、追求自由、积极上进、为民为国着想、不怕牺牲个人生命的女性战斗者形象。

第四节　矛盾冲突与画面色彩的增强

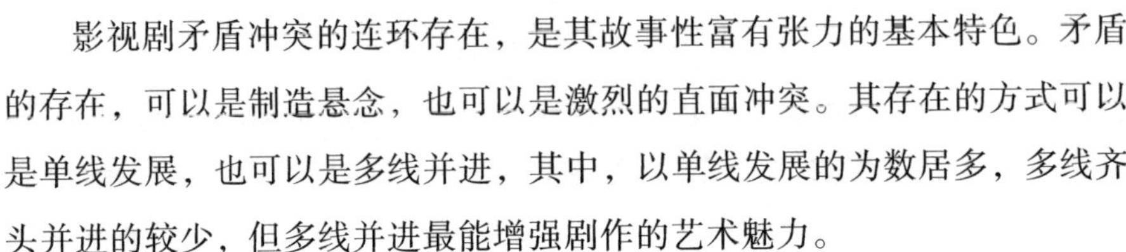

影视剧矛盾冲突的连环存在，是其故事性富有张力的基本特色。矛盾的存在，可以是制造悬念，也可以是激烈的直面冲突。其存在的方式可以是单线发展，也可以是多线并进，其中，以单线发展的为数居多，多线齐头并进的较少，但多线并进最能增强剧作的艺术魅力。

一、矛盾设置的多线并进

在《白鹿原》剧作中，存在着矛盾多线并进的状况，其表现为：

其一，白嘉轩在得知鹿子霖支持赌博并放高利贷之后，两人发生了激烈的冲突，从而引发两姓人之间的争斗，场面相当混乱。与此同时，仙草生娃后，孩子被白狼叼走了，当大家得知之后，转瞬之间，相互之间的争斗变成了族众们的追赶白狼。这一组矛盾扣人心弦地合为一处，使人感到高度紧张。因为白狼的出现，族众将个人的恩怨转化为同心协力地拯救婴儿性命的活动，突出了在对待挽救生命的态度上，大家是压倒一切的高度一致，以此推断，在面对共同敌人的时候，必定有很强的族群凝聚力。族群内在的斗而不破与外在的共同对敌被同时展现了出来。

其二，在何县长来白鹿原表彰“仁义”之时，买糖老人的钱被偷拿走，适逢徐先生来访，他批评了白鹿村的不仁义。这里又是矛盾的集中之处，其实，何县长自身并未秉持仁义地解决绑匪劫走钱财的问题，白嘉轩表面在惩罚偷拿人钱的白兴儿，实质上是在旁敲侧击地批评县长，对他的不能追回绑匪劫走的银两表示不满，以至于最终得到了免征三年赋税的斗争结果。

其三，白孝武成婚之时，适逢农协会批斗鹿子霖，遭遇鹿泰恒离世。

矛盾事件合在一处，白家办喜事理当万分喜悦，鹿家办白事却显示出大悲大哀，但白嘉轩此时却能够挺身而出，出面到农协为鹿子霖解脱罪名，要求允许他回家办丧事，使矛盾得以圆满地化解，深刻体现了“白鹿是一家”的宗族观念。

二、画面色彩的多层次展现

画面色彩是影视艺术不可或缺的要素之一。“色彩具有重要的视觉审美和表意功能，色彩可以‘创造’，色彩也应该成为作者理性思辨的符码，透视出深厚的文化意蕴，显现出特有的艺术感染力。”①色彩能潜移默化地对观众的视觉、心理、情绪产生直接的影响，用隐含的文化符号带给观众心灵震撼的强烈冲击力。

《白鹿原》电视剧主打的是黑白灰画面，它的色彩基本上是冷色调的，这与演绎凝重的历史在风格上是一致的。剧作利用富有层次感的拍摄，展现在观众面前的是具有陕西地域色彩的画面。苍黄色的莽原；错落有致的黑色墓碑；高大耸立的黑色牌坊；破败的土蓝色村口门楼；飞檐斗拱的棕蓝色戏楼；廊柱与牌位林立的米黄色宗族祠堂；挂有蓝色团花白底门帘的四合院；蓝花白底的瓷器；放有红辣子的油泼面、焦黄的葫芦鸡等等。以上环境色彩给观众造成了强烈的时空牵引感，促使观众由视力所及的画面引发历史沧桑的联想，迅速进入清末以至建国前后那段时空。

在服饰上也尤其注意色彩的搭配，服装采用与民国时代相符的马褂长衫、中山装、西装、军装，还有中西混合式的学生裙衫。服装颜色主要有：浅蓝、灰蓝、藏蓝、天蓝、砖红、深红、米黄、白色、黑色、棕色等，同一人物在不同的年龄衣服颜色也有所不同，如朱先生着深蓝、淡蓝、白色长衫，蓝色代表着智慧与宽容，也正能显示朱先生旷世济民的胸怀；白色代表着神圣与纯净，朱先生临终前的白衣、白发、白须、白眉，加上纷纷扬扬的白雪，寓意他此生给世界曾经带来过教化、正义与安宁，

① 臧蕊，董娜．论色彩在电影中的视觉审美与表意功能[J]．电影文学，2011(24)：93.

现在依然矢志不渝地带着这样的理想而驾鹤西去。剧作在内衣与马褂的搭配上，注意造成色彩的强烈反差，甚至连携带包裹颜色也与服装绝不雷同，在乡民众多的场合，注意每个人的服装颜色各具特色，注意整体色彩的相互搭配。在此，由风物背景与人物服装组合而成的富有层次感与乡土人情的画面，对演绎人物故事，突出对传统文化及民族历史的表现，起到了不可替代的作用。

《白鹿原》电视剧在尊重原著的基础上，走出了具有里程碑的一步。它在吃透原著精神的同时，凭借影视运用画面表现故事的优势，拓展了文学名著的表现空间，遵循事理与人物性格发展的逻辑，合理展开影视叙事，演绎了曲折悲怆的宗族文化史、民族斗争史，使原著的故事情节更加充实、人物形象更加饱满，重塑了白鹿精魂与众多意象。通过演员精湛的表演，尤其对鹿泰恒、鹿子霖与田小娥的人物角色进行了非常成功的创意塑造，但对白灵的塑造似乎缺少了传统文化礼仪的熏染，有失单薄。影视化的传奇性、娱乐性、重色彩画面性的艺术性表现也恰到好处，希望这部剧也能像原著一样成为经典，能够让观众愿意反复观看，多次咀嚼。也能促使编剧们将文学经典影视化做得更好。

第八章　舞剧《白鹿原》与同名电影的意象比较

由和谷编剧的大型交响舞剧《白鹿原》，不同于此前秦腔版与话剧版的同名改编剧作，它将以白鹿两家既争斗又依存为核心的叙述，转变为以田小娥的情感经历为视角的倾向性描绘。陈忠实先生评价："作为用肢体语言和音乐形式来诠释这部小说的舞剧，创造性地体现了原著的实质和精神，让我又一次强烈地感受到了舞剧《白鹿原》的艺术魅力"，对于其采用舞剧形式而遵循原著的精神持肯定态度。在时隔五年后出现的电影公映版，与先它而行的舞剧版本有着类似的编排与构思。尽管有人认为这部"电影基本保持了原著的故事线索，可以看出导演试图保持原著史诗风格的初衷，对原著删繁就简地改编也体现其忠实原著的创作意图"[①]，但人们对其剧情架构存在非议，认为它的演绎偏离了原著的精髓所在。比如将白鹿精魂的代表性人物朱先生、白灵等删除、对许多人物的命运未做交代、过度渲染情欲，倾向编排一部追求灵魂与肉体解放的"田小娥传"。

实质上，这里首先牵涉到一个囿于艺术形式本身的时限表现与所限手段运用的问题。面对一部述说博大恢宏民族秘史的文学著作，要求用3个小时左右的时间，酣畅淋漓地展现其全部精神内涵，实在是一件极其困难的事情。因此，"它面临的是左右两难而互具排他性的选择与放弃：搭建起宏观的建构，就失却了微观的从容；如果从具象出发，势必抛却整体观

① 张明，张文东. 跨媒介视域下文学改编电影的转化之困：以小说《白鹿原》与电影改编为例[J]. 文艺争鸣，2019(11)：154.

照——所以亚里士多德《诗学》强调美要有合宜的体积”[①]。的确，将一部作品改编为另一种艺术形式，如果机械地照搬其全部内容，可能会因为追求面面俱到的表现而陷于肤浅，从而造成对作品背后的生动性解读不足的严重缺失；而如果武断地截取其中的片段，倾向于对某一思想表达的追求，又往往会削弱原作的宏大主题，偏离了对其内在精神的深刻性阐释。于此，编排者实在是面临着一个难度较大的作品移植问题，也就是作品改编被限定在一定时限与手段之内的材料与主题的两难选择问题，并且这一选择如果面对观众的审视，又必须满足尊重原著与超越原著的可观赏性要求。这便着实构成了对编导者们的实力挑战。于是，我们看到了电影《白鹿原》在前人创作的基础上，最终走向了与同名舞剧的编排相近似的道路。

两部剧作存在着相似之处，且又存在同中有异的地方。其一，均以田小娥为主线，展开情节与敷演故事。两剧均基本结束于田小娥之死。中间着重描绘田小娥与黑娃、鹿子霖、白孝文的交往。在其死后，舞剧版的编排让田小娥面对四个雕像显示不同的态度，电影版则呈现了修建镇压田小娥魂魄的六棱砖塔时的情形。其二，均对地方风物进行了充分展现。除了日常所用器具之外，舞剧版展示了苍茫古原的背景、宗祠内景、地方舞蹈等，电影版展现了麦田、戏楼、宗祠、庭院、窑洞，地方戏曲等。其三，均对黑娃与白孝文的情欲进行了细腻的刻画。舞剧版表现了田小娥对白孝文的情欲之爱重于黑娃，而电影版表现了田小娥与黑娃情欲的宣泄强于她对白孝文的情感表现。其四，两剧均删除或弱化了朱先生、冷先生、白灵、鹿兆鹏等形象。朱先生是原著小说中“白鹿精魂”的倡导者与实践者，又是常常能给众人指点迷津的灵魂人物。他的所做体现着儒学精神对于白鹿原世界的多面关照。冷先生却是解除人们身体病痛的民间医生，也有着济世为民、义气助人与待人公平的情怀。白灵、鹿兆鹏是年轻一代

① 廖奔.电影《白鹿原》的叙事侧倾:镜头语言对小说叙事过程的选择与放弃[N].文艺报,2012-09-19.

"白鹿精魂"的实践者与献身者。以上人物的处理，使作品缺少了丰厚的文化基础，减弱了原著小说精神内涵的表达力度。

第一节　精心营造苍茫坡塬与芸芸众生的鲜明意象

小说《白鹿原》描述的核心是"仁义白鹿村"的历史沧桑变化，以土地为基础的乡村社会粮食生产活动，构成了其中不可或缺的重要内容。拥有土地就可以生产出生命存在所依存的粮食，对土地的拥有量也成为社会成员身份地位的象征，并由此产生了纷繁复杂的社会关系，发生了各种各样的乡村故事。小说突出了尚农重土的农耕文化，白鹿原民众重农重土，传统的农业文化思想观念根深蒂固地存在于每一个农民的身上。在对艺术作品表现力的营造上，舞剧与电影版本的《白鹿原》，也在着力描绘白鹿原农耕文明的前提之下，力求展现原著所蕴含的土地意识，从而将作品厚重深邃的思想得以展示。于是，借助它们自身所拥有的艺术优势，将莽苍辽阔的坡塬环境与风土人情紧密结合，有意识地为故事的叙述提供了宏大而又神秘的乡土背景。尽管两部作品难以完全承载原著深沉冷静的文化反思主旨，但它们又着实凸显了广阔土地与地方风物特色的编导倾向，做出了对风云变幻下的人性争斗场景的铺陈努力。

一、舞剧营造的坡塬苍茫与民众抗争氛围

舞剧《白鹿原》利用自身所拥有的艺术手段，用舞蹈语言体现对宽广土地的深厚情感，"整部剧作有效突出了舞蹈创作的本体元素，淡化华丽外表，突出内在品质，不论是音乐还是舞蹈语汇本身，均独具匠心地以大气磅礴的情感基调，传递出韵味十足的黄土文化审美境界"[①]。在舞剧的

① 田培培.中国文化语境中的舞剧《白鹿原》[J].艺术评论,2013(1):45.

开头与结尾，以群舞的富有表现力的龙形调度形式，展现了广阔无垠连绵起伏的坡塬景象。舞台表演的背景，或为黎明微光下宽阔无垠的原野；或为白云飘荡下的金黄麦浪；或为大雪过后的洁净如洗的辽远天地。在此，白鹿原的神秘苍茫与雄浑博大，给观众留下了深刻的印象，厚重的历史感也使人油然升起。只见身着黑色棉衣的一群庄稼人，在广阔的背景之下，不断变换着仰俯立卧的各种姿态，他们或俯身耕作，或跳跃腾挪，或携手成团，一副顽强拼搏、奋力抗争的众生相被有力地展现出来，辛勤劳作与勇往直前成为他们性格的重要组成部分。另有一队婀娜多姿的穿戴红裹肚的少妇的优美舞蹈，在压抑的环境之中散发着活泼的勇于冲破传统的生命力，暗示着封建势力会迎来新兴思想的强烈冲击。又有一位戴着红盖头的出嫁村姑鲜亮的出现，给画面带来了一种充满希望奔向新生活的喜庆气氛，预示着人们对于未来日子的美好憧憬。结尾出现了穿着红妆的村姑模样的田小娥，她平静淡然得像一个精灵、一朵云、一阵风，从人群和原野上缓缓走过。舞剧就此传达出祖辈生活的雄奇的白鹿原，为民众提供了广阔的生存空间与环境，而百姓们的生活既充满了难以预料的重重艰辛，而又充满了生命前行的快乐与希望，同时，也曾经存在过被封建宗法所不容的美丽生命。

二、电影呈现的麦田画面与生命热望追求

电影也传达出同样的表现意识，它通过长镜头与空镜头的不断转换，利用高空俯拍，给我们展示了一望无际的苍茫的小麦原野、起伏不定的大地线条、古朴庄重的村落建筑、威严耸立的牌坊等。在莽原之上，一望无垠的肥沃的土地上生长出的庄稼，能够提供给代代民众充裕的粮食。反复出现的土地与麦田画面，无声地呈现了白鹿原的博大与世代农耕的文明特色，彰显了百姓生命依存的地域环境与生命的依归之源。电影借此渲染一种农民对于黄天厚土的感激、崇拜与依恋之情，对播种、收割、脱粒等劳作场面而不厌其烦地仔细描述，白鹿原的村民们无法放弃与脱离土地，根

深蒂固的农耕观念形成了他们的处世哲学。于是，关于人们生存的斗争也在与小麦生产相关的画面里展开，接着陆续出现了白嘉轩、鹿三等白鹿村人以及麦客们熟练割麦、堆积麦秸垛的农事活动，田间劳作构成了农人的主要生活内容，他们练就了一身过硬的种庄稼本领。镇嵩军蛮横收麦，在田地里肆意杀人，激起民愤，反抗之情猛升。鹿兆鹏、黑娃与白孝文黑夜在田地里纵火烧麦，躲过了镇嵩军的追击，深深地打击了他们的嚣张气焰。另外，田小娥的情感故事的展开，也离不开与小麦生产相连的一系列场景，她到田地里看麦客们收割小麦，还有黑娃的与人发生争执，在麦田里翻滚扭打，借此表现乡村男女情感呈现时的独特生活环境，并将农事活动与原始生命力的欲望表达紧密地连接在一起，然后进一步表现相伴而生的对于命运的抗争。

据此，无论是舞剧版的还是电影版的《白鹿原》，均注重对于民众活动的宏阔莽苍的背景铺陈，展示了近处开阔平坦的原野，远处起伏变化的坡塬特征，其中也不乏庄稼的出现，农人的劳作便在这肥沃的田地上进行，芸芸众生的许多故事也会在这原野上发生，从而展开了对驳杂纷繁的众生相的描述。

第二节　将田小娥作为核心人物进行铺陈编排

舞剧《白鹿原》在浑融豪壮渲染的诗意背景之下，从郭举人家的田小娥情感生活写起，止于她的死后化蝶。而电影版则始于白嘉轩农田收麦，止于田小娥、鹿三离世后的鹿子霖出狱。两部剧作均将表现的核心框定在田小娥命运发展的历程上。诚然，田小娥是在现当代文学中少有的从性爱角度描写的女性形象，身心受到了种种来自封建道德的戕害和摧残，陈忠实以此批判了封建文化对人性的摧残。从两剧的主题表现侧重而言，显然是将原著所要反映的宗法社会下，白鹿两家的斗而不破以及社会变革所催发的族群命运的新变的主题，转向了对人的情欲考察与婚姻自主的层面上，控诉了宗法社会对于合理人性的残酷虐杀。虽然这一主题可以作为独立的故事描写而存在，但显然缩小了原著主题的深度与广度，且两剧名称与舞台或镜头叙事的内容不相符合。相较于从《水浒传》中抽取单个的梁山好汉故事，作为叙事的对象有所不同。在反映“官逼民反”的主题之下，每位好汉走上梁山的道路各不相同，为观众所接受。就《白鹿原》而言，虽然可以从中截取黑娃、田小娥或者鹿兆鹏等人的单个故事，在不更换原著名称的情形之下，必然会偏离原著所表现的宏大主题，出现名不副实的状况。假如根据所要表现的人物，选择更为合适的标题，也可能会使观众容易接受它所呈现的内容。

一、两剧在反抗郭举人程度刻画上的不同

从将田小娥作为核心人物进行刻画而言，在对郭举人的态度问题上，舞剧《白鹿原》侧重于体现田小娥的身体与精神所受到的双重控制与摧残，表现出她“发自生命原欲的追求，对非人处境的反抗坚强有力”[①]。经过痛苦的挣扎与抗争，她最终如愿以偿地投入了黑娃的怀抱。在我们看来，这是符合基本人性追求的，也就是合乎人在身体层面的安全保障，以及精神层面的被尊重、欲求的被满足等。但郭举人对她所造成的戕害似乎已经延展到了其灵魂深处，因为即使在田小娥离开将军寨而身处白鹿村之后的梦境里，郭举人仍会凶神恶煞般地闯入，搅乱她美好的成婚梦想。相较于原著小说的相关描述，无疑是加深了对于封建社会妻妾制度摧残人性的控诉力度。以此证实封建的夫权制所带来的危害是刻骨铭心、触及灵魂深处的，从内在的人性体验上是绝对不能使人容忍与接收的。在此，舞剧中所表现的她对于郭举人的自身反抗，属于被动防守、有限度的非进攻性的。其反抗性是相对软弱的。

① 郑万鹏.《白鹿原》研究[M].长春：时代文艺出版社，1998：104.

电影里田小娥的反抗却表现得主动强烈且不给对方留有余地。她将郭举人用于变态养生的干枣儿泡在尿里，第二天早上淘洗干净，送给郭举人空腹吃下，以改变原有指派的泡枣方式展现其反抗情绪。在与黑娃的私情被发现后，她遭受了毒打与夹手指的酷刑，直至痛昏过去，但丝毫没有示弱。当郭举人提出要将其卖入妓院以示惩戒时，她却倔强地表示："你把我卖到窑子里，也比跟你强，也比跟你舒服。"对郭举人不能满足自身的情欲要求，展示了毫不避讳的蔑视，对长久以来所过的压抑生活提出了大胆的挑战。她尤其强调自身对于情欲的强烈追求，对于在郭家的生活心生憎恶与抗议。当她觉得白孝文的遭受毒打，虽然是因为自己的诱惑，但是始作俑者是鹿子霖，于是恨不得拿刀将其杀死，大骂对方是老猪、老狗，并且喊道："尿你脸上都不解恨。"她的主动出击，吓得鹿子霖落荒而逃。此时的田小娥对鹿子霖的为人有了更为清醒的认识，对其将自己作为棋子祸害好人，感到深恶痛绝，于是激发了其强烈的反抗情绪。也就是说，电影镜头叙事所表现的田小娥的反叛性、斗争性，强于舞剧中的其形象塑造的被动梦境，她的勇敢对抗显示在面对面的彻底斗争之中，而在走入白鹿村之后，田小娥已经彻底抛弃现实中夫权的沉重枷锁，在电影中未见对郭举人的相关描述。

二、两剧在刻画田小娥之死上的变化

关于田小娥之死，舞剧里的编排显然是做了层层铺垫的逻辑演绎。将鹿三的想要结束田小娥生命的念头，进行了一波三折的鲜明化处理，在故事发展的可能性环节，设置他的多次行动，展示浓重的杀机，其行动趋向非常明确地展现在众人面前。不同于原著小说中的对于鹿三顿起杀心的描述，当他看到苟延残喘垂死挣扎着的白孝文的那一刻，脑子里就猛然一个闪亮，下意识地亮出了那把祖传的梭镖，接着在当晚，他结束了田小娥的生命。

舞剧从黑娃砸祠堂被抓走开始，展演了鹿三欲要结束田小娥生命的三次冲动。第一次在黑娃砸祠堂逃往外地之后，其举动被白孝文拦下。第二次是在白孝文被惩罚之后，又被鹿子霖阻止。而第三次与小说相同的是鹿三看到堕落的白孝文之后，独闯田小娥所在的窑院，在无人阻拦之下完成了最终的刺杀。面对手持梭镖追杀自己的鹿三，田小娥起初表现得惊恐万状、四处躲闪，乃至于跪地求饶。但当她觉察到气急败坏的鹿三绝不会允许自己存留于世时，求生的欲望逐渐熄灭，转而坦然地面对即将到来的死亡，只见她默默地褪去了外衣背过身躯。此时的鹿三趁势刺向其后心，接着她旋转了一下身子，倒了下去。此处田小娥最终的坦然面对死亡，是在前面两次面临生命威胁的基础之上，怀着必死无疑的心理预期，做出的诀别于人世的无可奈何的选择。而电影却倾向于采用原著小说的叙事，让田小娥在猝不及防的条件之下被鹿三结束了生命。但原著小说的猝不及防的背景与此并不相同，其背景为：鹿三在夜晚拍击田小娥所住窑洞的门板，对方以为是白孝文到来，于是怨声嗔气地谩骂。但开门眼见是鹿三进来，又悲悲切切地抱怨，及至上炕穿衣之时，被杀身亡。鹿三起初的杀人动机源于看到了堕落的白孝文，及至到了窑院又听到了田小娥打情骂俏的话语，更加增强了他的憎恶之情，最终进门见了未穿衣服的她，于是想到了是这个女人的风骚，祸害了白孝文以及黑娃，终于，他痛下决心，开始了行动。

电影中的田小娥被展现为饥馑之年奄奄一息地躺在家里，而送走卖身当兵的白孝文的鹿三，忍着被官兵所打的伤痛，带着白孝文的嘱托，来到窑院。当羸弱的躺在炕上的田小娥，喊着“我饿了”时，鹿三递过来窝头给她充饥，但当她嚼了几口，哭着说：“我对不住黑娃呀！”咳嗽着爬起身子想要端碗喝水时，被鹿三杀害。显然，这个情节的编排似乎存在瑕疵，鹿三带着白孝文的嘱托来到窑院，此时由女人的忏悔，可能使他想起逃亡在外的黑娃、堕落后当兵的白孝文，还有怀有白孝文孩子的这个田小娥。可以说，这个女人的自我忏悔以及怀有孽胎的事实，挑战了鹿三的道德认知底线。但是面对饥饿无力而又有所忏悔的田小娥，鹿三何以痛下杀手？

从情感认知的角度来看似乎又不合逻辑。

毋庸置疑，无论是在舞剧版还是在电影版中，均将田小娥作为核心人物，并调动各种艺术手段，进行独具匠心的剧情编排，重新塑造了田小娥的形象，使其成为封建势力下妇女追求自身自由的代表性人物，“指控了虚伪吃人的伦理纲常，对被压迫者的人格尊严、美好人性与反抗意识的觉醒进行礼赞，对在政治上、人格上、肉体上摧残、蹂躏美好理想的恶势力予以无情揭露”[①]。这一形象具有永久的艺术魅力。

第三节 对田小娥与白孝文恋情的拓展刻画

诚然，田小娥追求身心解放的追求是合乎人性的，彻底摆脱郭举人对她的身体的不当使用也是正当的，同时，获得精神上包括婚姻自主的自由也是应该受到同情与支持的。然而，她并没有保持住对于黑娃的坚贞，从与鹿子霖的身体交往开始一发而不可收拾，乃至形成了与白孝文的孽恋。她“致命的不幸在于，就像她不会驾驭一度获得的‘自由’一样，更不会驾驭层出不尽的情欲，任其自由泛滥，使情欲的主体变为情欲的奴隶”[②]。

一、舞剧中诱惑之爱下的最终分手

在舞剧的表演里，田小娥对白孝文的情感发生着循序渐进的变化，“由报复始，却由怜生爱，在他被家族抛弃时接纳、温暖他的心”[③]。起初，在鹿子霖的教唆威逼与自身复仇心理的驱使之下，田小娥对戏台下的白孝文开始了百般挑逗，开始用肩膀碰撞白孝文，继而勾其肩背，接着抚

① 段建军.陈忠实研究论集[M].西安:西北大学出版社,2018:112.

② 郑万鹏.《白鹿原》研究[M].长春:时代文艺出版社,1998:107.

③ 段建军.陈忠实研究论集[M].西安:西北大学出版社,2018:151.

摸他的脸，直至解下了他长长的白色腰带。田小娥以女性的柔美为武器意欲俘获对方躁动的心，借此对白嘉轩进行强烈的报复。接着，白孝文渐渐地接受了她的挑逗，并且欣赏性地抚摸她的手脚，拥抱她的身体。逐渐由排斥转向悦纳，雨后的两人更是欢天喜地相互追逐，背靠背地相互偎依，手拉手地欢乐奔跑，男女双方进入了心灵相通的互动默契。白孝文还用独舞式的欢喜跳跃，表达着与田小娥在一起的欢悦与欣喜，情感的表达由被动转为主动，激情四溢的活力顿时毫无遮拦地被展示出来。田小娥也以轻咬对方胳膊、将对方的手放在自己的脸边的方式表示深深的爱意，进而两人相拥蹲坐在一起，达到了高度一致的心灵契合。以上舞蹈动作，一方面展示着田小娥由复仇而起的诱惑，而最终却形成了对白孝文透彻心扉的一腔畸形的痴爱。另一方面，从两人的眼睛与动作的凝视喜悦程度上看，他们欢心相拥的亲密相悦程度，超越了田小娥对于黑娃的爱。面对众人发现两人之间交往后的指指点点，他们是相互扶持的。面对众人的唾弃，田小娥伤心落泪，两人惺惺相惜地相拥在一起。在窑房中，田小娥抚慰着白孝文的伤痛，并示之以笑脸，意欲恢复两人以前的欢爱情感，但白孝文在经历了被众人羞辱之后，似乎处于迷惘无路的徘徊之中。当他在炕头捡起鹿子霖丢下的烟袋，又难以容下田小娥的欺骗，便不顾对方的请求，执意离去。

二、电影中畸形感情下的持续爱恋

电影里对于田小娥与白孝文的情感刻画，较之于舞剧走向了深入。面对田小娥的引诱，在戏台旁废砖窑里的白孝文，似乎难以丢下作为族长的礼仪规范制约，虽有冲动，但碍于道义婉拒了对方不合道德人伦的诱惑，田小娥原有的复仇计划暂告失败。但雨天里的白孝文又主动到窑院稳固窑墙，还仗义执言地道出肺腑之情，愿意以兄弟之情帮助田小娥解决困难。对于发生的白孝文被惩罚之事，双方均觉得责任全在自身而丝毫不埋怨对方。尤其是在饥馑之年，双方都愿意牺牲自己使对方存活。虽然他们的越轨之爱难以使人认同，但确实体现出那种恋人之间生死相依、勇于牺牲自我的爱情真谛，尤其是两人在集镇里的坐洋车、吃糖葫芦、玩赌博游戏的娱乐消遣之时，电影借助碗碗腔《桃园借水》的演唱来表现相互之间的情感。

《桃园借水》讲述了唐代诗人崔护去长安应试落第。此后的一天，他在喝了几杯酒之后，到长安城南郊游，当见到一户花木葱茏而门户紧闭的人家时，便上前叩门讨茶解渴。此时开门者便是少女桃小春，饮茶过后，两人互生爱慕，以金钗相赠定情。待到来年崔护重访佳人，只见大门紧锁而空无一人。他便将思念化成诗句题在门上，此后便怏怏离去。剧中桃小春的四句唱词："姓桃居住桃花村，茅屋草舍在桃林。桃夭虚度访春汛，谁向桃园来问津。"将女主人公桃小春的姓氏、住址以及渴慕白马王子到来的心理充分地表达了出来。唱腔婉转优美，余音袅袅，为观众所喜爱。电影中的运用，既展现民间艺人精湛的皮影戏表演功夫，彰显出其表演技艺沁人心脾的感染力；又表现着田小娥与白孝文的模仿演唱的内心欢愉，体现着两人对桃小春与崔护爱情的无比羡慕，以及双方宁愿抛弃一切而厮守在一起的情深意切的共同愿望。相较于黑娃的久久不回、无暇顾及田小娥的生死，白孝文反而达到了关心体贴、甘愿牺牲的痴情者的高度，填补了田小娥所需求的情感空缺。电影对于两者的情感经历，进行了富有力度的精心刻画，较之舞剧，拓宽了表现的空间和痴爱深度。在被宗族礼法排斥在外的白鹿原社会一角，展演了一段生死不渝的畸形恋情。

第四节　对暴躁刚烈的鹿三形象的延展树立

鹿三这一典型形象的出现，在当代文学所树立的人物长廊里是罕有的。他的典型意义在于正统的封建礼法影响与控制着他的思想行动，他与主子之间维持着一种兄弟般的情感关系，以此“说明持续两千多年封建传统思想对人民的精神统治的深度”，“这是一个有着自尊自信的正直诚实的劳动者，他忠实于自己的主子，相信现存的主仆关系的合理性，但这是他的一种观念，一种认识，他并没有对主子奴颜媚骨的表现”[①]。作为白鹿原上最好的长工，鹿三是笃信传统道德的践行者，并有着自身独立的判断，但当他完成了对田小娥生命的终结之后，却陷入了难以名状的精神忧郁，“自从魂魄附体的折腾以后，鹿三就成了这个样子”，他所信奉的道德评判准则，给其自身带来了无休止的灵魂拷问与谴责，在反复的纠结之后，他走完了生命的最后一程。同时，也揭示了封建道德信条兴盛于世，给百姓们所造成的精神伤害，对陈腐的封建观念也进行了无言的猛烈抨击。在对鹿三的形象刻画上，原著小说所表现的他的性格是沉稳冷静的，虽言语粗俗但并不暴躁，只是在白嘉轩倒在窑院之后，白孝文向他说明自己做下丢脸的事，他才表现出少有的愤怒与斥责。即使在面对黑娃的追查杀死田小娥的凶手时，他也是“恼怒而又沉静”的。但非常明显，无论是舞剧版还是电影版，都重新整编或增添了相关情节，将鹿三塑造为暴躁刚烈的形象。

一、舞剧中性格暴躁的刺杀者形象

舞剧中的鹿三初次见到田小娥是非常喜悦的，对于儿子黑娃突然带来

① 人民文学出版社编辑部.《白鹿原》评论集[M].北京：人民文学出版社，2003：215.

的漂亮儿媳妇，他是十分满意的。但当他听了鹿子霖对于两人在将军寨的行止以及一番挑拨的话语之后，便迅速地将黑娃拉了过来，捶胸顿足地要求他抛弃田小娥，这当然遭到了黑娃的断然拒绝。可见鹿三无法容留这个被郭家逐出家门的女人，也不满黑娃将她带回来的做法。在黑娃要求田小娥入祠堂的请求，遭到族长白嘉轩拒绝后，鹿三更加坚决地站在了封建宗法对于妇女要求的苛刻规约上，多次劝黑娃赶走田小娥，觉得如果将这个女人留下，并不符合宗法制度的一般要求，但始终没有得到赞同。当黑娃砸祠堂被抓走后，满腔愤恨的鹿三，似乎觉得是田小娥这个女人将自己的儿子引入了歧途，于是，将一腔仇怨洒在了她的身上。在以后的情节发展中，满脸络腮胡子且面带怒容的鹿三，总是扛着一杆长长的梭镖出场，似乎时常做着刺杀田小娥的准备，但前两次的刺杀并未成功，而他在第三次终于完成了这一夙愿，但此后却失魂落魄地仓皇逃离。在这一过程之中，与之相关的舞蹈动作设计得准确到位、匠心独运，性格变化得以充分地展现，鹿三由犹豫不决而痛下杀手，田小娥由惊惧躲避而无畏面对。

鹿三自有属于他的勤劳善良，但当他所看待的忠义礼法规则受到挑战之时，会不惜一切地扫平障碍。也许在他看来，田小娥的不守妇道是其不可饶恕的过错，她不仅害了黑娃与白孝文，而且也污化了白鹿村的社会风气，因此，她虽然是自己儿子带回的媳妇，但是也必须除掉她。舞剧的铺排充分体现了人物性格的逐步发展脉络，同时，也让我们清楚地看到：在宗法社会的氛围之下，鹿三始终站在维护封建的忠孝礼仪的立场之上，他为了匡正道德教化，抛弃了自身并不缺乏的良善，走向了结束他人生命的另类道路。

二、电影中鲁莽刚烈的忠义者形象

电影里的鹿三性格被演绎为：刚烈火爆、侠肝义胆、敢作敢为。首先，他在白家长期地辛勤劳作，对于对方所给予的粮食与帮助是心存感激的。他与白嘉轩之间，名义上是主仆，但实质上却存在着休戚与共的兄弟关系，这样，“将主雇关系写成伦理关系。这种社会伦理关系不以斗争而以调节为手段，表现出和谐而非对立的性质”①。一方面，他受益于履行忠义而得来的生存优待，另一方面，他又是一位为了维护忠义，敢于扫除一切障碍的卫道者。他在交农事件时一马当先冲在最前面；宁死不剪代表忠于大清王朝的辫子，令白嘉轩十分敬佩；强烈要求白孝文用力抽打跪在祠堂上的田小娥；恨铁不成钢地诅咒潦倒堕落的白孝文，并及时给他送来了救命的粮食；在白孝文参军之后，杀掉了那个在他看来是个“烂货”“婊子”“祸害”的田小娥。由其坚守的伦理道德准则，促使自身采用了极端的待人手段。在此，“鹿三制造了亲翁杀媳惨剧，以伦理的极端对待小娥的纵欲极端”②。我们似乎看到了一个大义忠勇、爱憎分明的鹿三。但与此同时，在忠义观念支配下的他，有着六亲不认的对于礼仪道德的虔诚维护，他对自己儿子的为人行事似乎是难以容忍，当黑娃深夜潜入白家要与白嘉轩清算旧账时，鹿三愤激的手拿梭镖，喊着要戳死黑娃，深刻地表现了他加在亲生骨肉身上的仁义道德衡量。电影最终的结局是让鹿三上吊自尽，这当然是由忠义信念的诚心与毁人生命的残忍所造成的精神断裂，促使其决绝于人世。至此，本剧合乎情理地完成了对鹿三忠义形象的延展树立。

两剧为了重塑鹿三的形象，采用了多种艺术手段，增添了情节，从人物造型到动作表情设计等，通过演员的表演，一个坚守道德礼仪标准且脾气暴躁刚烈的鹿三形象被塑造了出来，为其最终能够结束田小娥的生命，设置了合理化的性格逻辑铺垫。

---

① 郑万鹏.《白鹿原》研究[M].长春:时代文艺出版社,1998:53.

② 郑万鹏.《白鹿原》研究[M].长春:时代文艺出版社,1998:128.

第五节　生息繁衍理念的扩展体现

在原著小说中，白嘉轩的一生娶过七房媳妇，除了男大当婚之外，还有白家担当着承传族长的重要职责。白孝义媳妇向兔娃的借种，在于白嘉轩绝不允许三儿子孝义这一股绝门的想法。生殖观念在白鹿村有着根深蒂固的思想根基。“作者直观地书写出农民朴素世界观中的‘人地合一’和古老的农耕生活中诞生的生殖崇拜思想。”[①]在此基础之上，舞剧与电影版均对生殖观念进行了延伸拓展。

一、舞剧由祈拜送子娘娘所传达的生育理想

舞剧《白鹿原》的第二场创造性地展现了田小娥的生育梦想。为自己所喜爱的男人生养儿女，过一个普通女人的正常生活，也许是她最美好的婚姻理想。于是，她到庙院佛堂里去祈求上苍的恩赐应允。在殿堂高高的墙壁上，悬挂着送子娘娘怀抱婴儿端坐莲花台的巨幅画像，按照民间传说，所有的孩子都是送子娘娘赐予的。画像下面的殿堂内，一群少妇在铃钵的敲击及钟磬的共鸣声中，双手合十而面带欣喜之情虔诚地敬拜，祈求菩萨能够答应自己的请求。接着，随着舞蹈姿势的不断变化，这群女子借模仿各种各样的怀孕时笨拙的艰难行走时的姿态，表示即将实现的育子理想。她们或双手叉腰地挺起肚子；或将双手放置背后摆动；或双手放在身前做抱球状。通过圆形调度的运用，这群女舞者时而做左手抱婴儿的行走状；时而又双手合十举过头顶；时而躬身膜拜；时而又仰望苍穹，极其迫切地祈求心中愿望的顺利实现。在少妇们一系列的祈祷动作的感召之下，原本穿行其间好奇观望的田小娥，很快加入了这一行列。等众位少妇散去

① 段建军.陈忠实研究论集[M].西安：西北大学出版社，2018：48.

之后，她独自在木鱼有节奏的敲击声中，非常喜悦地拿起一柱长香，用袍袖小心地拂去香杆上的灰尘，高高地举过头顶敬拜上苍，最终举起燃香敬拜送子娘娘。这些动作昭示着田小娥渴盼自己能够孕育子女的强烈愿望，在抚养他与黑娃爱情结晶的同时，过上男耕女织的幸福生活。同时，也较有力地传达了白鹿原繁衍生息、世代不衰的子嗣传承愿望。

二、电影由诸多画面所展现的生育意识

相较而言，电影里对生殖繁衍理念的表达更加浓重而直接，间或有夹杂着情欲的毫不避讳的展现。的确，导演“在遵循原著主题的基础上，兼顾大众文化与商业电影特点抽取‘土地与繁衍’作为电影的主题”，其中，作为主题“繁衍”既可以看作导演对原著的理解和延伸，也充分流露出导演对“食色性也”这一世俗逻辑的自觉顺从[①]。在电影的开头，小时候的白孝文与黑娃、鹿兆鹏聚集在配种院场外，手捏土疙瘩顽皮地干预了毛驴的配种，在原始的性启蒙中淘气地大笑，遭到了白兴儿的责骂。还有白孝文对黑娃说：“我爸叫我娶媳妇生娃呀！”然后两人躺在田间，向着天空蹬腿，模仿女人生娃的情形，大喊：“我要生娃，痛！”这些都潜在地融入了女人生育、传宗接代的生殖意识。面对长大成人的孝文，白稼轩所寄寓的希望是：“孝文长大了，该看着给寻一门亲，娶个媳妇传宗接代了，孝文，爸这辈子就央求你一件事情，到时候争点气，不要像我生你一样，费那么多周折。”但是，后来白孝文身体的生理功能障碍，已是小伙伴们人人尽知的公开秘密，并且大家隐约地认为这是由于白嘉轩的高压管教所致。生育功能的丧失是传宗接代的大忌，长大成人的白孝文虽经多方医治，但丝毫没有效果，这虽然也曾引起白嘉轩对于血脉延续的担忧：“将来你在祠堂里，你是白鹿两姓的族长，在白鹿原上，是顶门柱立大梁的人，这样的人不能没有后人。”但仍旧于事无补。白孝文生理功能的恢复是在他与田

① 张明，张文东. 跨媒介视域下文学改编电影的转化之困：以小说《白鹿原》与电影改编为例[J]. 文艺争鸣，2019(11)：53.

小娥的交往之后，非常明显的原因是在分家后逃离了白嘉轩的精神禁锢，他能独立自由地做事。于是，传宗接代的目标实现也不再遥远。以至于在电影的叙事中，他在饥馑之年使田小娥怀上了自己的孩子，虽然在建塔的一段情节里，白嘉轩最终没有承认这个由儿子乱情所孕育出的后代。此处的文化隐喻在于白鹿原令人窒息的宗法制环境，预示着白鹿原等待着新的革命风暴的洗礼。

通过比较，我们可以明显地看出，舞剧版的生育观念通过拓展田小娥的祈祷怀子理想来体现，而电影版的叙事也拓展了相应的情节，让田小娥怀了白孝文的孩子。另外还同样表现了白嘉轩一如既往地对于生殖的态度，将子孙兴旺的理想寄托在孝文身上，但白孝文丧失了相关的能力，使他陷入了深深的忧虑之中。生殖繁衍是族群发展壮大所要考虑的重大事情，而两个版本的作品扩充铺陈了相应的情节内容。

舞剧版与电影版《白鹿原》遭遇到了艺术形式限制作品思想内容表现的困境，小说所蕴含的对于丰赡宏深的历史文化的深度思考，难以彻底诉诸视觉形象得以充分展示。两剧均截取了原著小说大致相同的内容，围绕田小娥展开对于相关人物的刻画、故事情节的铺排与社会场景的展示。创造了两相类似的新意象。舞剧《白鹿原》利用舞蹈动作、场景服饰、雕塑音乐等艺术手段，拓展与增添了新的内容，使得无言的艺术传达出新鲜的故事叙述气息。电影《白鹿原》冲破不同艺术形式之间的重重障碍，做出了许多有益的尝试与探索，从来自多种艺术样式的启示所提供的前行便利，最终做了一些新的拓展，既有对深邃主题的画面开掘，又有对于人物性格与故事情节的逻辑铺排，并由此推动了影视改编的进程，扩大了原著小说的社会辐射影响力。

第九章 《白鹿原》衍生作品中的文化意象分析

小说《白鹿原》产生后至今的30多年间，其不同艺术形式的衍生作品相继涌现，已有秦腔、连环画、话剧、舞剧、电影、评书、歌剧、电视剧、广播剧等版本的同名作品，且有的版本中又存在多个同类的同名创作。这种由原著衍生的诸多同名作品创作现象，在文学作品的影响史上并不多见，可见原著小说蕴涵着博大精深的艺术魅力。陈忠实先生在参考地方史志的基础之上，对以"仁义白鹿村"为核心的白鹿原故事进行了虚构化的创作编排，描绘了清末至建国初期50年间的乡村变化过程。原著按照时间发展的顺序，共分34章，在叙述方式上，或者是将前后几个章贯穿起来集中叙述一个完整的事件；或者是与上下章不相联属，独立叙述整体线索上的故事。其内容编排始于白嘉轩娶七房女人，止于鹿子霖之死。描述了本为一族的白鹿两姓两代人之间的恩怨纠葛，彰显在宗法制度统治之下的风云变幻中，每个人的道德坚守与思想追求，反映了人与人之间多种多样的社会关系。这种关系又是错综复杂的，其具体表现为：朱先生与冷先生之间的协作为民，与白灵等年轻一代之间的切磋互赞；白嘉轩与鹿子霖之间的斗而不伤，与鹿三之间的兄弟情谊；黑娃与鹿兆鹏之间的协同革命，与白孝文之间的不相融合；白灵与鹿兆鹏之间的革命恋情，与鹿兆海之间的立场决裂；田小娥与黑娃之间的彼此爱恋，与其他男人之间的多面情感；等等。作品在敬仰传统儒学渗透于乡村的同时，并未为它找到在社会动荡下的良好出路，但显示出了先进思想与进步力量所带来的光亮。

原著小说中已经树立了多种意象，诸如：刺蓟草、白鹿、白狼、铜钱、祠堂、白鹿书院、迁坟事件等。借助这些鲜明的意象，人们在阅读作品时，能够迅速地把握叙述主题与思想内涵，从而形成对作品整体风貌的印象。衍生作品以多种艺术形式的面目呈现，可以凭借自身反映社会生活的优势，利用对于多种意象的精心塑造，完美地表现作品的博大精深的内容。其声音、舞台、银屏、图画的声画显现，与原著小说的文字展示相比，具有加强作品表现力的有利条件。衍生作品对于意象的重塑，一是采用变换或突出原有意象内涵的方式。比如：秦腔版剧作对于迁坟事件的创新演绎；电影版剧作对于土地、麦田、生殖观念等的突出表现；话剧版剧作对于田小娥之死的合理化编排；电视剧版对于白狼的传奇性演绎；等等。二是增添与原著主题相一致的新意象。比如：秦腔版剧作中的白鹿玉坠；话剧版剧作中的“月”；舞剧版剧作中的田小娥生殖与成婚理想；电影与电视剧版中对于田小娥怀有身孕的展现；等等。三是展示不同画面风格的意象。比如：话剧版剧作的原生态坡塬景色构建；电影版剧作多次对于麦田画面的展现；电视剧剧作多种色彩搭配的画面；等等。衍生作品意象的形成，扩充了原有意象的阵营，增强了作品的表现力度，延展与体现了原著所阐发的“白鹿精神”。

第一节　具有丰富内涵的一般性实物

各种客观存在被人们所见或使用的物体，一般只具有观赏与实用的价值。但是，一旦它本身在某一事件中成为突出的因素，并转而成为某种意识征象的标识，便被人们视为附着于某种认识的代言者而存在。也就是说，在人类的生活与生产实践活动中，某种实物参与了相关活动，或是留下了某种社会人文范畴之内的痕迹；或是在某种活动中充当各种物体之间的媒介物；或是承载与寄托着某种留在记忆深处的情感。它便被赋予了某种特殊意义符号而存在，并且成为某种深刻内涵的象征，最终被人们作为象征物而认可。

《白鹿原》衍生作品中的一般性实物，寄寓了突出主题的深刻内涵，诸多实物意象的产生与作品故事紧密相连，成为不可或缺的重要组成部分。

一、土地及其出产物

在原著小说中，土地的观念渗透在相关的事件叙述之中，从白鹿两家的换地事件到购买李寡妇田地的风波，再到大旱之年过后，人们对于土地出产粮食的渴望。从中可以看出人们对于有灌溉保障的水地的重视，富有之家扩大田地拥有量的渴望，以及看重生命所依的土地。土地出产的庄稼可以给人们提供食物，其他作物又具有多种用途。这一主题在衍生作品之中继续演绎，并被赋予了新的内容。

原著中的蓟草是白嘉轩在三九寒冬季节的慢坡地里独自发现的。那天他踏着厚厚的积雪，行进在去请阴阳先生的路上，他“无意间看到一道慢坡地里有一坨湿土……地皮上匍匐着一株刺蓟的绿叶……土层里露出来一个粉白色的蘑菇似的叶片……又露出来同样颜色的叶片……露出来一根嫩乎乎的同样粉色个杆儿……那杆儿上缀着五片大小不一的叶片”[①]。以上是白嘉轩见到的蓟草样貌，这株蓟草后来被朱先生认定为具有白鹿的形状，由此带给白嘉轩的是内心的触动，成为寄予他美好生活理想的象征之物，并引发了他想拥有这块土地的想法。在陕西版话剧中，存在着与此相一致的白嘉轩的陈述：“有一坨湿土，长着一株绿叶，咱们这地方叫小蓟……我顺着小蓟的根部向下挖，结果挖出一个连秆带叶，还有花瓣的东西，粉白粉白的。”[②]于此，在原著描述的基础之上增添了粉白色的花瓣，更加美化了理想寄托物的形象。秦腔版剧作中，对于蓟草的认识，白嘉轩

① 陈忠实.白鹿原[M].北京：作家出版社，2017：19.

② 孟冰.话剧《白鹿原》[M].西安：西北大学出版社，2017：5.

的唱词是："那小草绿茵茵充满生气，嫩乎乎似白鹿形神可掬。我断定那面坡是风水宝地，白鹿仙指迷津让我发迹。"采用了原著小说的编排内容，借助所发现的雪地中的刺蓟草，引发了白嘉轩走出生活阴霾的希望。而在同名的电视剧作中，相关的情节被改编为：白嘉轩在慢坡地捡到了冻僵了的仙草，接着，朱先生带领众人，让鹿三用锄头把仙草躺过的雪地处挖开，渐渐地挖出一株白鹿一样的青葱蓟草。然后，他预言白鹿要来了。这样，蓟草的出自泥土改为出自白雪，增强了其存在环境的纯洁度，提升了其神圣的程度；白嘉轩一人的发现改为在朱先生带领下的众人发现，减弱了蓟草出世的神秘性，增添了朱先生预测事务的传奇性，以及发布消息的公开性；朱先生的从依描述自己作画认出白鹿形状，改为直接到现场眼见真实的形象，增强了对于酷似白鹿形象确认的准确性。据此，刺蓟草的雪天茁壮生长代表着其旺盛的生命力，它的形状好似白鹿，由此使人联想到美好的生活即将来临。它由白嘉轩或者朱先生发现，那片地方仙草曾经躺过，于此，这一意象被最终演绎为将白嘉轩的媳妇仙草、雪天鲜活的刺蓟草与传说中的白鹿三者合一，预示着这一征象将能给白嘉轩乃至所有人带来崭新的生活希望。

罂粟是一种美丽的可供观赏的植物，但其未成熟果实所含有的浆液，却是制取鸦片等毒品的主要原料，而毒品对社会所造成的危害是极大的。为了加强社会治理，罂粟常常被官府列为禁止种植的对象。白嘉轩的发家致富，其实与他种植罂粟所得的盈利密不可分。其岳父吴长贵在女儿出嫁时，便将罂粟种子交给了他。经过精心种植，他觉得"十多亩天字号水地种植的罂粟的价值足以抵得过百余亩地的麦子与包谷了"。[1]此后，他便用所得银元，翻修建成了一座完整的惹人注目的精美四合院。接着的三五年，在白鹿原上下的田地里，人们随之种满了罂粟，虽然后来曾在朱先生的带领下，犁掉了全部的秧苗。但连续三任滋水县令却屡禁不止。罂粟的种植具有两面性，它既危害人们身心健康、毒化社会，又可以给人们带来

① 陈忠实.白鹿原[M].北京：作家出版社，2017：44.

高额的利润。这与传统儒学对于宗法社会“耕读传家”的要求是格格不入的。因此，白鹿两家率先放弃了对于罂粟的种植，明确了在“义”与“利”上的选择，强调了维护人间道义的正统观念。在陕版话剧中，白嘉轩对于罂粟的描述是：“种下去满地开红花，一到秋天，满原上都是闻了不能走路的香味！秋天摘了那果子上省，卖了大价钱！”谈及罂粟的花色艳、花味香、价钱高，突出了其可供观赏性与高盈利性，这与原著小说中的叙述是一致的。

在电视剧中，罂粟的种子被改为从药铺胡掌柜处所得，当白嘉轩熬制药材时被媳妇仙草撞见，她述及以前在娘家种植时，弟弟抽鸦片所造成的败家经历，强调了种植罂粟所产生的惨痛教训。白嘉轩认识到种植罂粟的社会危害，于是便与胡掌柜约定只用作药用，尽力扩大其有益于百姓生活与社会发展的一面。后来乡亲们也要执意种植，他在阻拦无效的情况之下，只得四处奔波，为大家找到收罂粟的药铺，防止流入烟馆，将罂粟的社会危害降至最小程度。此后出现的绑匪事件是围绕种植罂粟的高额利润而来的，这正是应了朱先生所说“房是招牌地是累，攒下银钱是催命鬼”。土匪在绑架了白嘉轩之后，质问他说：“胡老板说今年收不上货，不干了，这事他能说不干就不干吗？你就是带头铲地的白嘉轩吧，你说不让他们种鸦片，他们就不种鸦片，他们信你，你值钱。”显示出对于白鹿原上不种罂粟而造成的货源不足的不满，对未能成功抢劫胡老板的失望。以及追查不让种植的白嘉轩的责任，土匪觉得他是有钱大户，让其持巨资赎身，于是引出了一场与土匪的斗争。罂粟在给人们带来高额利润的同时也带来了灾难。

白鹿原处在西安市东南郊的黄土台塬上，以种植小麦与玉米为主，其余的农作物还有稻、黍、谷子、大豆、棉花等。在原著小说中，贯穿着对于小麦生产的相关农事叙述。首先，将小麦的生长状态描绘为：“原坡地上的麦子开始泛出一层亮色的一天夜里落了一场透雨”，“齐腰高的麦子被踏倒在地，踩踏成烂泥的青苗散发着一股清幽幽的香气”。其次，夹杂着对小麦的相关生产活动的交代：瘟疫过后，九月里的白鹿村，“人们悲悲戚戚收完秋再种完麦子”。“白鹿原的伏天十有九旱，农人只注重一料麦子而很少种秋。”[①]即使在种植罂粟的时期，也着重提到小麦的种植面积极小，已经成为罂粟种植的点缀。可见小麦种植在人们的心目中占有极高的地位。再次，小麦也已经成为人们生命所依的主要食粮，它的生产一旦出现问题，将会给百姓们的生活带来极大的影响。大旱之年伴随着饥馑的来临，白嘉轩在断定小麦不能出苗之后，断然决定减少饲养牲口的数量，他被迫卖掉了青骡与犍牛。最后，借黑娃做麦客赶场割麦的详细情形，说明了小麦收割期的持续时间：“临到搭镰割麦，他就提上长柄镰刀赶场割麦去了。先去原坡地带，那里的麦子因为光照直接加上坡地缺水干旱而率先黄熟；当原坡的麦子收割接近尾声，滋水川道里的麦子又搭镰收割了，最后才是白鹿原上的麦子。原上原坡和川道因为气候和土质的差异，麦子的收割期几乎持续一个月。”将麦客工作时间的长短以及所在地域，交代得尤为清楚。另外，对于麦后的劳作是：“麦茬地全部翻耕一遍”。

电影利用画面，全面渲染了小麦的意象，弥漫着农事生产活动的气息，并将之作为故事情节展开的背景。一望无际的金黄色麦田，多次出现在银屏之上，迎面而来的或是麦浪在微风吹动下的起伏翻滚；或是小麦在晚霞满天时的纹丝不动。沉甸甸的麦穗，预示着一派丰收在望的景象，带给人一种丰粮满仓的征兆，还有一种深沉厚重的苍茫深邃之感。在割麦、拉麦、打麦等的背景之下，许多故事情节被连续演绎。其展示的画面分别有：白嘉轩、鹿三等人熟练地挥舞镰刀弯腰割麦，迅速地立身用秸秆缠绕打捆的场面，表明农人农事的辛劳与就地取材的智慧；黑娃与白孝文在成熟麦田中的打闹场面，展示二人对结婚生育的原始认识，渲染了结婚生子养育后代的传统观念；麦客们在将军寨争先恐后地加快割麦速度的场面，比试着每个人的割麦技艺，显现着割麦的才能；堆积而成的形似小山丘的麦秸垛的场面，标志着小麦的丰收景象；白鹿民众在戏台前打麦子的场

① 陈忠实.白鹿原[M].北京：作家出版社，2017：35，91，341，404.

面，真实地反映了农人临时占用场地，从而完成打麦环节的画面，同时也显现了浓厚的文化氛围；杨排长到白鹿原蛮横收麦的场面，表明军阀对农人辛勤劳作成果的掠夺与民众的无可奈何；鹿兆鹏、黑娃与白孝文三人趁黑纵火烧毁麦田的场面，表现对军阀的反抗与毁灭的快乐；还有，军阀枪毙百姓而众人默立麦茬地的画面，又一次展示民众的无可奈何；另外，无论是田小娥对白孝文在砖窑内麦秆依墙而堆背景之下的挑逗，还是在空旷地带的麦秸垛上她与黑娃的偷情欢合，依旧没有脱离对于小麦的多方面渲染。据此而言，有关小麦的多画面展示，给人一种粮食充裕的感觉，也反映出百姓们的勤劳智慧、勇于反抗与冲破世俗的精神。

二、灵兽及标识物

在小说《白鹿原》与衍生作品中树立有灵兽形象，以与众不同、能力特殊与具备灵性的特性来考察，有白鹿与白鹿玉坠、白狼、西海龙王和西海黑乌梢。

白鹿是一种善于奔跑的珍稀动物。自古以来，它的出现被看作是祥瑞之兆。有关白鹿的传说是：很古时候的白鹿原上，曾经出现过一只白色的鹿，白毛白腿白蹄，鹿角更是莹亮剔透的白。它跑过的地方，麦苗茁壮成长；毒虫害兽毙命；病人痊愈。这一传说赋予这块土地以“神秘、吉祥、瑞和的色彩和深化了白鹿原历史文化渊源”[①]。人们一代一代地津津有味地讲述着这一传说，希望白鹿能够带来幸福与安康，表达着他们对于未来生活的美好憧憬。从人们所寄寓的期望中可以看到：白鹿的到来，能够促使庄稼长势旺盛，粮食会增产增收，能够保证人们生活得如意美满；还能够使得威胁人们生命的毒虫灭绝，使危害人身安全的外在因素不复存在；也使得久治不愈的病人能够自理，形象丑陋之人变得俊美，保证了民众内在机体活动的康健自如。在小说《白鹿原》的叙事体系之中，暗含的白鹿的化身是白灵及朱先生。他们是能够给人们带来光明的代言人。白嘉轩在

① 卞寿堂.《白鹿原》文学原型考释[M].西安：陕西师范大学出版总社，2012：306.

白灵牺牲时，他说自己的梦中“清清楚楚地看见白鹿的眼窝里流水水哩，哭着哩，委屈地流眼泪哩！……我看见那白鹿的脸一下子变成了我姑娘灵灵的脸蛋，还委屈地叫了我一声‘爸’”。[①]将白鹿与白灵合为一体。还说母亲也做了同样的梦，同时，姐姐朱白氏也梦见一只白鹿飘着忽而栽进一道地缝里，暗示了白灵遇难。朱白氏在朱先生死前“忽然看见前院里腾起一只白鹿，掠上房檐飘过屋脊便在原坡上消失了”[②]，表明对朱先生白鹿化身的认同。

陕版话剧中，对于白鹿传说的描绘，与原著小说保持了一致：“说是很古的时候，我们这原上出现过一只白鹿，浑身洁白，晶莹剔透，凡是它跑过的地方，麦苗忽地蹿高了，黄苗子一下子变成绿油油的黑苗子……”[③]白嘉轩梦见白鹿的情形，也描述为“清清楚楚地看见白鹿的眼窝里流水水哩，哭着哩，……我看见那白鹿的脸一下子变成了我姑娘灵灵的脸蛋，还委屈地叫了我一声‘大’哩，……”还说自己母亲也做了同样的梦，梦见那只白鹿飘着飘着就钻进一道地缝里去了，与小说有细微的差别，但保持了原来的意思。

电视版剧作中，对于白鹿传说有较多地改动，但保持了原著的基本样貌。众人在仙草躺过的地方挖出一株蓟草之后，朱先生预言能够带来平安福气的白鹿就要来了。将仙草姓名的字面意思与蓟草的形状、白鹿的神异特性，三位一体地巧妙融合在一起，增强了人们对于白鹿到来的期待。祈雨时，白嘉轩恍惚之中看见梦中的白鹿走来，一个箭步跳上了祭台，增加了他求雨的信心。白灵来到白鹿原，朱先生称赞她砸的不只是一个陶部长，还有投降派和软骨头，又写了“白鹿精魂”一幅字送给她，并称赞她就是白鹿原的白鹿。另有对于白嘉轩与朱白氏同时梦见白鹿的情景展示。

秦腔剧作中，则借“白鹿玉坠”来表达白灵的理想，她要像白鹿一

---

① 陈忠实. 白鹿原[M]. 北京：作家出版社，2017：456.

② 陈忠实. 白鹿原[M]. 北京：作家出版社，2017：537.

③ 孟冰. 话剧《白鹿原》[M]. 西安：西北大学出版社，2017：5.

样，降福给祖国人民，揭示出白鹿玉坠所蕴含的深刻内涵，使白灵成为白鹿精神的化身。而在剧作的结尾，白灵的儿子鹿鸣再次展示了“白鹿玉坠”，这首先表明白鹿精神的传承已经后继有人，在其母子之间业已达成了一种血脉相沿的默契。再者，从结尾的预言可以看出：白灵将会再次出现，以此表明白鹿精神将会代代相传，将会给人们带来无限的光明。

在小说的叙述中，人们对于现实中白狼的出现诚惶诚恐，它时刻威胁着牲畜的安全，有着吸吮猪血的怪异行为，狼性残忍的一面尽显，由此而来的恐惧不安笼罩在人们的心头，很长一段时间挥之不去。而冒名虚化的放火烧白鹿仓者，借以将威吓的对象转移至抢粮者，在黑娃、鹿兆鹏与韩裁缝三人完成了任务之后署名为“白狼”，这一举动确实使杨排长及其他人有所惊惧，但终因不知何人所为，于是随便抓人枪决了事。黑娃在打劫了白鹿村后，在墙壁上留有“白狼到此”的字样，“白狼”又被作为土匪打家劫舍的群体代名词而存在。借白狼的传说，反映“人们面对各种社会波折、灾难、革命造反行动等所表现的空虚、惶惑、疑虑、自信等复杂的心理和表现”，“引发对这个社会的去向以及为人们带来的命运的深思”。①

在电视剧中，围绕白狼进行了许多新的编排。首先运用虚实相间的手法，写出了现实中白狼的残忍，加强了各种防范。白嘉轩梦见一只白狼向他扑来，从梦中惊醒后，发现桑老八被吓晕在羊圈边，圈里的羊已经被狼吸干了血，于是白鹿原上人心惶惶。白嘉轩为防止白狼的再次出现，组织大家点起火把，轮流值夜，他还进城买了几个捕狼的夹子。鹿子霖找人加固院墙，还牵来了一只大狗，生怕白狼闯进家门，儿子兆鹏却怀疑白狼的存在，还询问驯服白狼的可能性。其次，借题发挥，批评行为不端的民众。白嘉轩借口闹白狼，敲锣打鼓将众人全部聚集到戏台前，当众指出白鹿原的混乱不是因为白狼，而是因为许多人学会了赌博、听荤戏、抽大烟所致。再次，增加了白狼叼走刚出生的白灵的情节，使故事的叙述显示出了传奇性。仙草生出白灵之后，起身到厨房去烧热水，突然察觉消失了孩

① 卞寿堂.《白鹿原》文学原型考释[M].西安：陕西师范大学出版总社，2012：378.

子的咿呀声，当她寻找至院中，发现白灵被白狼叼着。此后，黑娃手持镰刀追逐呵斥白狼。接着，白嘉轩也在大喊，于是白狼放下没有丝毫惊惧的女娃，女娃的确还对着白狼发笑。白狼的离开被村民解读为：它是被白鹿吓跑的。白狼没有构成对白灵的伤害，反而显现出她过人的胆量。朱先生知道情况之后，预言说白狼以后不会再次出现，白灵是应运而出，果然自此后白狼没有再次出现。最后，借白狼写出虚化的指代心境或行为。白嘉轩梦见女儿被白狼叼走，向他求救，从梦中惊醒，仙草安慰他这是思女心切。放火烧粮的第二天，村民们发现戏台上写了一行文字，标明放火烧粮的人是白狼，白嘉轩认为白狼不想连累村民，才留下了这么一行字。鹿兆鹏让杨排长深信：白狼很可能是土匪下山抢粮，带不走的就烧掉。土匪入村打劫，白嘉轩腰上被土匪踹了一脚，他顿时昏迷了过去。墙壁上留着“白狼到此”的字样。自此虚化的白狼成为具有极具破坏性的意象而存在，或被指代为土匪行径的反叛社会统治秩序的团体，或借其名号对抗敌对势力的小集团。

中国民间有着浓重的龙王崇拜信仰，由于龙王掌管着人间的行云布雨的阴晴变化，在水旱灾多的地区常建有香火鼎盛的庙宇，供人们顶礼膜拜。每遇干旱天气，民众就到龙王庙祭祀求雨，或抬出龙王塑像在阳光下暴晒，让龙王感受酷热的滋味，体恤百姓疾苦，直至普降甘霖。据说东南西北海域均有龙王管辖，称为四海龙王，即东海龙王敖广、南海龙王敖钦、北海龙王敖顺、西海龙王敖闰。至于黑乌梢，也就是呈黑色的乌梢蛇，民众将其称为“黑龙”。

在原著小说的描述中，按照白鹿原的民间习俗，每逢久旱未雨之时，人们便举行“伐神取水”的求雨仪式，开展“把民间社火和祈雨活动融合成大型的取水伐马角活动”[①]。在此过程之中，让附体的某位神仙体验火烧灼伤的痛苦，进而为民请命，请求龙王答应民众们的求雨要求。于是，我们看到白嘉轩在被“黑龙乌梢大仙”附体后，在关帝庙前，用一张黄表

① 卞寿堂.《白鹿原》文学原型考释[M].西安：陕西师范大学出版总社，2012：279.

纸衬在手心，紧紧攥住烧红的铁铧，在头顶舞动后扔在地上，然后接住一根烧红的钢钎儿，从左腮穿到右腮，忍受着皮肉焦灼的痛苦，然后前往黑龙潭祈请西海龙王敖闰赐水。据传，黑龙潭从地下连通四海，四海龙王每年都通过此处去山中聚会。潭四周的石崖青石上铸塑着四条龙，白嘉轩面对西边铁壁叩拜在地："弟子黑乌梢拜见求水。"连叩3个响头后，拿出一只细脖儿瓷罐，用细绳吊放到潭里飘着。等待西海龙王赐给西海黑乌梢水，直至半夜才听到瓷罐灌水的声响。白嘉轩才大声喊道："龙王爷恩德恩德恩德！"此后，大家围着龙潭唱起来："龙王爷，菩萨心；舍下水，救黎民……"白嘉轩抽动绳子从潭里吊起瓷罐，抱在怀中。

舞剧《白鹿原》中，利用舞动的龙头表现祈雨的活动过程，白嘉轩、白孝文与众小伙也随之变换着自己的身姿。龙头在此代表着请求龙王早日降雨的愿望，突显民众对于雨水需求的强烈。随着雷声的响起，雨声也逐渐出现，于是，一群女子翩然起舞，接着，男青年们又再次手持龙头欢腾跳跃，龙头在大家手中被不断地传递，众人腾空翻动，不停地跑跳，表达他们对大雨降临的喜悦以及对龙王的感激之情。

电视剧作中，主祭人在祈雨的仪式中大喊："黑乌将军，为民祈雨，风调雨顺，下雨了！"呼唤西海黑乌梢附体，为民求得雨来。白嘉轩将手拿着的烧红的铁铧抛下后，翻身上了祭台盘腿而坐，大喊："吾乃西海黑乌梢！"表明黑龙已经附体在其身。接着，他将烧红的铁钎插入并穿过脸颊，此时的民众齐喊："关老爷，菩萨心，黑乌梢现真身，清风细雨救黎民。"关羽离世后主动请求掌管人间风雨为民赐福。这样，关羽与黑乌梢均成为民众祈请西海龙王降雨的中间代言人。而回到家躺在床上疗伤的白嘉轩却对众人说："我没看见神，也没看见龙，可我看见那个白鹿了。"表明他对美好生活的祈求所在，为并没有求得降雨埋下伏笔。西海龙王及西海黑乌梢，只是人们在科学认知的浅薄之下，想象出来的掌管行云布雨的神仙，其实故事也印证了天降大雨乃是大自然运行之事，并非神仙所能掌管。

三、爱情与理想的寄托物

铜元俗称铜板，是清末以后所铸各种新式铜币的通称。它诞生于清光绪十五年（1889年），中间无孔，外观与历代的方孔铜钱不同。在原著小说里运用了“铜元”的字眼，但在话剧中却出现了“铜钱”的用法，而铜钱是中国古代的铜制货币，与铜元有所不同，它指的是秦汉以后的各类方孔圆形钱，这种钱的铸造直到民国初年为止。但从两类作品的具体实物描述中可以看出，均有彼此一致的描述：有龙的一面是“国”，有字的一面是“共”。由此而言，“铜元”与“铜钱”所指同样一种事物：无孔的铜元。而“铜钱”只是俗称。

在原著小说中，西安城被围不久，鹿兆海与白灵决定加入不同的党派，两人便用猜测所抛铜元正面图案的办法来确定，但最终所加入的党派与此游戏的选择恰恰相反，鹿兆海转而加入了国民党，而白灵却成为中共党员。这枚比定情物更有深意的铜元起初装在白灵的小口袋里，后来转交给鹿兆海。面对国民党反动派用残忍的手段大肆杀戮异党之时，两人对于党派做法的问题产生了严重的意见分歧，但鹿兆海仍旧相信：“我们有那枚铜元为誓，我要是失去你，我将终生不娶。”[①]但白灵要求鹿兆海改换党籍的愿望，最终没有成为现实。于是两人出现了思想上的相互背离，彼此的爱情也已走到了尽头。在鹿兆海参加中条山战斗之前，请求朱先生将铜元转交给白灵，并富有深意地说：“这铜元有她半个，有我半个，谁拿着就欠对方半个。”[②]朱先生察觉了这枚铜元寄托着两位男女青年的情谊，也表现出鹿兆海视死如归的信念，于是，他同意暂为保存。在此，“铜元既是两人的定情信物，也是预兆他们各自命运走向的关键意象”[③]。在国共

① 陈忠实.白鹿原[M].北京：作家出版社，2017：359.

② 陈忠实.白鹿原[M].北京：作家出版社，2017：468.

③ 王婷.论意象在小说《白鹿原》中的叙事功能和文化意蕴[J].西安石油大学学报（社会科学版），2009(6)：109.

两党团结合作的前提下，两人通过抛掷铜钱后所呈现的正面图案，决定各自所要加入的党派。可不久之后的国共合作破裂，“全国都在剿杀共产党”，出现了白色恐怖的局面。白灵深受鹿兆鹏的影响，毅然决然地加入了中国共产党。当两人再次相见时，鹿兆海在为双方的选择感到吃惊之时，他不仅蔑视鹿兆鹏发起的穷人革命的团体，而且还对其所起作用产生了怀疑。但在白灵看来，“国民党大开杀戒，已经暴露出反革命的真实嘴脸，共产党是要发动被压迫被剥削的劳动者建立一个没有压迫和剥削的自由平等的世界”①。于此，两个人所共同建立的爱情默契失去了原有的根基，在不同的信仰面前，往日的温情戛然而止，彼此之间的思想鸿沟从此难以逾越，代表着爱情的“铜钱”也被白灵拒收了。但鹿兆海曾经手持“铜钱”，对白灵确定这是两人的定情信物，并且还别有用心地说：“人家说两口子咬一个铜钱，谁要是咬过去了，谁以后说了算!”此后两人嘴唇相碰，相拥亲吻在一起。然而，当再次相见之时，这枚“铜钱”成为彼此分手后的纪念物。“铜钱”经朱先生转交了给白灵，而在西安外事学院的话剧版中，朱先生后来转交给了白鹿两家。铜钱寄托着白灵与鹿兆海原初对于美好爱情的憧憬，也曾经决断了两人所属的党派。但当国共分裂之时，两人由于信仰不同，其爱情也走向了终结。

“月亮”的意象是在北京人艺版与陕西人艺版的话剧中树立的，原著小说中并不存在。但能够代表田小娥对于美好生活的追求，与原著的内涵相一致。剧作中的田小娥被塑造为一个富有“奔月”理想的女子形象。她在郭家，没有作为女性的尊严，而是被充当厨子与泡枣的工具。因此，田小娥有着作为人的获得真爱的炽热追求，她时刻想逃离这种非人性化的生活，想跟着黑娃，实现自己淳朴的生活理想，过上普通日子。她执着地追求自我理想，并未顾忌宗法社会的伦理桎梏。因此，在白鹿村的祠堂，她面对众人，纠正了白嘉轩对自己名字所赋予含义的误解，强调了不是“飞蛾扑火”的“蛾”，而是“嫦娥”的“娥”。她像嫦娥奔月一样，与黑娃来

① 孟冰．话剧《白鹿原》[M].西安：西北大学出版社，2017：70.

到白鹿村就是回家了，也是奔月了。把“仁义白鹿村”当作理想中的“月”：喜欢这里的环境、孩子和老人，愿意把这当作家住。当白嘉轩与鹿三拒绝他们进村生活时，田小娥仍旧对未来充满着希望：“奔月！黑娃，咱们走！那地方明亮着哪!”这种对待新生活的态度，犹如初恋女子一般充满激情，对理想境界有着美妙的感觉，往往无视冷酷现实的存在。她认为只要能与黑娃生活在一起，所到之处就是“月”之所在。当田福贤将田小娥吊起来之时，白嘉轩感叹说：“要是真能奔月就好了!”在此，虽然他对于田小娥充满了同情与怜惜，但始终觉得“奔月”只不过是一种美妙的幻想而已，田小娥不得不受到惩罚，皮肉之苦已是在所难免。接着，抽着大烟的白孝文，在幻觉之中，将田小娥的“奔月”理想拓展开来，接续“我第一次见到你的时候，你就说要奔月”的理想，畅言自己在田小娥的引领下已经“奔月”，他将窑洞当作既安静又明亮的“月”，感觉待在这样的地方非常幸福快乐。感谢像仙女一样的田小娥，带他到如此美好的天堂上来，品尝到男女相处的快乐，并庆幸自己抛弃了一切，能够得以拥有这“静静的、明明的月”，并且希望“不要回到地上”“要永远地待在这月上!”白孝文的这番梦呓般的说辞，拓宽与印证了田小娥的“奔月”梦想，此时，两人心中构筑的“月”的内涵趋于丰满与完整。当田小娥死去，白孝文甚至有些相信田小娥真的奔“月”了，此时的他似乎又觉察到：要实现真正的奔月理想，在现实世界中是不可能的，除非舍弃自身的生命，进入另外一个世界。

第二节　彰显地方特色的代表性风物

一、地域语言及戏曲——方言、老腔、秦腔与碗碗腔

在北京人艺、陕西人艺与西安外事学院的3个话剧版本中，均不同程度地运用了陕西方言，将其作为展示地方文化的重要组成部分，从而交代故事发生地的关中语言背景。虽然只有陕西人艺版所运用的是纯正的蓝田话，而北京人艺版演员的陕西话说得并不地道，西安外事学院版的也存在陕西话与普通话的间杂运用的现象，但是，在程度不同地运用“额”“大”“娃”“乡党”“狗日的”等的方言背景之下，对于使用与熟悉陕西方言的观众而言，他们能够从熟知的语音和语调中，迅速意会方言所表达的准确内涵，在不存在语言译读困难的倍感亲切的氛围中，引起对于作品内容编排与思想主旨表达的深层思考；对于不熟悉陕西话的观众来讲，有可能在观看作品的过程中，因对方言话语的意思不明，从而造成对于作品的理解的某些欠缺，削弱作品的影响力，但从另外一个角度来看，凡是对陕西话有着足够的兴趣或者已对原著小说足够的熟悉，观众完全可以在一种与自我方言相异的陕西方言的语境里，从遵从故事发生地的原汁原味的语言特征出发，将具有地方特色的语言氛围融入白鹿原故事中。

在北京人艺版的话剧中，贯穿着对于老腔、秦腔曲调与曲词的运用，增强了剧作苍凉悲壮的格调，使人感到原生态的泥土气息扑面而来，这两个古老的剧种，将西北民众的高亢悲壮、粗犷豪爽、倔强刚正、苍凉凄美的气概，毫无遮拦地展现出来，给一代代的百姓带来精神的力量与音韵的美感。许多贯穿在剧中的句段演唱，一则体现为对作品情景氛围的营造，二则对于作品主题的表达起到很好的深化作用。开篇吼起的老腔唱词是陈忠实先生所写，展示了故事发生的背景，看似为陈述事实的废话，但表现了人们对于现实事实的明确认知，也夹杂着许多幽默诙谐的因素。结尾的老腔唱段，将气势宏大的出征场面展现在观众面前，那种斗志昂扬、万众一心的豪情被显现得淋漓尽致，这与开头的浩大壮阔的民族气势遥相呼应，前后连贯成为一个整体。在白嘉轩对众人宣布将根据《乡约》来处罚宗族成员时，插入了老腔《收五虎》中的《骂开道》唱词："手指开道叫着骂，我把你无知的匹夫骂几声……"借训斥因不听梁王指令而丢失城池的将领，暗喻民众要悉心听取族长的要求，严格按照所立的规矩行事，以利于成为一个团结前行的族群整体。插入在"闹农协"时的老腔《淤泥河》唱段："征东总是一场空，难舍大国长安城……"依照民间演绎的故事，陈述唐王李世民在征战高丽失败之后，将向敌国献上投降书，此时的他感慨于唐帝国的江山秀美，油然升起痛彻心扉的自责，映射了鹿子霖的虽有内心算计但无人支持的痛苦心理。除此之外，剧作还运用了许多秦腔的唱词，诸如《窦娥冤》《罗成征南》《斩黄袍》等，借以表现田小娥在多种遭遇之下的痛苦心情。插入老腔合唱："解放区的天是明亮的天，……"借以显示百姓们在迎来新中国的诞生之后，满腔喜悦地生活在人民政府的领导之下。剧作通过运用地方戏曲唱段的加入，丰富了话剧人物内心独白的展现方式，也有利于隐含地融入编排者的观点，较好地还原当时的社会氛围。借助地方戏曲的艺术感染力，拓展了对于原著小说思想内涵的开掘深度。

电影剧作加入了陕西地方戏老腔、秦腔、碗碗腔等唱段，彰显了浓郁的关中文化特色。这些不同的唱段，或渲染了历史积淀的京都文化的苍凉悲壮，或显示了关中百姓劳作与歌舞相融的生活场景，或刻画了剧中人物心理变化的内在世界。村中的戏台上不分农时的忙碌与闲散季节，均在上演着不同的剧目。许多人对戏曲情有独钟：田福贤再次得势后，自掏腰包请白鹿村人看戏；郭举人在请麦客们看戏的同时，自己学琴学戏；黑娃与田小娥在集镇上看戏、听戏与学唱戏。有感于陕西地方戏的独特魅力，陈

忠实先生说："我确实喜欢关中地方戏曲，秦腔不用说了，也喜欢眉户，还有多以民间艺人演出的蒲城线胡儿和华阴老腔等。"[①]开头与剧中出现了秦腔的经典唱段："征东一场总是空，难舍大国长安城，自古长安地，周秦汉代兴，山川华似锦，八水绕城流。……我父基业被我废，顷刻卖了唐社稷"，开头的几句，唐王东征高丽遭遇失败，丢了江山社稷。但他对山川秀丽的长安怀有深深的依恋，以及对于厚重的京都历史文化的崇敬。这段老腔的韵调配上辽阔的麦田画面，广袤的土地与厚重的历史文化融为一体。苍凉悲壮的"西部船工号子"老腔音调，显示了关中历史动人心魄的博大气魄。但在黑娃与田小娥的陷于欢情之时，这段唱词再次出现，给人的感觉，似乎是仅取"征东一场总是空"的字面意思，虽然起初的冲击力极强，但最终却并没有得到好的成果。借此预示两人的欢情，只能是昙花一现，最终必将走向失败，迎来的是一场虚空。当麦客在戏楼的上下吃面之时，插入了老腔的唱段，独特的唱腔与乐器伴奏呈现出悲壮激越的韵律，表现三国人物赵云出征前，在其带领下的将士们奋发振作、同仇敌忾的豪迈气概，以及惊天动地的热烈场面。赞扬他一马当先、催马杀敌的英雄气势，借此隐含地赞美了麦客们团结一致、奋力拼搏的劳作精神，以及麦客们对于赵云豪爽之气的强烈认同，也表现出对这种娱乐形式的喜欢。

秦腔折子戏《走南阳》，故事叙述东汉皇帝刘秀与村姑殷梨花的爱情故事。与舞台上相伴的是台下的风情演绎，田小娥挑逗性地约走了正在看戏的白孝文。她估计此时的白孝文很可能被台上故事所感染，于是，抓住大好时机采取复仇行动。虽然并未成功，但为白孝文以后的自愿上钩做好了铺垫。这出折子戏为田小娥的借以引诱白孝文打下了良好的基础，推动了故事情节的发展。较之原著，本剧还加入了碗碗腔《桃园借水》的展演，意在建立令人神往的桃园意象。本剧表现农家少女桃小春与落榜秀才崔护在桃园相遇，由彼此心生爱慕、相爱再到以身相许。田小娥随着曲调

① 陈忠实.唏嘘暗泣里的情感之潮：写在《迟开的玫瑰》冲刺"国家舞台艺术精品工程"之际[J].当代戏剧，2005(6)：4.

的哼唱，既表现她在郭举人家得到黑娃真爱后的畅意心情抒发，又显现着她与白孝文不离不弃的孽恋深情，以及艺人们精湛表演技艺的魅力。

二、乡村管理的承载物——祠堂、白鹿仓、保障所及戏台

“祠堂”之名最早出现于汉代，当时的祠堂因均建在墓所而称之为墓祠。到了南宋，祠堂的修建开始大量增加，朱熹的《家礼》问世以后，祠堂制度得以形成，人们将家庙称为祠堂。明嘉靖年间允许民间建祠立庙，但是规定只有皇帝或侯爵家族才可称为“家庙”，其余的族群则称“宗祠”。祠堂建筑非常讲究，其规模一般大于民宅，且建筑质量上乘。厅堂高大、雕饰精致、用材贵重，成为家族鼎盛发达的荣耀象征。祠堂具有多种用途：它是族人祭祀祖先或先贤的场所；可以举办婚、丧、寿、喜等活动；商议族内的重要事务；族长行使族权；家族进行社交活动；附设供族人子弟上学的学校。堂内供奉有历代祖先的画像与牌位。祠堂是庄严肃穆之地，外姓及族内的妇孺皆不准擅自入内。白鹿村的祠堂由五间大厅与六间厦屋组成。院子里立有一通滋水县令古德茂所送石碑，上面镌刻着“仁义白鹿村”的文字。后来祠堂正门的两边刻着《乡约》全文。经修缮后的祠堂，五间正厅供奉着列祖列宗的神位，成为祭祀祖宗的神圣地方。西边三间厦屋作为学堂，具有教育族内子弟的作用。东边三间厦屋中间用土坯隔开，一边供先生做寝室，另一边做族里商议事情的地方，宗族议事经常在此进行。在这座祠堂中，责打惩罚过狗蛋、田小娥与白孝文，举行过白孝文、黑娃认祖归宗的仪式，还发生过黑娃砸祠堂的事件。这些事件，无论是在电影版、话剧版，还是在连环画版中，均有不同程度地展现。在北京人艺版的话剧中，将白鹿两家置换田地的交易地点、闹农协活动、公审大会均设在祠堂。在电视剧版中，围绕祠堂展开的情节有：白秉德去世后，商议推选新族长；指定石头为祠堂的看门人，他曾阻止了田小娥的进入；举办白孝文的结婚仪式；饥民蜂拥而至抢族粮；族众商议瘟疫对策；将此作为染疫民众的收治之所；黑娃带高玉凤祠堂祭祖；我们看到白鹿祠

堂作为祭祖、举办婚嫁仪式、存储族粮、商议大事、惩罚族人、管理事务、举办活动的综合性场所。由此可以看出，村级的自发管理是按照传统的宗族制度进行的，按照《乡约》的条文，民众在族长的监督、裁定之下，实现族内事务的自我管理。

封建帝制被废除以后，县令改为县长，县下设仓，仓下设保障所。白鹿仓的职能也发生了一些变化。“白鹿仓原是清廷设在白鹿原上的一个仓库，在镇子西边三里的旷野里，丰年储备粮食，灾年赈济百姓，只设一个仓正的官员，负责丰年征粮和灾年发放赈济，再不管任何事情。现在白鹿仓变成了行使革命权力的行政机构，已不可与过去的白鹿仓同日而语了。保障所更是新添的最低一级行政机构，辖管十个左右的大小村庄。”[①]白鹿仓的总乡约为田福贤，他经常出头管理一方事务。交农事件时，他出面阻止，接着，为加强地方治安管理，白鹿仓组建了民团，有七八个团丁经常在白鹿镇上晃荡。镇嵩军杨排长领着三十几个白腿乌鸦兵进驻白鹿仓，田福贤随之助纣为虐，帮助他们到各村强行征粮，此后，黑娃、鹿兆鹏与韩裁缝三人烧了白鹿仓里的粮台，大火烧了三天三夜，致使仓里的所有房子与小麦化为灰烬。杨排长抓不住真凶，只能在白鹿仓围墙外枪毙3个要饭的草草了事。乌鸦兵狼狈撤退之后，白鹿仓被修缮一新。此后，田福贤杀死了闹农协骨干贺老大，在他的坟头发现了白麻纸的引魂幡上写着的字：铡田福贤以祭英灵——农协五兄弟。于是田福贤有些胆怯，特意把黑娃三十六兄弟的家属招到白鹿仓，表达对过往的仇怨既往不咎的想法，显示出待人的宽大，愿意到此彼此消除冤仇。在电影的画面展示中，饥馑之年，白鹿仓展现出慈善功能，由田福贤任会长的赈济会成立。于是，在一座旧房子的房檐下支起两口大锅施粥，饥民们簇拥着向前，高举着饭碗，等待着掌勺的师傅添粥，一旁设一蒸笼，向百姓施舍馒头。衣衫褴褛的白孝文也加入了其中。电视剧中，虽在故事情节中显示了田福贤的活动，但对于白鹿仓的展现并不多。只是火烧白鹿仓的情节较为突出。黑娃乘杨排长一

① 陈忠实．白鹿原[M]．北京：作家出版社，2017：84.

群人到白家喝酒之际，偷偷溜进白鹿仓的仓库，在结束了哨兵的性命之后，点起了熊熊大火，烧毁了白鹿仓的粮食。后来重建白鹿仓的地址是由白嘉轩提议的。

鹿子霖被县府任命为白鹿镇保障所乡约之后，他用有限的经费，买下一座民房，“把三间大厅和两间厢房全部翻修一新。把临街的已经歪扭的门楼彻底拆除，用蓝色的砖头垒成两个粗壮的四方门柱，用雪白的灰浆勾饰了每一条砖缝，然后安上两扇漆成黑色的宽大门板。在右首的门柱上，挂出一块白底黑字的牌子：滋水县白鹿仓第一保障所。”①在连环画版的《白鹿原》中的绘画与此相一致，两个四方门柱的顶上是圆球状的装饰物，并无门楼，两扇木门看上去特别厚重结实，一扇门已经打开，鹿子霖身穿棉袍双手在后，神气活现地站在门前。自此，鹿子霖不断组织所辖十个村的官人，传达与执行滋水县或白鹿仓的各种政令。另外，还有其应有的管理职能，在连环画、电影与电视剧版中，均出现了田小娥去保障所哀求鹿子霖饶过黑娃的故事情节，并由此走上了引狼入室的不归之路。

戏楼本为演戏所用，但往往被当作政权更替的展示场所。黑娃在鹿兆鹏辅助下的闹农协运动，斗争三官庙老和尚的第一次大会在白鹿村的戏楼召开，宣布白鹿原农协会总部成立的仪式也在此举行，民众们结束了罪恶多端的碗客的生命。接着，农协会在戏楼由鹿兆鹏组织对田福贤及九个乡约进行清算。还有，田福贤得势很快组建起一支二十七八人的民团武装，在白鹿村的戏台召开白鹿仓村民大会，清算闹农协的十个骨干成员，贺老大被吊起来墩死。接着，白鹿村在戏楼召开集会，惩罚批斗当过农协头目的人，田小娥与白兴儿也在其中。在贺家坊戏楼前看戏的白孝文被田小娥挟持离开戏场。在电影及电视剧中，田福贤的清算农协会成员在戏台上进行，电影版所展示的场面，在戏台的两边吊起了农协会的成员，而戏台上正在演出热闹的戏剧场面，而下面是正在看戏的民众。田福贤的反攻倒算的得意心理得到了充分展现，而在电视剧版中，直接展示田福贤的仇恨，

① 陈忠实.白鹿原[M].北京：作家出版社，2017：84.

在其命令之下，将贺老大吊起后摔死。警示民众的意味非常浓烈。

三、居所及其他建筑——四合院、窑院、牌坊及镇妖塔

无论是在小说，还是在其他衍生作品中，对于居所及其他建筑的描绘均具有浓郁的地方色彩。白嘉轩住着四合院，他在发迹之后，对祖传的老式房屋进行了彻底改造，“把已经苔迹斑驳的旧瓦揭掉，换上在本村窑场订购的新瓦，又把土坯垒的前檐墙拆除，安上了屏风式的雕花细格门窗，四合院的厅房和厢房就脱去了泥坯土胎而显出清雅的气氛了……门楼的改造最彻底，原先是青砖包皮的土坯垒成的。现在全部用青砖砌起来，门楣以上的部分全部经过手工打磨。工匠们尽着自己最大的心力和技能雕饰图案，一边有白色的鹤，另一边是白色的鹿。整个门楼只保留了原先的一件东西，就是刻着“耕读传家”四字的玉石匾额……经过翻新以后，一座完整的四合院便以其惹人的雄姿稳稳地盘踞于白鹿村村巷里……马号里增盖了宽敞的储存麦草和干土的一排土坯瓦房；晒土场和拴马场的周围也用木板打起来一圈围墙。”①这在连环画版中得到了鸟瞰式的全景式展示，四面四座房子，中间围着一座四四方方的院子。前面左手边设置了门楼。在电视剧的情节中，站在白家院子中，其周围的建筑样式得到了展现。无独有偶，鹿子霖家的院子“是白鹿村乃至整个白鹿原最漂亮的一座四合院。”鹿泰恒住上房，鹿子霖住厢房。在电视剧版的展现中，郭举人家的院落也是四合院，院中有石桌与石凳，还有一口井。

因为窑院是田小娥到白鹿村后的生活与居住场所，同时又是许多情节得以展开的重要地点。它既是与鹿子霖、白孝文的滥情之地，也是其生命的终结之地。在小说的描述中，是“黑娃连夜引着媳妇出了门，走进村子东头一孔破塌的窑洞。他随之掏五块银元买下，安下家来。”②“窑洞很破，……安着一扇用柳树条子编织的栅栏门，……窑门上方有一个透风的

① 陈忠实.白鹿原[M].北京：作家出版社，2017：44-45.

② 陈忠实.白鹿原[M].北京：作家出版社，2017：110.

小小天窗。……（黑娃）先在窑里盘了火炕，垒下连接火炕的锅台，随之把残破不堪的窑面墙扒倒重垒了，从白鹿镇买来一扇山民割制的粗糙结实的木门安上，又将一个井字形的窗子也安上，一只铁锅和一块案板也都买来安置到窑洞里。”“他在窑门外垒了一个猪圈，春节后气候转暖时逮回一只猪娃。又在窑洞旁边的崖根下掏挖了一个小洞作为鸡窝，小娥也开始养小鸡了。黑娃在窑洞外的塄坎上栽下了一排树苗，榆树椿树楸树和槐树先后绽出叶子，窑院里鸡叫猪哼生机勃勃了。”[①]在电影版中，窑院是在白孝文的引导下找到的，一壁墙上安装着门窗，窑院内摆放着小石磨、木盆、木桶、篮子、篓子、秸秆等，另外还建有围起来的小篱笆墙和搭起的木架。在电视剧版中，院内有一大盘石磨、木架子等，还种有各种树木，鸟语花香中透着阴凉。

对于忤逆灵魂的精神压制，需要依靠多管齐下的重重围堵，造塔镇压是其中一种重要的管束方式。田小娥死后其魂魄附体鹿三，借鹿三之口告诉民众：白鹿原的瘟疫是她招来的。要求村人给她修庙塑身，并重新装殓其尸骨，让白嘉轩和鹿子霖亲自抬棺，否则会让原上的生灵死光灭绝，田小娥对宗族的怨恨依旧浓烈。于是，村中三位老汉多次祈请族长带领众人修庙祛灾，但白嘉轩执意不肯，最后他接受朱先生的建议：“把她（田小娥）的灰末装到瓷缸里封严封死，就埋在窑里，再给上面造一座塔。叫她永远不得出世。”[②]造塔镇妖代表了宗法势力，象征着极端惩罚。于是，这一造塔祛鬼镇邪的提议得到了白嘉轩的认同并迅速得以实施，一座六棱砖塔在黑娃和小娥居住过的窑顶上被建了起来。“六棱喻示着白鹿原东西南北和天上地下六个方位；塔身东面雕刻着一轮太阳，塔身西面对刻着一轮月牙，取‘日月正气’的意喻；塔的南面和北面刻着两只憨态可掬的白鹿，取自白鹿原相传已久的传说。”[③]夹杂着正气与希望，要将祸害民众的

① 陈忠实.白鹿原[M].北京：作家出版社，2017：147-148.

② 陈忠实.白鹿原[M].北京：作家出版社，2017：402.

③ 陈忠实.白鹿原[M].北京：作家出版社，2017：402.

邪魅永久镇压。于是，田小娥的骨殖被挖出来架火烧了三天三夜，把骨灰与柴灰装进瓷坛，又把那些打死的飞蛾放到瓷坛根，然后让匠人封底。再放十只青石绿礴团成一堆压在上面，取“永世不得翻身”之意。在陕西人艺版话剧中，封底之前，朱先生对于白孝武的交代是：“中国历史上出了很多贞女烈妇，巾帼英雄，也出了不少荡妇淫女，这是祸水，万恶之源！孝武，封底时一定要心细，一定要按我说的里三层，外三层，交错封口！”[①]随之出现了满天飞舞的蝴蝶。在电影版本中，白嘉轩建塔的意图与此相一致，但在即将封底之时，工匠师傅悄悄将其拉到一旁说：“架火烧人的时候，发现田小娥肚里怀了个娃，掐着日子算，怕跟你家孝文有关，万一把这压下去，怕把你老人家的血脉，镇压到这塔底下了。”但白嘉轩并没有承认这个由儿子乱情所孕育的后代，反而坚定地说：“我就是落个鱼死网破，也不能叫鬼把势得去。”他不惧殃及自身子孙的繁衍，决心与鬼战斗到底，最终让人将所有被焚毁的骨殖埋在了塔下。在电视剧剧作中，封塔基之时，突然有多只蝴蝶从中飞出，众人皆认为是田小娥所化作祟，惶恐畏惧之心顿生。白嘉轩怒斥道：“还有啥邪性都给我往外冒哩，全给压死在里头，所有邪性我都给它封死在里头，谁还怕谁哩”，从而疏解了民众的惴惴不安。镇妖塔建成之后，白嘉轩极力反对民众祭塔，面对黑娃所制造的塔内出现啼哭声与塔的边沿流下的鲜血，乃至最终要炸毁六棱砖塔，白嘉轩夜晚到场识破了其伎俩。两人的一番对话耐人寻味，当黑娃想知道白家轩对死后的田小娥仍旧不依不饶的原因时，他回答：“因为她坏了规矩，不造塔就镇不住人心，这白鹿原就乱了。”其出发点在于维护本族群的整体伦理秩序。接着，黑娃质问将引来瘟疫与饥荒的罪过都算在一个女人身上，是否没有族长的责任。白嘉轩承认有自己的责任，今晚要尽的责任是不怕牺牲地护塔，无言以对的黑娃只得离开。在此，建塔与护塔是为了维护正统的礼制存在，并且拨乱反正地坚持正义，甚至并不惜丧失个人的生命。

---

① 孟冰．话剧《白鹿原》[M]．西安：西北大学出版社，2017：65.

四、文化机构及规约——白鹿书院、乡约及《三字经》

在小说的描绘中，白鹿书院呈现出一派独特的风貌，其中的景象是："笼罩书院的青苍苍的柏树""门楼嵌板上雕刻着的白鹿和白鹤的图案""五间大殿，四根名柱，涂成红色，从上到下，油光锃亮。整个殿堂里摆着一排排书架""西边隔开形成套间。"[①]在陕西人艺版的《白鹿原》话剧中，将许多故事情节的发展，安排在白鹿书院进行。白鹿书院作为读书、修史传播文化之所，还有着经世致用的入世理想，与时代的风云变幻紧密地联系在一起。第8幕揭示了"闹农协"停止的原因：蒋介石发动了"四一二"反革命政变。在第21幕中，朱先生劝说白嘉轩认下改邪归正的儿子，同时，白嘉轩表现了对女儿白灵的深深思念。第27幕中，鹿兆海在得到了朱先生的墨宝之后，表现出上前线视死如归、誓杀日寇的民族气节，他让朱先生将一枚铜钱转交给白灵。第30幕，朱先生解梦，白灵离世。第32幕，朱先生对黑娃用心读书表示称赞，他自己决心去前线打仗。第34幕，白嘉轩在荒凉的白鹿书院捡起一本《滋水县志》，他向疯癫了的鹿子霖忏悔，看到了白孝文带来的白灵被冤杀的文件。在电视剧中，前面部分未见对白鹿书院的直接展现，在后面的几集之中才有了直接的画面。在第75集中，出现了两个场面，兼顾了对为学之人的肯定与坚持正义的气节，一个场面是朱先生在听完了黑娃对孔子话语的深入理解之后，赞美他是真正为了读书而做学问的人。另一个场面是岳维山用答应出钱印刷县志的条件，想换取朱先生发一个支持蒋介石剿共声明的结果，但最终遭到了拒绝。还有，在第76集中，朱先生带领众人在白鹿书院编辑县志的事情终于有了结果。《滋水县志》终于被印刷出来且摆满了书案，老先生们都激动地翻看着新出版的县志，朱先生也顿觉在这世上他完成了最后的一件事。在第77集中，朱先生坦然面对死亡，调整自身即将离世的状态，让夫人给他剃头时，看黑头发还有多少，最后在鹅毛大雪中安然离世。

① 陈忠实.白鹿原[M].北京：作家出版社，2017：25-26.

朱先生从张总督府归来之后。草拟了一个过日子的章法，白嘉轩接过看到的是《乡约》。当徐先生看到《乡约》，赞叹其是治本之道，能够教给民众以礼义，以正世风。鹿子霖读过全文，也觉得如果按照《乡约》做人行事，白鹿村就真正地成为礼仪之邦。接着，抄录之后的《乡约》，被张贴在祠堂门楼外的墙壁上。面对白鹿两姓十六岁以上的男人，由徐先生逐字逐句讲解它。要求每个男人把在学堂背记的相关条文再教给妻子和儿女。学生在学堂里也要学记，《乡约》被当作了乡土教材。白嘉轩要求村民谈话走路处世为人，要按照《乡约》上说的来做。“凡是违反《乡约》条文的事，由徐先生记载下来；犯过三回者，按其情节轻重处罚。”“又请来两位石匠，凿下两方青石板碑，把《乡约》全文镌刻下来，镶在祠堂正门的两边，与栽在院子里的仁义白鹿村竖碑互为映照。”[①]“交农事件”之后，依照《乡约》的戒律，让村民戒赌戒烟。“闹农协”后，对被砸毁的乡约碑文进行修复。这些刻着全部乡约条文的石板很薄，被锤击后变得粉碎，被丢在祠堂围墙外的瓦砾堆上。白嘉轩最初打算请石匠打磨重刻，但未得到姐夫朱先生的同意。于是“白嘉轩和那些热心帮忙的族人一起从杂草丛生的瓦砾堆上拣出碑文碎片，用粗眼筛子把瓦砾堆里的脏土一筛一筛筛过，把小如指盖的碑石碎块也尽可能多地收拢起来，然后开始在方桌上拼接，然后把无法弥补的十余处空缺让石匠依样凿成参差不齐的板块，然后送到白鹿书院请徐先生补写残缺的乡约文字。”[②]依据原著的相关描绘，衍生作品拓展了原有的故事情节。

在陕西人艺版的话剧中的第3幕，白嘉轩在祠堂里教育大家，先听朱先生讲解《乡约》，然后让每人背诵它，还要交给女人与儿女，谁要是违反了《乡约》条文里的事情，按其情节轻重处罚。在第4幕中，鹿子霖对儿子说：“咱白鹿原有《乡约》管着你，那上面可写着呢，谁要是犯了规矩，当着祖宗的面在这用刺刷子抽哩！”接着，对违反《乡约》族规的田

① 陈忠实.白鹿原[M].北京：作家出版社，2017:82-83.

② 陈忠实.白鹿原[M].北京：作家出版社，2017:202.

小娥、狗蛋、白孝文三人予以惩罚。[1]在电影版的《白鹿原》中，我们看到了面对祠堂中的碑文，白嘉轩带领众人诵读《乡约》的生动画面，接着对违反的三人予以惩罚。在电视剧版中，白嘉轩依靠从朱先生手里得来的《乡约》，严厉惩罚了乡里赌博的人。对于三人也同样给予了惩罚。由对《乡约》的故事展现，在北京人艺版的剧中及结尾，出现了对《三字经》"人之初，性本善"的诵读。同样也贯穿着对于儒学道义的弘扬。

第三节　寄寓特定情怀的叙事意象

在不同的衍生作品中，出现了各种形态的叙事意象，这些意象或来自原著并有所拓展，或者是新增的意象，无论是延伸，还是增添，均与原著的其他情节紧密相连。集中表现在下列的征象之中。迁坟与绑架事件、生殖追求、爱欲与情欲、田小娥之死、以德报怨、斗而不破、严格家教、白鹿精魂、求雨活动、画面色彩、粗犷古朴风格。

一、迁坟事件的叙事编排

从故事情节的整体发展上来看，在迁坟事件之后，白嘉轩迎来了他人生的重大转机，娶到的第七位妻子仙草，她不但健康地活着，而且还生育了子女，接着白嘉轩的家境也变得富裕起来。表面看来其发迹与迁坟紧密相连，但实际上与仙草具有的山里女子的强健体魄，以及他种植与贩卖罂粟所得的盈利密切相关。在原著小说中，鹿子霖父子隐隐察觉到迁坟事件是白嘉轩与阴阳先生合谋的一出双簧戏，其本身是瞎折腾，因为曾经请老阴阳先生看过这片慢坡地，"说是从四面坡势走向看，形同涝池，难得伸

① 孟冰．话剧《白鹿原》[M]．西安：西北大学出版社，2017：10.

展”[①]。在衍生作品中，对迁坟事件的故事编排做了改动，秦腔版的《白鹿原》，将其设定为表面上是喊着要迁坟，实际上是装模作样的假迁坟，白家的祖坟自始至终丝毫未动，剧作如此编排的出发点是为了表现白嘉轩的不迷信且富有心机，在鹿家父子的眼中，挖掘老墓时，并未见白嘉轩所说的他爸托梦的墓中有水，但不知道真实的动机所在，其实，从白嘉轩的行动表现上来看，他可能看重了那块慢坡地即使在大雪天也充满了生机与活力——蓟草的生长，于是便觉得得到了这块地，便得到了在艰难环境下蓬勃向上的生命力，这似乎与他当时家道不兴的处境紧密相连，他想从内心世界得到这种力量而已，至于迁坟的实际功效，他或许并未认同。再者，他有着长远的算计，万一将来这片不是祖上的相传之地，不得不卖给他人，必然会再次面临着迁坟的可能性。如果这样的话，让祖先的骨殖颠沛流离，倒不如不动为好。实际上，在剧情的编排中，后来这片地经由白孝文又卖给了鹿家。本剧的结尾鹿子霖对白嘉轩的如此心计盘算倒是十分佩服。在陕西人艺版话剧的展示中，提到了换地与迁坟的事情，但并未进行具体的描述。在电视剧版中，将那片生长蓟草的慢坡地，设定为仙草曾经躺过的地方，经朱先生点拨，其下面有一条水脉，挖开来看，果然开始冒水，于是迁坟于此便成为不可能的事情，因此剧中对于迁坟只字未提。

二、绑架事件的精心演绎

绑架事件出现在电视剧版中，这一事件由贩卖罂粟所得暴利，引来的土匪的劫取钱财，同时也展现了不同人的性格。该事件由白兴儿勾结土匪而起，土匪将白嘉轩与鹿子霖劫掠到夹皮沟下的一个窑洞，他们在索要钱财的同时，还表达了对于铲除罂粟的不满。在朱先生与鹿三的指挥之下，众人凑了一些银两，保住了被绑架人的性命，最后绑匪们也全部被打死，但大伙所凑的银两却没有了下落，于是就面临着一个何人来补偿的问题。在此过程中，我们看到了在危急时刻，众人对于金钱与他人生命的态度，

① 陈忠实．白鹿原[M]．北京：作家出版社，2017：36.

白嘉轩的母亲与妻子、鹿子霖的妻子的认识参差不齐、态度不一。还有白嘉轩的仗义还钱以及鹿子霖的明哲保身。

三、生育观念的渗透与对田小娥之死的展示

家庭的子女满堂从一定意义上代表着后代的延续发展与家族的兴旺。在电影版中，对于生殖的追求得到了强化，于是，儿时的白孝文与黑娃仰躺在麦田里，模仿女人的生娃姿态，暗喻着对于生殖的宣扬。白嘉轩对娶妻后迟迟未育子嗣的孝文，充满了担忧与期待，孝文自身也备感焦虑。即使在舞剧版中也有田小娥希望自己能够被明媒正娶，实现为黑娃生育儿女的理想，但是无论在小说中，还是在衍生作品里，最终未见两人孕育子女。在电影与电视剧的编排中，却让田小娥与白孝文在乱情之后怀有身孕。在田小娥身上，显示着她对情爱与情欲含混不清的追求。嫁给郭举人，被当作泡枣的工具，除了能够给她提供较为富足的生活之外，并无情爱可言；与黑娃的相好夹杂着爱和欲，本应该是恩爱长久的美满姻缘，但是一则因为被白鹿原的宗法制度所不容，二则因为黑娃的反叛而长期在外，致使鹿子霖以保护之名占有了田小娥，两者之间是各取所需的交易，只是各自不同欲望的展示。在诱惑白孝文之初，田小娥的报复心理占据了上风，逐渐发展成情欲之爱，最后走上了情爱之路，但终究是不为社会所容的滥情。至于田小娥之死，各衍生作品进行了不同的演绎，陕西人艺版话剧中，在白孝文与田小娥滚在一起的笑声里，蒙面人结束了田小娥的生命，白孝文见证了生命的停止。电影版中，鹿三带着参军的白孝文的嘱托给田小娥送粮食，想到这个女人的败坏人伦、祸乱民风，他一怒之下结束了对方的生命。电视剧版中，鹿三眼见白孝文的堕落、黑娃做了土匪，认定均由田小娥而起，于是便将其杀死。而在西安外事学院版的编排中，让田小娥自我反省所造成的社会危害，让其自我感觉已经失去了存活于世的理由，最终自觉地撞向了鹿三的标枪，走向了实质意义上的自杀。

四、以德报怨、斗而不破与严格家教的渲染

在白嘉轩的行事为人的准则之中，有着合乎传统礼法的以德报怨的观念，他十分明确地知道，鹿子霖背地里跟他存在着对立，甚至于唆使田小娥将孝文引入歧途，但是他并未当面揭穿对方的伎俩，而且还在鹿子霖被批斗与被抓之时，为其求情，全力解救。在衍生作品中，白嘉轩依然站在维护宗族和睦的角度，一方面别有心机地换取了鹿家的风水宝地，另一方面又对鹿家的遭际持保护态度。在电视剧第69集中，当鹿子霖知道鹿兆鹏与白灵结为连理，白鹿两家已经成为儿女亲家之后，于是说出了他干过的激化矛盾的事情：挑唆族人换族长、鼓动黑娃找白嘉轩算账、撺掇田小娥勾引白孝文。白嘉轩听后大骂鹿子霖黑心，发誓拒绝与鹿家联姻，但只是说说而已，在后面的情节里仍旧保持着斗而不破地维护大局的做事规则。

白鹿两家对年轻一代的教育均高度重视，并且还施以严格的家教。在宗族的祠堂内设有学堂，聘有教书的徐先生，宗族内的子女也都在此读书。在电影版中的白孝文，与其他小伙伴一同逃学之后，遭到了白嘉轩的责打惩罚。电视剧版中的白鹿原的学堂被建立起来之后，黑娃加入了上学的行列，白孝文、鹿兆鹏、白灵、鹿兆海也在其中，后来鹿氏两兄弟又去了城里上学，再后来，白灵也到省城上了女校。在白鹿子弟的受教育过程中，既受到了传统儒学的教诲，又有着西方新学的濡染，以至于后来形成了不惜牺牲个人生命而为民谋求福祉的白鹿精魂内核，这种精魂首先显现在朱先生的身上，其次表现在白灵、鹿兆鹏、鹿兆海等人的身上。

五、求雨事件与画面色彩风格的呈现

求雨事件在舞剧版中，有着合理化的演绎，通过舞蹈动作，表现了在白嘉轩与白孝文的带领之下，民众们手持龙头翻转腾挪，不断变换着肢体动作，表达着在大旱之年对于天降甘霖的渴求，终于迎来了降雨之时的喜

悦。在电视剧版中，白嘉轩带领民众进行了伐神取水的求雨活动，虽然遭到了朱先生的阻拦，但为了凝心聚气，他将烧红的铁钎穿过自己的脸颊，将烧红的铁饼拿在手上，接着一行人浩浩荡荡来到祈雨地点开始活动，但最终却并未求来一滴雨。画面的色彩在衍生作品里得到了高度的重视，尤其是在电影版中，金黄色的小麦、麦田、麦垛、打麦场的画面交替展示，给人以视觉上的冲击力，在渲染农事活动的同时，表现了生命依托的充实。同时对于苍黄的高低不平的原野的显示，意在表现历史的沧桑厚重。在连环画版中尽显粗犷古朴风格，从人的服饰与相貌的夸张变形，到树木、器皿、棚架的弯曲线条的勾勒，再到画面的俯仰角度不同的构图，民国左右时代的社会状貌被明晰地展现出来。并非精工的画技，显现出的粗犷变形式的写意，将久远年代的场景画面很好地呈现出来。

第四节 展现不同艺术形式的画面景色

各种衍生作品在展示内容之时，会采用不同的艺术表现手段与方法。源于不同的艺术展演规则，其场景与画面会出现各种格调风范。通过固定在舞台、转换地点与纸质绘画的不同画面展示方式，对于表达同一内容的故事而言，产生的艺术效果会存在很大的差异。由于画面所展示的空间与实物，以及其所传达代表的某些内涵有所不同，其象征性的代表性意旨便存在差别，从而形成了异彩纷呈的不同意象。

一、限于空间与时间下的戏剧舞台画面

在空间上，戏剧舞台通常采用更换幕布与布置舞台道具的形式，展现既定的对于人物故事的演绎，同时采用音乐、灯光、舞蹈、雕塑等形式，以便形成综合性的艺术效果。同时，从观众的承受度上考虑，也有时间短

长的限定在3个小时左右的问题。在北京人艺版、陕西人艺版与西安外事学院版的3个话剧剧本中，首先在舞台布景上展现了力求接近于原汁原味的地域特色设计。北京人艺版采用了一幕到底的舞台布景，后方是一幅固定的淡蓝色幕布，代表着天空。舞台上时常布满桌椅板凳等道具，灯光在不断地转换，通过追光的方式，主要照在表演的人物身上，其余地方反而显得昏暗。给人的整体感觉是：在明暗分明的光线之下，舞台地面显得高低不平，器物的摆放有些杂乱，这实质上是追求着一种对于原生态的真实场景的展现，将人带到了那个风云变幻的年代，让观众感受在极力渲染的艰苦环境之下，人们对于信念的追求、坚守与变更。其所展示的画面有：凸凹不平的黄土坡坝、疏叶枯树、破旧的手推车、歪倒的车轱辘，残壁颓垣、窑洞、游动吃草的羊群。在破败与杂乱之中，蕴含着勃勃生机。陕西人艺版采用随场切换的背景布置：牌楼、牌坊、灰檐、院墙、戏场、“仁义白鹿村”牌匾、祠堂里的先人牌位、传统桌椅等标志物的轮番出现。营造出乡村在宗法制度笼罩之下，经历的时代冲击，并将故事的场景集中在白鹿村祠堂、白鹿书院、白嘉轩家、小娥的窑洞、冷先生家的中药铺、省城教堂与四合院、鹿兆鹏与白孝文的住处，将重要事件的发生与富有征象性的地点紧密地联系在一起，赋予了某种主题的隐含表达。其中的任何一幅画面的背景均为黑色，平整舞台上的道具在不停地变换。色彩与布景的转换，增强了历史的凝重感，压抑之中的展开故事，显示了民众奋发向上的抗争精神。

在舞剧版中，充分利用了音乐、舞蹈、布景灯光、舞台与服装设计等方面的艺术形式，通过激越与舒缓音乐的不断变换，舞蹈演员运用肢体动作演绎着故事情节的发展变化。借以表现叛逆女神田小娥的艺术形象。在此过程中，舞台背景的设置有：飘浮在空中的朵朵白云；白鹿祠堂的大门与内景；显示窗户的窑院；送子观音画像；落日余晖；蓝天等。蓝天白云展示了白鹿原的地面广阔；白鹿祠堂内景的布置显示了宗法制度的威严；窑院景色及送子观音的画像展示了田小娥的生活与生育理想。较之原著，本剧进行了许多创新，出现了许多生动的画面。比如：为了展现田小娥生儿育女与传宗接代的梦想，出现的画面是：一张送子观音的画像被高高地挂在高高的殿堂墙壁上，一群少妇在动听的音乐声中，不断变换舞姿，向上苍表达着孕育后代的愿望。接着深受感染的田小娥穿行其中，由观望到最终加入祈祷的行列，只见她拿起一柱长香，拂去上面的灰尘，十分虔诚地举过头顶，拜向送子菩萨。田小娥的拜观音画面，细致入微地展现出她愿意长久地与黑娃厮守白鹿原的生活理想。再比如：剧作将求雨的成功与白孝文的接受诱惑交织在一起，在雨声响起之后，一群女子翩翩起舞，另一群男青年兴奋的手执龙头欢腾跳跃。接着，在滴答的水声响起之后，一群姑娘足蹬泥屐，手持雨伞欢快地舞动，她们撑起的伞，组合起来好似池塘上漂浮的绿叶。画面的精美，展现出白鹿原在干旱之后人们充满希望的愉悦心境。然后，白孝文与田小娥用舞蹈语言展现了两人缠绵悱恻的爱情，似乎这场雨滋润与推动他们的情爱发展。整体给人的感觉是音乐与舞蹈动作的配合运用，完美地展示了田小娥的生命历程，达到了编剧者的原初艺术追求目标。

二、影视镜头的运用与时长限制下的场景

影视图画的展示取决于镜头的拍摄角度，其位置的高低与正侧面不同，表现的艺术效果就会出现不同，同时其时长限制也决定了内容的取舍，对于主题的表现会产生影响。剧作者利用镜头选择不同的画面，以此表现其所寄托的征象，从而将意象全面地展示出来。

在电影的画面中，摄像者运用长镜头与空镜头，不断移动与转换角度，除了将起伏不定的茫茫古原展现在人们的视野之中，其余充斥画面的是小麦生产的农事活动。图影的展示之中，既弥漫着一种丰收在望的喜悦，暗喻了白鹿原的土地肥沃，粮食生产与供应充裕，同时某些画面也融入了一种反抗之后仍使人感到压抑的悲凉。强劲的金黄色麦浪在不同的剧情中穿插，并列生长的一棵棵小麦展现着沉甸甸的穗子。时而是微风吹动下的麦浪翻滚，时而是晚霞满天下的静寂麦田，将粮食的充裕生产与历史的深沉厚重交织在了一起。在白鹿村的麦田里，有白嘉轩与众人忙碌的身影，或弯腰割麦，或拉麦堆垛，村内戏台前的空地被人们当作了打麦场，大家在翻动麦秆打麦。在此，现实中的收获季节的繁忙与辛劳得以展现，同时，它又与劫掠者的顽强斗争紧密相连，军阀抢粮两次打死人是在麦田之中，为避免小麦落入土匪的手中，黑娃三人直接烧毁了麦田，即使在田小娥引诱白孝文的窑洞中，洞壁上也堆满了成捆的小麦秸秆。对于小麦景象的画面塑造，蕴含了对于相关事件的发展状况展现。黑娃在将军寨的日子里，也极力渲染了以小麦生产为核心的多种内容。他作为麦客，与大伙一起弯腰割麦，低头打捆。甚至于发生争执也滚打在尚未收割的麦田中，还将黑娃与田小娥偷情被抓的地点，也设置在了夜晚村外的麦秸垛上。黑娃被毒打之后，被丢在四周全是麦田的路上。另外，对于雪天中的田野、河川及戏台的展示，暗示了事情发展的残酷与悲凉，还有室内物品的摆放与空间设置，尽显具有时代特色的画面冲击力。

电视剧版的主要画面格调表现为：与凝重历史相一致的冷色调：黑、白、灰色。无论是从器物呈现，还是从人物服装的搭配上，达到了帮衬主题表达的目的。展现在观众视野中的是苍黄色的古原、黑色的墓碑与牌坊、土蓝色村口门楼、棕蓝色戏楼、米黄色宗族祠堂、蓝色团花白底门帘、蓝花白底的瓷器等等。由具有历史年代感的建筑与器物，所隐藏的是推动观众产生历史沧桑的感受。剧中人物所穿服装有：马褂长衫、中山装、西装、军装，还有中西混合式的学生裙衫，清末及民国时期的特色尽显。衣服颜色的蓝、红、黄、白、黑、棕相互搭配，色调繁多，决不单一。并且人物的衣服款式与颜色常与表现人物性格气质紧密相连，朱先生身着蓝色与白色长衫，分别有着不同的寓意。蓝色显示着他的匡世济民、白色代表着他思想的高洁与纯净。另外，剧作还注意内衣与马褂的色彩搭配、个人服装颜色的特色化，以及整体色彩的相互之间的呼应。

三、连环画作的个性化特色画面

连环画版的作品，采用了方框绘图与其下配有简短文字的页页相连的形式。画面非常鲜明地运用了变形夸张的手法，凭借线描与皴擦的绘画技法，彰显出粗犷古朴的画风，十分契合当时的农村生活状况。绘图者在画面上留白勾勒与皴擦作画，显现出浓重的历史沧桑感和画面冲击力。画作利用线条或浓墨绘画的各种手法，将原野、窑洞、房屋、人物等事物结合在一起，呈现出立体感极强的画面。绘图者分别站在平视、俯视与仰视的角度作画，总体上以平视为主，以俯视为辅，兼采用仰视的方式，在平视的绘图中，将常规表现与多种变化相融合。在展示与坡塬相关的开阔画面时，多运用了俯视，而仰视的画面为数较少。另外，还利用不同的线条画出变形化的人与物的特征，突出人物的服饰与表情，运用独特的艺术表现手法，将人物的存在状态惟妙惟肖地展现出来。有些画面对事物大小比例及角度的展现，达到了合乎影像成像原理的基本要求。将人物的面部表情、肢体动作与服饰穿戴富有夸张性地勾勒出来。对地方性风物特征，全景式刻画。其中尤其重视表现应有的时代风物，并且从大的建筑到细小琐碎的老物件，不仅种类繁多，且独具特色。

带有深厚内涵的《白鹿原》诸多衍生作品，围绕原著的史诗性命题，利用各自独具特色的艺术手段，将人们带入那个风云变幻的年代，借助原有与新增的多种意象，将原著作品的主题、内容与艺术特色进行了拓展，从而传达了人们的时代诉求，展示了社会的观念，丰富了原著的内涵。更好地传播了陕西地方文化，推动了民族传统文化的传播与发展，为国家的文化繁荣与民族复兴增添了强劲的助力。

第十章　《白鹿原》衍生作品中的革命意象塑造

衍生作品用特有的表现手法及艺术形式，将创作者对于原著的理解与个人的思想观念，融入经过加工再创作的作品。它们表达主旨的基本方式，借助的是将小说陈述式的故事叙说，转换为艺术作品对话式的人物活动，展示为连环的情节发展链条上的一幅幅画面，从而把抽象隐含的思想内容明朗化与直观化。由于小说《白鹿原》本身是具有史诗性的作品，因此其主题丰厚而又复杂，其中既有对传统儒学坚守的痛苦，又有对以“仁义”为核心的礼仪规范有所延承的欣喜；既有对反动的官、兵、绅欺压盘剥百姓的抗争，又有对社会主义政权制度的悦纳；既有对陈腐的宗族与婚姻观念的坚持，又有对新的社会形态与自主婚姻的追求。转而在衍生作品的演绎里，我们可以明确地梳理出一条人们对现实进行抗争的线条，从皇权统治，到宗族的自我治理，再到白鹿仓管辖，乃至解放区的政权建设，一直到新中国政权的建立，在此期间，从未缺少针对违背人民意志的政权或者危害他人生活自由的个人而进行的革命斗争，这些斗争充满着人们对于有悖于正常人性的一切恶势力的挞伐，代表着要求建立新的道德规范与社会制度的强烈诉求，寄寓着人们希望能够过上自由幸福美好生活的愿望。衍生作品于此树立了社会动荡发展过程中的诸多革命意象。笔者所言衍生作品中的革命意象，既指促成变革的社会运动征象，又指阻止改变原有正常社会秩序的抗争事件征象；可以指中国共产党领导革命斗争方面的内容，也可以指民众自发维护族群或民族利益方面的内容。这些意象主要以事象的形式呈现，其中蕴藏着多种多样的深层意旨。

第一节　追求婚姻自主的斗争

自古以来，男女婚姻的达成有多种形式，或为仅仅考虑双方家庭的门户对等，或重在彼此情感的相互悦纳，或两者兼而有之。传统婚姻向来遵从“父母之命，媒妁之言”，讲究“门当户对”，却很难保证男女之间的两情相悦。另外，对妇女的要求还有“嫁鸡随鸡，嫁狗随狗”“从一而终”的婚姻标准，女人一旦遭遇不幸的婚姻，只能无可奈何地忍受，如果停婚再嫁，往往会被社会所厌弃。这其中充满了本质上的男女不公的苛刻待遇。由父母包办的婚姻将女人视为生育的工具，并不考虑其内在情感上的认可度，但是，不可否认的是不管承认与否，人自然是具有感情的动物，男女相爱乃为正常的情感表现，任意抹杀并不符合应有的基本人性。于是，我们在古代乃至现当代的诗歌、小说与戏曲等文学作品中，看到了追求婚姻自主的诸多作品，从《溱洧》中的女性主动邀约，到王西厢里崔张二人的最终结合，从《墙头马上》李千金随裴少俊的私奔，到《牡丹亭》里的杜丽娘与柳梦梅的梦中之恋，然后再到《醒世恒言》中周胜仙和范二郎的冲破门第观念的追求，一直到解放后的戏剧《小二黑结婚》《刘巧儿》中的冲破包办婚姻的枷锁，随着时代的发展，追求婚姻自由结合的革命斗争从未缺失。

在民国时期的《民法·亲属编》中，第一次以法律的形式基本上肯定了男女平等的原则，第972条规定：“婚约由男女当事人自己订定”，肯定了男女有权决定自己的婚姻。1931年在共产党领导下的革命根据地，通过的《中华苏维埃共和国婚姻法》明确规定：“确定男女婚姻，以自由为原则，废除一切包办、强迫和买卖的婚姻制度，禁止童养媳。”[①]政府以法

① 邓伟志.近代中国家庭的变革[M].上海：上海人民出版社，1991：178.

律的形式确立了婚姻自主的合法性，但在当时封建余毒深重的条件下，要达到完全实现这一目标却显得任重道远。在衍生作品的展示里，我们看到了集中在黑娃、田小娥、白灵、鹿兆鹏身上的婚姻革命。

一、反抗包办婚姻的程度不同

黑娃直接拒绝了父母同意的由白嘉轩承诺的包办婚姻；白灵逃离了父亲为其包办的婚事；鹿兆鹏对父母强制下的事实婚姻决不认可，他冷漠对待冷秋月；田小娥结束了因父母抵债而嫁给了郭举人的婚姻，后来摆脱了自身被当作泡枣工具的处境。相比较而言，由于黑娃与白灵的反抗较为强烈，斗争较为充分，没有陷入包办婚姻的漩涡之中，而鹿兆鹏的第一段婚姻，屈从于父亲的高压，只得拥有有名无实的夫妻生活。

田小娥起初的婚姻，实质上是身不由己地由父母包办，将她作为债资送给了郭举人，其地位非常低贱，她成为包办婚姻的受害者。在秦腔版本中，面对父亲让其出嫁的催促，表现出了斩钉截铁、爱憎分明的立场，白灵宁死不屈，勇于追求真理，尽显对于包办婚姻无所畏惧的反抗精神，誓死追求婚姻自主的强烈愿望，于是白嘉轩只好选择了屈服。在陕西人艺版的话剧中，鹿兆鹏对于父亲强加给自己的包办婚姻，表示了强烈的抗议，他在列祖列宗的牌位面前，虽然承认无视族规家教，违抗父母之命、媒妁之言，还情愿当众受罚，但其反对包办婚姻的信念却死不改悔，以至于鹿子霖一怒之下又给了他第三巴掌，前面的第一巴掌是强迫他入洞房；第二巴掌是强迫他拜祖宗。但三巴掌打过之后，并没有使鹿兆鹏有丝毫回心转意的倾向。他的反抗从未得到鹿子霖的妥协退让，同样他决不配合以示抗衡。

二、选择自主婚姻的不同缘由

鹿兆鹏对于黑娃与田小娥的结合的评价是极高的。在秦腔版本中，他情不自禁地称赞说：“你俩的事我都听说了，你们太勇敢了”“你俩这叫自由恋爱，这是一种革命行动”。十分佩服两人敢于冲破世俗的层层阻隔，勇敢地走上自主婚姻的道路。的确，这种结合有别于包办婚姻，它是两颗自由心灵的融合，这本质上就是一种打破封建婚姻制度的革命行为。在电影版本中，鹿兆鹏对于苏联的自主婚姻制度进行了介绍，并对黑娃与田小娥的自由结合给予了充分的肯定。毋庸置疑，实行社会主义制度的苏联在婚姻革命上走在世界的前列，婚姻自由是符合人性解放要求的男女结合的最佳方式，黑娃与田小娥的两情相悦无形中成为自主婚姻的典范，其中深含有思想解放的意味。在将军寨有着彼此的吸引与欢悦，两人的交往源于田小娥与郭举人之间婚姻的畸形，田小娥遭受着身心的伤害，并无幸福可言，她的背叛封建的婚姻有值得同情的一面。

在舞剧版本中，通过一系列的舞蹈动作，表现了田小娥对郭举人的厌恶，以及她内心存在的挥之不去的恐惧感，即使生活在白鹿村，睡梦中依然会出现郭举人对其张牙舞爪、肆意戕害的画面，这令她感到不寒而栗，由此可见，当初在精神世界中，对其伤害程度达到了极致。这实质上揭示了田小娥进行婚姻革命的根本原因，一旦遇上对其百般呵护与爱恋的黑娃，她对于旧有的令其万分痛苦的婚姻的反抗，便有了明确的改变现状的动机。

在陕西人艺话剧版本中，反对包办婚姻取得胜利之后，白灵起初将爱神之箭射向了鹿兆海，两人志趣相投，在西安城被围期间，他们一起发传单、跑联络、做宣传、做救护与掩埋革命烈士的尸体，并拥有了共同的爱情信物：铜钱，此时的两人均对国民革命军充满了敬仰，拥有着救国救民的赤胆忠心，共同的思想认识使他们几乎要走到了一起。当两人分属于不同的党派且面对国共两党合作的破裂之时，一方面，白灵从国民党的大肆捕杀共产党员上，看出了其反革命的真实面目，另一方面鹿兆海丝毫不相信共产党能够完成国民革命与拯救中国的历史使命，从此，一条巨大的思想鸿沟，横亘在两人之间，两种认识的互不相容，最终彼此分道扬镳。而此后，白灵选择了与自己理想与信念一致的鹿兆鹏，为建立一个没有压迫

和剥削的自由平等的世界而不惜牺牲个人的生命。与此同时，鹿兆鹏也选择了经受考验的忠诚于党的事业的白灵，从而完成了两人之间的最佳结合，并且孕育出了革命的后代。由此可以看出，在追求自主婚姻的道路上，白灵曾经做出过三次选择，其中分别渗透着反对封建主义、对抗国民党专制残暴、拥护与投身于人民的解放事业的深刻内涵，婚姻的选择与其革命的志趣紧密相连，最终获取了志同道合、自主选择的美满婚姻。

第二节　反对宗族制度的行动

宗族制度是中国古代以血缘关系为纽带并按照一定的社会规范结成的组织。这种制度萌生于商周时期，到明清两代成熟。宗族拥有自己的族谱、祠堂、族产等。宗族制度有它的局限性，它通过宣扬封建文化的基本内容，着力推行纲常礼仪的封建道德伦理和实践，宋元以来还对女性成员存在着严重的排斥。祠堂是宗族制度最具有代表性的象征物之一，它有多重用途，被用来作为安放祖宗的牌位、祭祀祖先的场所，有执行族规、排解族人纠纷或决定族中事务的功能，另外还是族内子弟的受教育之地。每个宗族通常由同一个姓氏的人群组成，其内部推行嫡长继承制。族长是宗族的最高统治者、族规的执行者。“族长具有对族众的支配权和惩罚权，有权干涉族众的婚姻，他还主持祭祀典礼，管理族产，解决族人分家，财产继承等民事纠纷。”“族长的权利是封建国家赋予的”“对族众握有生杀予夺之大权，族众若有不当的言行，族长便依其罪行的性质与程度施以轻重不等的处罚。”[①]由此可见，族长俨然是代表国家行使地方行政权力的“土皇帝”，其管理行为一般不会受到约束，有时还会酿成人间的悲剧。

无论是在话剧的版本，还是在电影与电视剧版本的衍生作品中，一方

① 毛少君.中国宗族制度的历史沿革及其重要内容[J].浙江社会科学，1992(4):31.

面是以族长白嘉轩为核心的宗族制度的执行者与维护者，在白鹿村推行《乡约》管理制度，监督与处罚违反族规的族众，负责对于纲常道德的树立，另一方面是以黑娃与田小娥为核心的反对者，黑娃砸毁了祠堂、打伤了白嘉轩的腰，田小娥死后的魂魄对白鹿村的宗族制度发难；还有在电视剧版本中，鹿子霖出于私利，对于宗族制度嫡长制的挑战，鼓动族长的改换、权利的限制、田小娥的复仇。虽然他并不是真正的革命者，但也给宗族制度带来了致命性的打击。大大小小的反对者们聚合力量，意欲摧毁封建宗族制度的枷锁，进行一场革故鼎新的革命。

一、黑娃与田小娥的反对宗族制度意识

黑娃对于族长白嘉轩有一种特殊的认识，看不惯其“太硬太直”的腰杆。在电影版里，他宁愿外出揽活做麦客，也不愿意像父亲一样，让白嘉轩为自己包办婚事。终于借查找杀死田小娥的凶手的时机，伺机打折了对方的腰，还颇有微词地说：“你腰挺那么硬有啥用吗，尽害人了。”在此，黑娃的由忌讳乃至彻底改变了白嘉轩的腰杆形状，潜藏着其内心深处的备受压抑的原始革命因素。不同于父亲鹿三感恩于白家对自己多年的厚待，他既对由社会财富的分配不均而造成的社会地位低下有着强烈的不满，又对实质上依附于他人的生活觉察到了人格独立的缺失，还有对来自富家居高临下的优越感的憎恶。当然，也有对白嘉轩阻止将田小娥写入族谱而产生的怨恨，最终，基于黑娃内心的追求平等、自主与幸福的生活受到挫折，促使他将那个具有标志性的“太硬太直”的腰杆打折。在共产党的领导之下的“闹农协”运动中，随着一切权利归农会，在白鹿原掀起了一场轰轰烈烈的革命运动。除了批斗以田福贤为核心的众乡约的贪污行为之外，还在鹿兆鹏的授意之下，黑娃砸毁了祠堂里的牌位、刻有《乡约》条文的石碑等。一方面可以透视出黑娃对于冷冰冰的祠堂牌位设置、族谱收录名单、族长裁定制度的强烈敌视。另一方面显示出对因不许将田小娥的名字写入族谱，造成的对自身婚姻幸福破坏的深深积怨。在黑娃看来，通

过酣畅淋漓地打掉这些标志性实物的革命行动，可以驱除宗族制度给自己的生活追求所带来的阴霾，从而走向正常的婚姻生活轨道。在陕西版话剧中，大雨降临之后，出现了田小娥鬼魂附体于鹿三的场面，其诉求有：老天不该下雨，应把白鹿原上的庄稼都旱死；要诱惑白鹿原上的所有男人；只想好好过日子，没偷谁家东西，想不通为何被称作“婊子”；只把白嘉轩与鹿三留下活受罪，其余人全部弄死。鬼魂附体是运用浪漫主义的写作手法，代言已逝者蕴含于内心的冤情，实质上是作者替死去的田小娥设置了另外一角度的申诉，属于特殊层次上的反叛性革命意识展现。在此，田小娥将白鹿原上的所有人以仇敌来看待，尤其痛恨宗族制度的推行者与执行者白嘉轩，隐含地表达出是在所有人齐心协力的配合下将自己推向了死亡的深渊，虽然自己未曾祸害于人，但遭受了虐杀，因此她最终成了一个十足的复仇者。

二、宗族制度在民主政权建立后的消亡

对于族长嫡长制的延续，按照原著小说所描述的祖制规定：“族长由长门白姓的子孙承袭下传。”[1]诸多衍生作品基本上依此进行演绎，这一职位也由白秉德至白嘉轩，然后传至白孝文、白孝武。但在电视剧版中却出现了新的编排倾向，在第5、6集中，白秉德去世后，下一任族长的产生被改成了选举制，冷先生承诺只要鹿子霖能够救出白嘉轩就答应选他，而因“交农事件”身陷囹圄的白嘉轩也许诺让鹿子霖做族长，但在白嘉轩出狱后的祠堂议事时，即使鹿泰恒也没有支持自己的儿子，却当众同意选举白嘉轩来做族长，就这样，白嘉轩做族长成了众望所归。当然，这并不符合鹿子霖的意愿，于是，他便开始暗中与白嘉轩作对，在第16集中，他撺掇村民学习县里的做法，用设置参议员来限制白嘉轩的个人独断专行的做法，这实际上显示了对于族长的独行专断提出了质疑与挑战，要求其融入民主议事的风格，而其本身的确是无可厚非的。在第43、44集中，鹿

---

① 陈忠实.白鹿原[M].北京:作家出版社,2017:56.

子霖教唆田小娥勾引白孝文，从而使白嘉轩颜面扫地，既达到了复仇的目的，又动摇了族长的权威性。两人合力实现了对于族长制度的打击目的。果然在后面的故事发展中，各种衍生作品中出现了大致相同的故事演绎，白嘉轩被气晕在田小娥的窑院里，他选定的族长白孝文受到了族规的惩罚。鹿子霖挑战族长职位虽未成功，却给这一制度造成了重创。它冲击了嫡长继承制的传统观念，倾向于形成由民众选举管理人员的制度。反对没有任何权利限制地独断裁决族中事务，对缺乏民主的观念提出了质疑。对不问青红皂地处理族中事务，构成冤假错案表示了强烈的不满。在新民主主义制度的建立之下，宗族制度最终走上了穷途末路，烟消云散。

第三节　抗击劫掠与抵制战乱的表现

白鹿原自古就是人们生息繁衍的最佳之地，古称首阳山、万寿山、长寿山等。这里四季雨水充足少有旱情，并且土地肥沃、物产富饶，长久以来，民间就流传着：“白鹿原，长寿山，见苗收一半”的谚语，即使在遇到干旱的时节，地里的庄稼只要能长出幼苗，接下来的气候状况，必定会促使其至少有一半的收成。因此，白鹿原成为旱涝保收的粮仓。在电影版的画面渲染中，莽莽苍苍连绵不绝的古原，横亘在辽远的天空之下，眼前的满坡满地生长着颗粒饱满的金黄色小麦，带给人们的是沃野千里、丰收在望的喜悦，由这片土地提供给人们的粮食是连年有余的，它养育了白鹿原上一代又一代的人。而一段时期罂粟的种植给人们带来了丰厚的利润，由罂粟制成的鸦片具有药用价值，但吸食鸦片往往会造成对人体的严重损害，甚至致人死亡，也会给家庭及社会带来极坏的影响，因此，历代政府严厉禁止罂粟的大面积种植。在连环画的版本中，白嘉轩在一块田地里种上了药材罂粟，他与鹿三及其家人忙碌在密密麻麻长满墨绿色椭圆形果实的罂粟田里，收集果实中黏稠的汁液。经过熬制后而制成的鸦片，卖给中药铺后，得到的是与金子同样金贵的报酬。三五年间带动白鹿原成了罂粟的王国，后在政府的二十条禁烟令之下，罂粟的种植方才禁绝。虽然如此，但在白鹿原上种植罂粟的几年间，人们得到了巨额的收益，白嘉轩还因此而发家翻盖新修了房子。凭借肥沃土地上的物产基础，白鹿宗族得以延续壮大，然而，充裕的粮食与巨大的赢利引来了官府、土匪与军阀的觊觎，白鹿原的抵抗斗争也显得非常艰巨。

一、针对军阀抢粮及绑匪劫财的斗争

镇嵩军的强收军粮，由听闻白鹿原的盛产小麦而来。在电影版本中，杨排长及其手下一帮人的专横跋扈、胡作非为被表现得淋漓尽致。他对众人上交的粮食过少非常不满，于是便勒令各家抓紧时间收割农田中已经成熟的小麦，然后让村人按照指定的数目纳粮。他把鹿子霖一巴掌掮倒，一点儿也不把他这个乡约放在眼里，然后又逼着白族长敲锣做催粮的宣传，两人也只能忍气吞声，相互诉说忧怨之情，但敢怒不敢言。接着，杨排长竟然肆无忌惮地在麦田里开枪杀人。面对这帮军阀的倒行逆施，祸害乡民，鹿兆鹏、黑娃与白孝文三人忍无可忍，于是合谋将村中的麦田烧毁，不让军阀的强盗行径得逞。虽然他们也考虑到村民的吃粮问题，但为了避免粮食落入贼手，不得已而为之，还是在夜间于田间燃起熊熊大火。虽被镇嵩军发现，对他们开枪射击追赶，但最终三人得以顺利逃脱。焚毁麦田沉重地打击了军阀们的嚣张气焰，使其感觉到有一股反抗力量暗暗地与之对峙，但又抓不到人。征粮不足也就无形中减弱了与人民为敌的害群之马的力量，最终军阀们只能狗急跳墙，枪杀了作为替罪羊的村中老汉，然后拉着少许粮食狼狈地离开了白鹿原。

在电视剧的编排中，鹿兆鹏联合嫉恶如仇的黑娃参加了烧毁白鹿仓粮台的行动。他陪杨排长一伙在白嘉轩家喝喜酒，借机牵制对方，让黑娃与韩裁缝悄悄潜入白鹿仓，消灭了哨兵之后，在粮台放起了大火。急忙返回的杨排长，因火势太猛，无法组织人员将大火扑灭，只能眼睁睁地看着一千担粮食被焚毁殆尽。此后，他气急败坏地排查与捉拿放火之人，但最终却没有任何进展，反而遭到了白嘉轩的一番讽刺。接着，在杨排长与鹿兆鹏下棋之际，又遭到一伙蒙面土匪的捆绑，于是，所有兵丁们的枪械被收缴一空。自此，杨排长既失去了搜刮来的粮食，又失去了能够施加暴力的武器，他苦于无法向上司交差。鹿兆鹏伺机奉劝："留得青山在，不怕没柴烧。"杨排长就带领这帮害群之马上山做了土匪。这样，在与土匪们的斗智斗勇之下，致使对方最终走向了穷途末路，不得不退出了祸害乡民的行列，鹿兆鹏们顺理成章地取得了驱逐害群之马的最后胜利。

在电视剧版本中，绑匪事件的发生，源于白鹿原上种植罂粟得来的巨额暴利，绑匪们闻风而来，想要劫掠民众手中的银两。于是，他们绑架了白嘉轩与鹿子霖。朱先生带领大家与绑匪周旋，白母、仙草、鹿兆鹏及其母亲在筹集钱款救人，朱先生的安排较为稳妥，最终救出了被绑架的两人，救援行动显示了大家救人心切的齐心协力，又表现了朱先生的组织得力并充满了睿智。

二、朱先生与鹿兆海投身抵制战乱的行动

朱先生的反对兵灾战乱的行动共有两次。

第一次是他以答应方升大帅到其家乡教书五年为条件，劝退欲进攻西安城的二十万清兵，免去了一场殃及万民的生灵涂炭，保持了一方安宁。在电视剧版本中，朱先生前往清兵大营，坦然面对一切危险，充分做好了被杀头的准备，他交代追随而来的白嘉轩，嘱咐他将死后的自己背回白鹿原埋了，表现了他努力挽救苍生性命与视死如归的精神气概，最终却全身而退。

第二次是他决心投笔从戎，上前线打击日寇，虽未成功，但表现出了大义凛然、保家卫国的民族气节。在民族生死存亡的紧急关头，他认为即使是死在战场上，也要让对方知道中国人誓死保卫家园的坚强决心。于是

他与老先生们一路奔波来到黄河岸边，见到了国民党第十一师的茹师长，经介绍才知道对日寇作战取胜的这支队伍，被调派去围剿共产党的根据地，朱先生对这种不抗日的行为十分不满，无奈之下，他带领众人心灰意冷地返回了白鹿原。陕西人艺话剧版中，朱先生在《三秦日报》刊登《白鹿原老君子宣言》，扎好了绑腿带就要上前线打击日寇。鹿兆鹏出于对他的敬重与保护，讲明了当时的形势，大敌当前，蒋委员长的几百万军队不打鬼子，专门围剿共产党，因此，不建议他奔赴前线。朱先生最终气愤地撕碎了《宣言》，这次行动只好作罢。可见朱先生能够站在民族大义面前，有着驱逐外侮于国门之外的坚强决心。

鹿兆海具有保家卫国、不畏生死的革命精神，他一心打击日寇，立下了赫赫战功。在陕西人艺版话剧中，开赴前线之前，他面见朱先生，求要墨宝，以明心志。发誓：如果守不住中条山，造成日本鬼子打进关中，他就永远不会回家，显示了担当大义的民族气节。并表明心志："此去潼关，必死无回！"[①]表现了视死如归的强烈报国之心。阵亡后，由其他人带回倭寇的43撮毛发，表示他曾经杀死了43个日本兵。证明了鹿兆海重视对于朱先生的承诺，显示出对待入侵者的刻骨仇恨。在电视剧版中，鹿兆海所在的部队与日本鬼子浴血奋战，打退了日军的几十次进攻，成功地守住了中条山，彰显出打击敌人的英勇顽强，战功卓著。接着，蒋介石断了他们的军饷，以调派他们与共产党开战为要挟，鹿兆海恨得咬牙切齿，表现其鲜明的爱憎，但又无可奈何、开赴前线。最终，他牺牲了个人的生命。

① 孟冰．话剧《白鹿原》[M]．西安：西北大学出版社，2017：91.

第四节　驱逐黑暗与向往光明的趋向

在国民党的统治之下，百姓们面对着名目繁多的苛捐杂税。他们的辛勤劳作所得，最终几乎被官府的重重盘剥搜刮殆尽，甚至还会背上沉重的债务，民众们的生活再也难于维持，他们只能挣扎在缺衣少食的贫困线上，于是，被逼无奈而自发式争取自身生存权的斗争便开始出现，再者，面对白色恐怖的环境，共产党人领导民众追求自由民主的顽强斗争也持续不断地开展起来。

一、乡民自发的抗税事件

“交农”事件源于政府的收取官粮过重，从而激起了乡民们的强烈反抗。在电影版本中，四邻八乡的种田人众志成城地聚集在一起，他们手持农具，迎着纷纷扬扬的大雪向县城挺进，其中，对于鹿三的勇于斗争精神表现得最为充分，只见他一马当先地冲在最前面，其不畏生死的革命气概被表现得淋漓尽致。为了以防不测，他把铁锁交给同行的黑娃，并嘱咐儿子说：“我要是有个三长两短，你娃就成人了。”还教给黑娃，如果被官兵抓住，要勇敢地反抗，拿矛子戳他们，表现了鹿三毫不妥协、视死如归的斗争精神，对抗与反对官府的态度也被非常鲜明地表现出来。在半路上，他们遇到了前来镇压的一队官兵，当对方问谁是领头人之时，鹿三毫不畏惧地说：“白鹿村鹿三算一个！”在被抓进官府，又被放出来之后，白嘉轩却对他说：“县长说你悔过了才把你放了，我看你一点儿都没悔过。”在此，以鹿三为代表的农民，对官衙过重的盘剥予以彻底的反抗，在他们身上有着不屈不挠的斗争精神。

二、鹿兆鹏、韩裁缝与白灵的有组织斗争

在复杂多变的对抗国民党反动统治的革命斗争中，作为共产党员的鹿兆鹏、韩裁缝与白灵发挥着重要作用，他们无论是在引领乡村的农民运动方面，还是在领导城市的学生与工人运动方面，抑或是参加根据地的对敌斗争方面，均表现出冲锋陷阵、不畏牺牲的革命气节。尤其是在国民党反动派连续围剿之下所进行的艰苦卓绝的斗争。鹿兆鹏是共产党开展革命运动的发动者、组织者与领导者。在电视剧版本中，他在求学期间，面对学生们演讲时，已经开始激励大家为了提升国力达到与敌人抗衡的目标而努力学习。后来，他以白鹿原小学校长的身份为掩护，开展了许多革命活动。与黑娃合谋烧毁粮台；组织成立农民协会并发动农协运动；被抓入狱后被冷先生救助而死里逃生；上山收编土匪；向红三十六军提出“进秦岭，化整为零”的建议被采纳；与追兵血战数日，负伤后被抬至大拇指的山寨，伤势未愈，又到白鹿书院，接着又再次逃离，躲过了敌人的连环追捕；辗转于白鹿原、山寨与城中的家，坚持对敌斗争；命令先头部队进城，解放西安；策动保安团起义等。

在电影中，鹿兆鹏发动成立了白鹿区白鹿村农民协会，并编写传唱农民歌谣：“莫打鼓，莫敲锣，听我唱个农民歌。农民歌，苦处多，诉起苦来泪如梭。要想将来不受罪，赶快加入农协会。农协会有权威，地主阶级打成灰……”从农民的苦处说起，号召众人加入组织，宣布所有的农村管理权利归农会所有。鹿兆鹏强调各乡要建立以共产党领导的农会组织，在注意国共合作关系的同时，加强和建立自己的武装，要在白鹿原上掀起斗争的浪潮。他的安排部署具有较强的指导性与前瞻性。接着，农会着实组织干了两件大事：砸毁祠堂与批斗官僚。将象征对农民思想钳制的祠堂砸得七零八落，对田福贤团总与九个乡长的贪污行为进行了清算。在陕西人艺版本中，鹿兆鹏还表现出了不避亲情的彻底革命精神，他首先向大家明确：农民运动是一场你死我活的斗争，然后，让人把自己的父亲带上来，

讲明鹿子霖在担任乡约期间，伙同田福贤干了不少坏事，令其老实交代，发誓要唱一出《辕门斩爹》，但因鹿子霖晕倒在地，只好作罢。这次运动冲击了宗族管理制度与国民党的统治秩序，发出了长久备受压抑的农民求解放的心声，也为农民挣回了被剥夺了的利益。在陕西人艺版话剧的第33幕中，由村民的对话可知：保安团起义时，鹿兆鹏先找的是黑娃，后找的是白孝文。最终二营营长黑娃、一营营长白孝文同时起义，投诚共产党。在电视剧版中，作为炮营营长的黑娃，掩护鹿兆鹏带领的游击队过了重兵把守的峪口。鹿兆鹏找黑娃商议策划保安团起义，最终成功。鹿兆鹏的革命行动，为全面解放奠定了坚实的基础。

在电视剧中，韩裁缝是鹿兆鹏同道前行的援助者与鼓励者。他劝说鹿兆鹏要明确前进的目标，充分利用小学校长的身份，唤醒民众的革命意识。西安城被围期间，他给鹿兆鹏传达任务，把弹药送给混进军阀队伍中的人，安排得翔实周全。为了做好让村民们转移粮食的工作，韩裁缝提议万不得已就找鹿子霖出马，体现了团结一切可以团结的力量、积极为革命做事的原则。鹿兆鹏痛恨只会欺负老百姓的军痞，恨不得冲出去将他们全部消灭，却被韩裁缝劝住，提醒他要放眼长远。韩裁缝听到白嘉轩痛骂杨排长，与兆鹏忙将白嘉轩拉走，避免了因冲突而带来可能的危险。鹿子霖将粮食全部挖出来，分给了乡亲们，鹿兆鹏想上去阻拦，但被韩裁缝劝阻，担忧父子两人产生不必要的冲突。浑身是血奄奄一息的韩裁缝在狱中见到了黑娃，他自知难以脱身，向黑娃亮明了身份，然后，交给黑娃一个秘密任务。接着白孝文和大拇指里应外合营救黑娃，成功脱身。韩裁缝勒死了姜政委，自己也死在岳维山的枪下，表现了共产党人前赴后继、慷慨赴死的革命风范。

白灵从幼小时起就有很强的叛逆性，在电视剧版中，她用假装失踪来反抗缠足、以死相逼到省城上学，经过斗争均取得了胜利。军阀围困西安城期间，白灵积极参加救护工作，后追随鹿兆鹏与敌人展开周旋，最终落脚在革命根据地，在敌人的轰炸中身亡。在陕西人艺版的话剧中，白灵表现出了对共产主义的坚定信仰，她特别向往共产党的“建立一个没有压迫和剥削的自由平等的世界”。因此，尽管在全国围剿共产党的白色恐怖形势之下，她却依然加入中国共产党，立志完成未竟的革命事业。后被批准入党后进行了宣誓，接着与鹿兆鹏一起开展了艰苦的对敌斗争，表现了她的不畏生死、为民请命的顽强革命精神。在电视剧版的第68—69集中，国民党政府面对抗日高潮迭起，派陶部长前来西安，镇压学生与工人运动，并准备伺机宣传蒋介石“攘外必先安内”的反动论调。白灵组织学生来到民乐园礼堂，从后门围堵陶部长，大喊：“打倒卖国贼！”在混乱之中，她砖砸陶部长，并将其击倒在地，特务们开始围攻她，鹿兆鹏及时赶来营救了白灵。接着，面对敌人的追捕，两人在魏太太的配合之下，与敌人进行了惊心动魄的斗智斗勇行动，最终脱离了危险的境地。朱先生赞叹白灵不仅砸了陶部长，还砸向了所有的投降派与软骨头，盛赞她是“白鹿精魂”的真正体现者。

三、民众对解放区的热烈向往

相较于国民党的反动统治，人们对共产党领导下的解放区充满了向往。在陕西人艺版的话剧中，黑娃对革命圣地延安的印象是：“政治民主，经济公开，官兵一致，百姓拥戴。”①这种民主、公开、平等的社会氛围，深受百姓们的欢迎，同时又深深吸引着向往光明的各界人士，这正是延安被称为革命圣地的原因。朱先生断言：“毛朱必得天下！”坚信共产党的信念会深入人心，最终会得到全国的领导权。在北京人艺版中，出现了歌颂解放区的老腔合唱：“解放区的天是晴朗的天，解放区的人民好喜欢。人民政府爱人民，共产党的恩情说不完。”印证了共产党的领导，得到了解放区全体人民的拥护。

革命，或者是革故鼎新，或者是维护团体利益不受侵害的抗争，不免存在着你死我活斗争的残酷性。它可能是摧毁现有腐朽的、摇摇欲坠的一

① 孟冰.话剧《白鹿原》[M].西安：西北大学出版社，2017：105.

切事物，也可能是消灭对现存生活状态或事物产生威胁的诸多因素……在《白鹿原》的衍生作品中，以上两种情况均有表现。从革命意象的展示中，我们可以看到白鹿原民众的自发性革命，这种革命表现着对宗族制度、强盗及侵略者、民国政府的反抗与自卫性的斗争。而在共产党指引下的革命意象显示出斗争方向的明确性，也显示着其存在的合理性。中国共产党领导的革命始终站在人民利益一边，顺应民心，符合历史发展的潮流，人民的江山是稳固的。

第十一章　《白鹿原》衍生作品对原著的拓展

小说《白鹿原》产生之后，衍生了诸多同名的艺术作品。从2000年秦腔版的产生至2017年的电视剧版的出现，这些作品对原著小说进行了不同程度的思想内容拓展，并且将文字叙事转化为连续的图画、舞台、影像、声音等形式的故事呈现，借助画面与声音等艺术手段的渲染，让人们较快地进入艺术家们所创设的意境，通过精心塑造的众多意象，传达出他们脱胎于原著的延展理解，其中渗透着改编者们对于生活、社会、民族、国家，乃至艺术规律与运用手法的独特解读，把对原著的史诗性合理化地拓展与现代生活及艺术的理解紧密结合在一起，使诸多衍生作品呈现出新的主旨倾向与艺术追求，将斑驳繁杂的故事情节进行了多角度多层次的演绎，每个作品也凭借自身所依托的艺术形式，从故事逻辑的编排、人物形象的塑造、思想主题的表达、环境器物的设置等方面，显示了不同的艺术魅力。

较之于原著，衍生作品的特征表现如下：一是将原著一带而过的情节或人物，经过精心经营，使之更加明朗化与精细化，将其变换为具体的言辞、灵动的情态与生动的场景，十分清晰地呈现在观众面前，给人一种身临其境的感觉。二是沿用与拓展原有故事情节，既尊重原著的故事叙述，又兼顾新作编排系统的要求，使得两者显示出相得益彰的沿承与拓展。三是根据原著所描述的相关情节与当时的历史状况，添加合乎原有情节衍生可能性的故事情节，使之与原著合为一体。四是着力渲染与陕西地域文化相关的内容，利用戏剧与影视等手段，拓宽对于故事情节的表现力度，体现厚重淳朴的民族文化色彩。五是有所倾向性地展示创作者对于诸多主题的思考，对人物的塑造也有所变化。在衍生作品中，突出主要的主题与人物尤为明显，且各具特色。衍生作品也借此彰显了自身所存在的价值。

第一节　对作品精神的多角度挖掘

原著小说之所以能够成为经典，其中重要的一项是这部作品有着复杂而多样化的内蕴精神。衍生作品继续凸显着各种精神，并使之更加突出与明晰。诸如在白鹿意象、文化追求意识、宗族意象、追求和平的民族意识、婚姻自主意识、革命意象等方面的挖掘上，表现出了拓展性的创作。

一、“白鹿精魂”展现的多层次性

白鹿的传说寄寓着人们对于幸福安康生活的向往，白鹿的到来能够给人们带来五谷丰登、百病尽除与祸乱不生的太平盛世，由此衍化与体现在人们精神世界里的“白鹿精魂”，这种精神意旨的实质是为了民众、民族及国家利益，敢于同恶势力作顽强的斗争，甚至不惜牺牲个人生命的英雄气概。在原著及其衍生作品中，可以看出“白鹿精魂”表现在朱先生、白灵、鹿兆鹏、鹿兆海等人的身上，朱先生一生实践着关学“横渠四句”所内蕴的理念：“为天地立心，为生民立命，为往圣继绝学，为万世开太平。”他两次将个人的生死置之度外，一次是去清兵大营，冒着生命危险，说服二十万清军退兵。电视剧版中增加了白嘉轩的陪同前往，从朱先生嘱咐白嘉轩的话语中，能够明显地看出他将个人的生死置之度外，已经安排好了自己的身后之事。第二次是朱先生志愿到抗战的前线杀敌报国，誓死打击倭寇。在黄河边上他见到了曾经的抗战部队，但因这支部队得到了上级的命令，不再抗日，转而围剿共产党的根据地，他慨叹民族再无希望，只好无奈地返回故里。

在陕西人艺版的话剧中，白灵面对共产党员被大肆屠杀的白色恐怖，能够毅然加入中国共产党，下定决心去完成先辈们未竟的事业。她虽然眼见了同志死去，却并不惧怕生死，依然为实现“建立一个没有压迫和剥削的自由平等的世界”的理想而勇毅前行。

在电视剧版中，白灵的用砖击打陶部长，得到了朱先生的称赞，还亲手写了“白鹿精魂”四个字送给她。这一行动表现出对国民党反动派消极抗日、积极反共的当头棒喝，代表了广大保家卫国、抵御外侮者的心声，反映出了在维护民族大义面前不畏生死的坚强意志。白灵因此引来了国民党特务的连环追杀，最终历经曲折，安全到达革命根据地。最后，在国民党对根据地的进攻中，她为了营救受伤的毕政委，不幸死于敌人的炮弹之下，为了革命同志而不惜牺牲个人的生命。

在投身人民解放事业所进行的艰苦卓绝的斗争中，鹿兆鹏可谓是九死一生，自“闹农协”失败之后，国共合作破裂，他的革命行动处在敌人的严密监视之下，积极开展斗争时的躲避、疗伤与坐牢几乎成为常态，鹿兆鹏时时刻刻面临着生命的危险，但在党组织的安排之下，他与敌人展开斗智斗勇地的周旋，直至全国解放。鹿兆海有着一颗炽热的保家卫国之心，西安城被围期间，他参加了革命军，抵御敌人的进攻，与白灵一起帮助掩埋城里死去的战士与百姓。

在陕西人艺版的话剧中，鹿兆海对白灵说：“我们一起掩埋革命烈士的尸体，我们手上是革命烈士的鲜血，那是虎将军的队伍，是国民革命军！”[①]胸中充满着对保卫西安城而牺牲的战士们的一片敬仰之情。后随部队出潼关打击日寇，临行前在与朱先生告别时发誓：“要是守不住中条山，让日本鬼子打进关中，……我鹿兆海永远不会回家，无颜见江东父老。”[②]朱先生赠他“白鹿忠魂”的条幅。在此，将与敌人血战到底的决心非常明

① 孟冰.话剧《白鹿原》[M].西安：西北大学出版社，2017:19.

② 孟冰.话剧《白鹿原》[M].西安：西北大学出版社，2017:90.

确地表现了出来，牺牲前嘱托人带回四十三撮毛发，这是他杀死43个倭寇的明证。

二、浓重的文化追求意识

朱先生对村民思想的导引、编写县志、书院授徒等，具有儒家文化深入民间的意味。他能够释解族长白嘉轩所面对的一切困惑。以至于在他离世之后，在陕西人艺版话剧的末尾，白嘉轩面对书院嚎啕大哭。对白鹿原年轻一代的教育，也先由祠堂中的徐先生讲授，转而是白鹿书院的熏陶，最后是到省城接受新式教育。朱先生所教的最后一个徒弟是黑娃，黑娃一心向学，朱先生教他“学为好人”的做人道理，使之逐步走上了人间正道。白鹿两家对于后代教育问题尤为重视，他们热心于兴办私塾，后来又送孩子们去省城读书。白鹿原上的文化即由对传统的坚守、新学的渗入与时代的冲击，变成多样化的融合式发展。宗族意识以祠堂意象为核心得以充分体现，在祠堂里，白嘉轩领读《乡约》，惩罚田小娥、狗蛋、白孝文，接受白孝文与黑娃的祭祖，将族规的宣扬与执行紧密地结合在一起。在电视剧版中，鹿子霖发起了对族长职位的挑战，这是与祖上对族长只由白姓充任的规定相违背的，也是其他衍生作品所没有出现的。这一挑战虽未成功，但是显示了新的民主观念的渗入，也显示了鹿子霖并不适合担当族长的大任。生殖意识在电影版中被表现得尤为突出，白孝文与小伙伴们偷看牲口配种，其中隐含着对于儿童生殖观念的启蒙引导。他与黑娃在麦田躺倒蹬腿，模仿女人生孩子的情形，可见生育婴孩在他们心中的重要地位。白孝文久婚未养育下一代，引发了白嘉轩对孙辈无人的担忧。以至于出现了田小娥的怀孕，这在原著里是没有的，也是在衍生作品中的第一次出现。生育了孩子，才能保证族群的生息繁衍、发展壮大。

三、着重展现反对战争与爱好和平的信念

攻打西安城写了两次，一次是方升为主帅带领二十万清兵，将要攻

城，后被朱先生劝回，阻止了一场生灵涂炭的战争。在电视剧版中，只身前往清兵大营的朱先生，增加为白嘉轩随同前往，添加了见证者，丰富了相关内容。第二次是刘瞎子兵围西安城，在白鹿书院，朱先生乘机给前来拜访的他，讲了陶谦让徐州的故事，并说："自古以来，老百姓喜欢道义上感人的故事，根据自己的喜好演绎历史，或流芳百世，或遗臭万年，岂是当政者能左右的？"预言刘瞎子将在历史上遗臭万年。鹿兆海上前线抗击日寇，得到了朱先生的大力支持。在公祭鹿兆海之后，朱先生决定投笔从戎，为伸张民族大义，在黄河边见到了十一师茹师长后折返。对于婚姻自主的追求形成了一个重要的意蕴，黑娃与田小娥的结合属于自由结合的婚姻形式，在电影版本中，"鲜明而深刻地体现了传统宗法的顽固与个体爱欲的张扬之间难以调和的矛盾，展现出个人意识的觉醒和顽强抗争的崇高精神。"[①]在此主题倾向之下，鹿兆鹏肯定了他们两人的婚姻属于白鹿原上第一对婚姻自主者。接着，他与白灵的结合成为志同道合式的自主结合，其婚姻是成功的。反抗压迫的革命意识与表现也较为突出，鹿三带头参与的反对增加税粮的"交农"事件；黑娃的砸祠堂；以鹿兆鹏与黑娃为主的闹农协、烧麦田、烧粮仓；白灵用砖砸击不抗日的陶部长；鹿兆鹏辗转白鹿村、西安城、革命根据地，与敌人斗智斗勇、九死一生地战斗生活。

第二节　地域特色的视觉化展示

衍生作品将原著的文字内容转化为视听觉语言，通过独具匠心的可视化转换，将平面的文字活化为栩栩如生的图画、舞台场景或影视画面，借助人物活动、场景转换与声音传导，辅之以极少的同步文字展示，再创作

① 赵若琪.跨媒介电影传播下的《白鹿原》主题重解[J].新闻研究导刊，2021(19)：223.

演绎白鹿原故事。即："《白鹿原》的传播者们逐渐找到了一条较清晰的发展方向，朝着视觉化、立体化的模式深入发展。"[①]于是，色彩、造型、情态、服饰、话语、音乐等，成为观众接收外界信息的主要媒介物。通过对媒介物的综合解读，使观众把握衍生作品所传达的主题内容。较之原著，作品的传达方式发生了根本性的变化，主题倾向、情节编排、人物塑造等也发生了改变。大多衍生作品注重对地方风物特色的渲染，将陕西地貌、建筑、服饰、戏曲、方言等元素，作为重点的突出对象，以此来显示陕西文化的丰富多样而独具特色。

一、陕西地貌及其器具

在北京人艺版的话剧中，舞台前部的地面，显得凸凹不平且散乱地放着琐碎的杂物，后面逐步上升的倾斜的坡坝，依然是高低不平、布满细碎物品的原生态模样。地面所呈现出的地貌状态与现实的白鹿原的坡塬特征高度一致，非常直观地展现出故事发生的外在环境。除此以外，舞台上还呈现了断壁、枯树、手推车、窑洞、车轱辘、桌椅板凳等，还有一群吃草的羊穿过坡面。这些静态与动态的道具，将人们的记忆引到久远年代的关中民众生活场景。最后面的背景显示的是蓝色而阴沉的天空，标志着历史的深厚与凝重。给观众带来的白鹿原总体印象是：高低不平的坡塬之上，人们生产与生活所用的器物古朴典雅而实用，人们在质朴而自足的农业生产的社会条件下，在生产力并不发达的境遇中，演绎着民族斗争的故事。而在陕西人艺版的话剧中，牌楼、牌匾、牌坊、牌位、传统桌椅等独具陕西特色，更明确地向观众展示了故事所发生的年代。

二、广阔天空下的坡塬土地

土地是万民生活有所依靠的根基，上面出产的农作物养育了一代又一代的百姓，通过舞台、影视、连环画，我们看到了高低起伏、连绵不断、

① 蒋晓婷.《白鹿原》文本与影视改编研究[J].吉林广播电视大学学报,2015(7):88.

广袤无垠的土地。在电影版中，充斥着画面的小麦与土地完美地融合在一起。电视剧版本中，仙草躺过的地方生出了形似白鹿的蓟草，朱先生预言白鹿的即将到来，预言这是一片神奇的土地。电影版中的麦田景象给观众带来了强烈的视觉冲击，开头是在白云飘荡的天空之下，远处是高低起伏、蜿蜒曲折的坡塬，近处较为平坦的田地里，出现的是一望无际的黄澄澄的麦田，众人手持镰刀在田间割麦，远处的大路上有人赶着驴车拉麦。人力与畜力相结合的较为原始的耕作方式，以及收割小麦所运用的工具及流程，均通过画面得以较好地展示。结尾是在布满金黄色彩云的天空之下，远处是一架高耸的牌坊，近处是微风吹拂下的微微晃动的成熟小麦。牌坊代表着厚重的历史，成熟的小麦代表着人们有着生存的依托，预示在农耕文明之下，人们可以继续演绎风花雪月、悲欢离合的百态人生，接续诉说世态炎凉与人世沧桑。

三、独具地方特色的建筑风格

衍生作品所展示的建筑样式，独具关中地方色彩。在连环画版中，采用将线条与皴擦相结合的变形技法，显示出粗犷古朴的画风。从远景的俯瞰到近景的细描，多幅画面全方位地展示了陕西建筑的特色。讲述白鹿故事来历时的画面是：在坡塬的地域中间，古朴厚重的寨墙、寨楼及牌坊清晰可见；白嘉轩结婚时的四合院屋舍俨然，中间为方块空地，四周围布满鳞次栉比的房子。田小娥居住的窑洞处在坡塬之下，门窗与小院尽显，远处的坡塬之上呈现的是白鹿村林立的房舍；大拇指的山寨，只见瞭望木架楼建在崇山峻岭之巅，呈现出山寨的自然风貌；戏楼的屋顶、飞檐、廊柱、台阶等勾画细致，旁边建有粗糙不均的木材架子。在电影版中，将军寨的戏楼古朴高大，分为上下两层，建筑样式非常考究，雕镂与造型俱佳，美观实用。占地面积相对宽敞，上层演戏，麦客们可以在上下两层边吃饭边听戏。在电视剧版中，白鹿原建起了将田小娥骨灰压在下面的五层六棱白塔，每层的棱檐与门洞打造精细，上有飞檐形制的传统塔顶。整座塔显示出巍峨庄严的建筑风格。当然，在整部电视剧中，将陕西地方的各种建筑，从外观样式到内在景致也进行了多角度的展现。

四、清末民初的服装样式

在服饰上的展现上，秦腔版中的服装显示了清末及民国的特色，男女上衣有偏襟与对襟之分，多为偏襟。男装有腰间束带与不束带之分，束带的有偏襟长袍、对襟短上衣，不束带的有中山装、军服，西服。颜色有蓝、灰、白、黄、粉、黑等不同的色调；衣上花型有团花、小碎花、暗花等样式。衣服的款式、颜色各不相同，显示出一个款式与花色各异的五彩斑斓的世界，给观众带来了审美的愉悦。陕西人艺版话剧中，冬夏装的衣服均有，有偏襟棉长袍、单长袍，对襟短袄、短衫、马褂、学生装、军装、旗袍等。颜色以蓝黑灰为主，与创作者追求的历史凝重感相一致。电影版中，棉衣与单衣变换出现，有马褂棉袍、短袄棉裤、对襟棉袄、偏襟短上衣配长裙、偏襟长袍、中山装、军服等，帽子有瓜皮帽、礼帽、军帽等。颜色以黑灰蓝为主，彰显种田人的质朴与历史的沧桑之感。电视剧版中出现的服装多样：马褂长衫、中山装、军装、西装、学生裙衫等。颜色可谓是异彩纷呈，主要有：蓝、红、黄、白、黑、棕色等，同一人物的衣服搭配不断变化。剧作在内衣与马褂的搭配上，注意造成色彩的强烈反差，在人员众多的场合，注意整体色彩的相互搭配。

五、展现多个剧种的唱腔

衍生作品中的戏曲体现，与小说中的戏曲描述相比较而言，形成了很大范围上的拓展，除了秦腔版的本身就是戏曲之外，在其他版本的艺术著作中，穿插运用了老腔、秦腔、碗碗腔等剧种的唱段，或用于配合剧情，展示编剧者对于事件的态度，或表现人物的内在心理，或为了渲染气氛，或为了配合故事情节的发展。经典的老腔唱段“征东一场总是空，难舍大国长安城，自古长安地，周秦汉代兴，山川华似锦，八水绕城流。临阵无

有文房宝，该拿什么当笔尖。……”出现在同名的不同艺术版本中，所起到的作用有所不同。在电影版本中，片头在唱出这段老腔的同时，展现出微风吹动的金黄色麦田的画面，显示出编著者对于肥沃土地与物产的留恋与礼赞，烘托出历史厚重格调的苍凉悲壮。电影的中间，这段唱词在戏台上又被再次唱起，伴随着豪放悲怆的乐音，镜头转换至黑娃与田小娥的狂欢场景，借助唱段中唐王征高丽失败的心境，隐含两人结合的预示：这种无法遏制的不合宗法制度要求的两性欢悦，到头来终究是一场空，最终会走向失败。同时强调了这场情爱的原初美好与诱人。北京人艺版的这段唱词，出现在黑娃组织领导农协会，白嘉轩发出由衷的感慨之时，他无可奈何地表示：无论谁掌握政权，老百姓会以种田为本，继续活下去。但是这段唱词却又暗示了其真实的心理：过去的做族长，现在想来是一场空，但确实又想继续做下去，却没有了权利。惆怅的心情由此油然升起，一种人世沧桑的伤感被充分展示了出来。在北京人艺版的话剧中，渲染出征场面的老腔武将的唱段在结尾出现："将令一声震山川，人披衣甲马上鞍，……"将蓬勃向上、万众一心与阵势浩大的集体豪情，酣畅淋漓地展现在观众面前，剧作者借此欲重振民众团结拼搏的民族精神。本唱段在电影版中，出现在麦客在戏台上下的吃饭过程中，与麦客们在劳动过程中的齐心协力、奋力拼搏的干劲相一致，表现出大家对出征气氛产生了强烈的共鸣，众人已经融入这种由古至今的民族奋发的气概之中。

在北京人艺版话剧中，秦腔《窦娥冤》的"没来由犯王法横遭刑宪"唱词，借窦娥之口，表现田小娥在闹农协失败之后，替黑娃受过遭受惩罚的内心冤屈。秦腔折子戏《走南阳》的一段唱词出现在电影版本中，借本剧浓厚的男女之间调笑成分，引发田小娥挑逗性地约走了正在看戏的白孝文，为最终白孝文的自愿上钩做铺垫。电影版本中，利用碗碗腔《桃园借水》的曲调与唱词，表现田小娥在郭举人家与黑娃相好时，她得到了真正情爱之后的内心愉悦。同时也表现她与白孝文在集镇里游乐时，两人模仿演唱的欢愉，以及双方孽恋而互不抛弃的情感，同时，借助本剧目所展现的艺术美感，隐含地传达出两人对美好生活的追求。

六、呈现出独具特色的陕西方言

话剧的3个版本均采用了陕西方言，其中，除了陕西人艺版演员的方言较为纯正之外，其余北京人艺版的陕西话说得并不标准，西安外事学院版的陕西话与普通话出现间杂运用的现象。但是，在“乡党”“额”“大”“娃”等的方言语境中，对于使用或能够听懂陕西方言的观众来说，会从富有地域色彩的方言之中，感受由此独特腔调所展演的风味别致的故事，体会关中民俗风情所带来的艺术魅力。对于不熟悉陕西的方言而又对此方言感兴趣的观众而言，完全可以抛开由方言所带来的理解障碍，在不同于自身方言的另外一种话语中，将陕地故事与方言结合在一起，全方位地感受原汁原味的秦地人文风情。

第三节 故事情节的丰富与拓展

衍生作品对于小说的故事情节进行了的再创作，源于原著而又有所拓展。其创编考虑的侧重点在于：“所有大大小小的事件如何被赋予文化义理并促进人格的成长显露出历史生活大势。”[①]从文化义理出发，着眼于历史发展的大趋势。一方面是对原有情节进行尊重其原有描述的拓展性演绎。比如：涉及铜钱（或铜元）的相关情节、田小娥之死。另一方面是在原有故事基调基础之上的增添新情节。比如：“月”的意象；绑匪事件；白狼叼人事件；反对裹脚与闹学堂；鹿天明形象的出现；借与还土匪粮食；鹿兆海教白灵制作氢气球；朱白氏生娃等。

① 张贝思.论《白鹿原》的影视经典改编[J].当代文坛,2021(6):116.

一、铜钱情节的重新编排

铜钱既是白灵与鹿兆海加入何种党派的裁断者，又是两人痴心相爱的媒介物，还是两人分手后对于往事美好记忆的触发物。在北京人艺版与陕西人艺版的话剧中，白灵与鹿兆海选择加入“国”或“共”的党派，由猜中所抛出铜钱的正面图案来决定，小说中白灵猜中了代表“国”的龙图案向上，而在两个话剧版本中，白灵猜的是“共”的图案，却被判定为加入“国”，这种编排增加了情节的曲折性。接着，鹿兆海认定铜钱为两人的定情之物，故意蛊惑白灵共咬铜钱，各咬一半所带来的结果是：嘴唇相碰，相拥相吻在一起。可不久的国共合作破裂，使白灵毅然加入了共产党。但鹿兆海为了能够与白灵在一起，选择了加入国民党。两人再次相见，均为对方的选择感到吃惊，并且对各自目前所属党派的追求产生了互不相容的看法。于此，两个人思想的沟壑造成了最终的分道扬镳，“铜钱”也被白灵拒收了。后来，这枚“铜钱”被作为富有纪念意义的物品，由朱先生代为转交给白灵。在西安外事学院版本里，鹿兆海死后，朱先生将其转交给了白鹿两家。

二、田小娥之死的多角度演绎

关于田小娥之死的情节编排，每部作品均独具匠心。她或被夜幕中的人所害；或在其没有防备之下，鹿三将其杀害；或鹿三对其进行连环追杀，甚至设定她为实质上的自杀。在北京人艺版的话剧中，田小娥泼了鹿子霖一脸尿后，她回屋的途中，被躲在夜幕中的人捅了一梭镖，身子渐渐倒下。陕西人艺版里，当田小娥与白孝文在窑内的床上翻滚之时，蒙面人用梭镖从背后将其捅死。在电影版中，躺在床上的田小娥边吃鹿三递过来的窝头，边哭着转身喝水时，鹿三将梭镖刺入其后背。在电视剧版中，鹿三趁着夜色，对着艰难躺在炕上的田小娥刺了一梭镖，看到田小娥回头认出了他之后，接着又刺了一梭镖。舞剧版中，鹿三对田小娥进行了三次大的追杀，其时间分别为：黑娃因砸祠堂被抓走之后；白孝文与田小娥的隐情被发现之后；鹿三看到堕落的白孝文之后。在第三次追杀中，又设置了三起三落。起初，鹿三手持梭镖，闯进窑院，追逐着四处躲闪的田小娥。接着，田小娥惊恐万分跪下身子求饶，此时的鹿三似乎于心不忍地停下手来，但思来想去，仍旧挥动着梭镖乱刺，田小娥惊恐地躲避，手指紧握梭镖头部，推开之后下跪祈拜，鹿三又不忍心地停下，但胸中的怒火终究难以熄灭，只得双手颤抖地站在炕下。最终田小娥不再畏惧死亡，安静地脱下外衣背过身去，鹿三借机刺向了其后心。西安外事学院版的编排，其剧情发生在窑洞之外，当田小娥发现鹿三手持梭镖，意欲杀害自己之时，她向对方陈述了曾经的遭遇：郭举人的非人虐待、黑娃不在家的生活无助、白孝文散财的不听劝阻，自我感觉已经没有活下去的勇气，恳求鹿三杀了自己，在鹿三犹豫不决之时，她夺过梭镖刺向了自己的胸膛，剧本将真正结束田小娥生命的原因，归结于她自己最终的心理崩溃，属于自我结束了难以存世的生命。

三、“月”意象的添加

“月”的意象，出现在北京人艺版与陕西人艺版话剧中，较之于原著小说，属于新增的内容。两剧作精心编排了田小娥所追求的“奔月”理想，首先，田小娥将“白鹿村”作为“月”的所在，但是经过了她与黑娃的努力却成了泡影；白嘉轩认定这一理想绝对不会成为现实；处于麻醉状态的白孝文把窑洞当作“月”，在幻觉中感觉“奔月”的理想已经实现，但他最终认定死后的田小娥，才真正实现了“奔月”的理想。在祠堂做介绍时，田小娥解释自己名字里的“娥”的寓意，并不是飞蛾扑火，而是嫦娥奔月。她回到白鹿村，把在这里的家当作“月”，就是“奔月”了。尤其表示喜欢这里的房子树木、老人与孩子，自己会做饭，能够自食其力地做一名普通的劳动者。面对她与黑娃面临的被驱逐出村的威胁，她迎来了第一次“奔月”理想的破灭，但还是矢志不渝地喊出了心中的理想：“奔月！黑娃，咱们走！那地方明亮着哪！”[①]“闹农协”失败之后，当看到田小娥被吊上木桩，白嘉轩充满惋惜地说：“要是真能奔月就好了！”在此，他觉得那个“奔月”理想，只不过是一种虚无缥缈的奢望，在现实中根本不可能出现。与之不同的是：白孝文在吸食大烟的麻醉之下，把田小娥的窑洞当作“月”，感慨于这个由田小娥所追求的理想，由两人得以实现。他觉得：田小娥像仙女一样待在“月”这样的天堂之上，把自己引领到这里享尽人间快乐。只愿意与田小娥厮守在一起，待在这“静静的、明明的月”上。而当他觉察到田小娥已经离世之时，又喃喃地说：“小娥，这回你真的去月啦?”似乎感觉到那个美好的“奔月”理想，只能在另外一个世界里实现。

四、绑匪事件的呈现

在电视剧版本中，与原著小说相比，绑匪事件也属于新增加的情节，但其源于小说所描述的白鹿原上的普遍种植罂粟，绑匪们是奔着由买卖罂粟所得的高额利润而来的。对于种植罂粟状况的展示，在连环画版本中，以图画的形式，正面绘出了农田中罂粟的生长情形，还有熬制、卖出与最终铲除罂粟的情节。而在电视剧版本中，则属于隐含性、延展性的表现。绑匪们劫持了白嘉轩和鹿子霖，向其家人讨要赎金。于是，白鹿村的民众开始了营救行动，在激烈的矛盾冲突中，展现了不同的人物性格。朱先生的沉着冷静、安排得体和料事如神；仙草与鹿兆鹏欲倾尽所有资财的救人心切；白母与鹿子霖媳妇为个人打算的自私自利；白嘉轩的敢作敢当、看重承诺、包容他人、机智应对；鹿子霖的不重情义；鹿兆鹏的过人谋事韬略。这一情节充分展现了每个人物的性格，体现了人们做事的不同风格。

五、白狼与白灵情节的新增

在电视剧版中，对于白灵与白狼以及她的裹脚情节，属于新增加的内

① 孟冰.话剧《白鹿原》[M].西安:西北大学出版社,2017:15.

容。白灵出生之时，仙草独自在家，当她拖着疲惫的身子，准备去厨房烧热水时，发现孩子的咿呀声突然中断了，转身走到院中，发现一只白狼叼着婴孩。此时在院中的黑娃手持镰刀猛追，并大喊让它放下孩子。此时，匆忙赶来的白嘉轩，也大声向白狼喊叫，而女婴并没有惧怕白狼，白狼并未伤害女婴，将其放下便离开了。白灵被众人进行围攻式的强制性缠足，白母是非常强硬的带头实施者，虽然遭到了白灵的全力反抗，即使白嘉轩也并不赞成，但白母仍旧将白灵关在了李寡妇家里，后来才被黑娃与鹿兆鹏合力救出。从中可以看出白灵小时候就有一种顽强斗争的精神，同时也显示出守旧势力与新生力量之间的复杂斗争。

六、女孩鹿天明的出现

对于白灵与鹿兆鹏所生育的后代，衍生作品基本依据小说所设定的男性的鹿鸣来演绎，而电视剧版的却将他们的后代编排为女性的鹿天明。这一名字寄寓着对结束旧时代开启新中国解放事业的美好憧憬。在第71集中，白灵被转移到龙湾村后生下了鹿天明，当她分娩之时，遭遇县保安团到所在住家搜捕共产党员。于是，大家急忙将她藏在地窖里，其发出的痛苦呻吟声被狗子故意地大声哭泣所掩盖，同时，降生后的鹿天明也没有发出哭声，保安团只能撤离，母女幸运地逃过了一劫。接着，白灵需要赶往桥山根据地，只能将鹿天明留给大娘抚养，临别之时，戴着虎头帽裹在襁褓里被抱着的鹿天明，大哭大叫，白灵强忍母女分离的痛苦流着泪走向村外。而在第77集的结尾，鹿兆鹏看到白嘉轩与鹿子霖陪着鹿天明开心地荡秋千。只见扎着小辫子的鹿天明长得白白净净，像极了小时候的白灵。她喊着："爷爷使劲推呀，我不怕，我要飞得再高些，高些，再高些。"显现出与白灵性格相似的做事大胆、勇于挑战的精神。在鹿兆鹏的眼里，鹿天明变幻成了小时候的那个活泼开朗的白灵。预示革命事业后继有人，祖孙三代一起走进新生活，白鹿精神也会代代相传。

第四节　人物性格发展的合理化

衍生作品从不同程度上塑造了五家主要人物的形象，包括朱家的朱先生、朱白氏；冷家的冷先生、冷秋月；白家的白嘉轩、白孝文、白灵；鹿家的两家，包括鹿子霖、鹿兆鹏、鹿兆海一家，还有鹿三、黑娃、田小娥一家。从不同衍生作品的秦腔版开始，直到电视剧版，我们看到了各位编创者对于人物性格的挖掘，逐渐丰富了不同人物的内涵，并且使得对于人物形象的表现趋于丰满。

一、朱家与冷家的人物性格

朱先生是白鹿原上的精神领袖，而冷先生却是疗救人体病痛的良医。朱先生践行着关学的精要："为天地立心，为生民立命，为往圣继绝学，为万世开太平"。他曾只身一人（电视剧版中白嘉轩随其前往）去清兵大营，劝退方巡抚带领的二十万兵丁，减少了一场生灵涂炭；拟定乡约；编订《滋水县志》；介绍徐先生教育白鹿两家子弟；发表抗日宣言等。他站在传统道德的制高点，推动着白鹿宗族的发展，帮其形成了运行规则，成为"白鹿精魂"的核心人物。他的夫人朱白氏是白嘉轩的大姐，在其影响之下，显示出白净端庄、持重严峻，似乎透出一些圣人的气色，朱白氏代表着受着丈夫儒学纲常礼仪熏陶的女性形象，在电视剧版中表现得温婉贤淑。冷先生虽身为郎中，治病救人，但是，在他身上却表现出浓重的儒学风范。首先，冷先生有着促使人存活的医疗手段。在电视剧版中，面对朱白氏生育子女的接生问题时，起初本着男女授受不亲的思想，踟蹰不前，但最后终于站在救人性命的角度前去接生，保证了母子平安。而对于自己女儿冷秋月的不幸婚姻，他无法做出决断，只能在女儿疯癫之后，给她下了哑药，致使其生命最终消逝。冷秋月的婚姻悲剧，在于其自身没能或者不可能做出自主的选择，再加上鹿子霖碍于两家的情面，也不可能让鹿兆鹏休掉这个媳妇，因此，冷秋月成了两家联姻的牺牲品。其次，冷先生具有维持族内和谐与救人于水火的品格。在人艺版、陕西版话剧与电视剧版中，对于白鹿两家的换地，冷先生左右调停、主持公道，终于使问题得到了圆满解决。还有在电视剧版第50—51集中，鹿兆鹏被国民党抓起来下了大牢，冷先生为了救这个女婿，将家产全数变卖，他和鹿子霖拿着几袋子银钱找到田福贤，让他设法搭救鹿兆鹏，终于获得了成功。

二、白嘉轩与鹿子霖家的人物性格

按照祖制，白家因袭着族长的职位，白嘉轩及两个儿子依次担任着族长，依照族规管理事务。但即使白嘉轩不做族长之时，仍旧是族人所认同的主心骨。他秉持着“仁义”，实践着儒家道义，保证着族群的繁衍生息。但在时代的风云变幻面前，其个人对于信念的断守似乎又陷入了迷惘。在陕西版话剧的结尾，白嘉轩在白鹿书院对于姐夫的呼喊，以及大哭乃至于哀嚎，暗示着他自己找不到方向，伤心于失去了一位指点迷津的人。白孝文是一个懦弱、保守、堕落，投机革命逆袭成功的人物。在电影版的展示中，他被塑造成起初具有身体功能障碍的形象，接着受田小娥的诱惑，开始走向了不归之路，从此再没有廉耻的观念。在电视剧版的刻画中，他眼见白狼叼走了妹妹，自己却被吓得慌忙逃窜。他还对妹妹的缠足予以支持，后来对黑娃的百般陷害，乃至于最终被白嘉轩抓了起来。而白灵是一个具有为了正义事业，敢于斗争的新女性形象，她反对与挣脱了包办婚姻，曾用砖头砸向国民党的陶部长。她不怕牺牲，成为体现“白鹿精魂”的实践者。

鹿子霖家是白鹿村的富户，家道殷实，但其祖上的发家史却并不光鲜。鹿子霖风流成性，若把整个原上他跟老相好所生的娃子集合起来，几乎可以坐三四席。他与白嘉轩表面上是合作，骨子里却充满了争斗，甚至在电视剧版的第16集中，鹿子霖撺掇村民，为阻拦白嘉轩一人说了算，在村里设参议，但最终没有成功。鼓动田小娥诱惑白孝文，给白嘉轩难堪。担任乡约期间，征收粮食，贪污钱财，还助纣为虐，帮田福贤做有违民众利益的事情。“作为封建宗法文化负面价值的鹿子霖集虚伪、自私、残忍、阴冷于一身。”他“信奉的是‘人不为己天诛地灭’的人生哲学，追名逐利，不择手段，抛弃仁义，唯利是图，体现的是一种遭人唾弃的小人德行。”[①]在秦腔版中表现为：乘人之危、占人便宜；搞垮对方、不择手段；自恃高贵、实则下流；狡诈奸猾、自私阴毒。其两个儿子倒是能够从民族大义出发，做事光明磊落，鹿兆鹏从事的革命事业在于解放所有的民众，推翻反动的统治秩序，于是他义无反顾地投身其中，并且能够大义灭亲，将自己的父亲押上批斗台。在电视版的展示中，鹿兆海负载着保家卫国、抗击日寇侵略的志向到前线杀敌，并且决心为国慷慨赴死，曾在中条山之战中击杀日寇多名。在秦腔版的塑造中，出现鹿家的下一代鹿鸣，他是白鹿两家祖传家风的继承者，他的身上有着白鹿两家的血脉融合，鹿子霖与孙子鹿鸣的一起祭祖，承继的是对先人在天之灵后继有人的告慰。在电视剧版的末尾，出现了鹿家的孙女鹿天明，寄寓着人们对于美好未来的憧憬。

三、鹿三家的人物性格

鹿三是白嘉轩家中的长工。白家与他说定了的工钱，每年领两次，从不缺少一文。另外还按时领取麦子、玉米和棉花，也从未发生过缺斤少两的事情，有时还多给一些。对他平等相待，白嘉轩称其为三哥，在电影版中，他还让白孝文认其作干爸。在与白家的交往中，鹿三感受着“忠义”，并做了最好的践行者。首先，他的火爆刚烈性格，在电影版与舞剧版中得到了很好的展现。他带领黑娃参加了“交农事件”，得到了白嘉轩的称赞；看到白孝文的破败形象，怒斥其活得没有了人样儿；面对黑娃的逃亡与白

① 赵智.商业文化的误读：鹿子霖形象的象征意义[J].中国文学研究，2011(2):99.

孝文的堕落，痛下杀手，结束了田小娥的性命。黑娃起初是一个反对压迫的叛逆者，他因讨厌白嘉轩腰“挺得太硬太直”，外出另谋生路。他敢爱敢恨，将所爱田小娥领回村子；敢于向旧秩序挑战，推动“闹农协”运动；极力反对军阀的抢粮行动，在电影版中烧毁麦田，在电视剧版中烧光了粮仓；能够反省自我，学为好人，加入县保安团期间，致力于修炼内心，深得儒学之精妙，以至于在电视剧版的第75集，朱先生感叹道：“想不到我弟子中真正求学问的竟是个土匪痞子！”向往光明，投身共产党，策动起义后在新政府任副县长。不幸的是惨遭陷害而死。田小娥在郭举人家，有着浓重的身心枷锁，她是一位清醒的婚姻自主的追求者，但同时又是一位对民风纯正的祸乱者。田小娥本想借助与黑娃的相爱，逃离被禁锢的牢笼，但碰到了白鹿原的陈腐宗法，不承认其名分。再加上黑娃的长久在外，她在谋求自我的生存中，引诱白孝文走向堕落，虽然其中有着彼此的悦纳，但是夹杂着有伤风化的诱惑之爱，因此搅乱社会风气，促使其最终走向了生命的终结。

《白鹿原》的衍生作品对原著小说进行了多角度的拓展，在尊重原著的基础上，做到了故事重构与人物形象重塑，并且实现了舞台、连环画与影视化等形式的画面呈现，对波谲云诡时代变幻下的白鹿原连环故事的演绎渐趋丰满，从而使得那部具有史诗性小说的主题更加鲜明，也促使一带而过的陈述变成可视化的画面情节，从而显示了创作者的思想倾向，将符合社会审美标准的思想观念渗透其中，与原著思想完美地融合在一起。在每个年代出现的衍生作品，其所展现的思想意识有所不同，对原著的理解与拓展也有所差别，其创新与突破点各不相同，从情节内容上来讲，显现出某个历史时期的思想印痕。对某一情节进行删减、丰富或增添表现出改编的特点，最终成就了一个由陈忠实先生领军、众多编著者接续创作的白鹿原世界，从而有力证明了原著小说的“民族史诗性”魅力，推动了其成为经典名著的进程。

主要参考文献

陈忠实.白鹿原[M].北京：人民文学出版社，2017.

陈忠实.白鹿原[M].北京：作家出版社，2017.

陈忠实，李志武，石良.白鹿原：连环画：全2册[M].北京：北京十月文艺出版社，2017.

孟冰.话剧《白鹿原》[M].西安：西北大学出版社，2017.

段建军.陈忠实研究论集[M].西安：西北大学出版社，2018.

冯望岳，李兆虹，马千里，等.陈忠实小说：在东西方文学坐标上[M].北京：中国社会科学出版社，2009.

人民文学出版社编辑部.《白鹿原》评论集[M].北京：人民文学出版社，2000.

李建军.陈忠实的蝶变[M].南昌：二十一世纪出版社集团，2017.

郑万鹏.《白鹿原》研究[M].长春：时代文艺出版社，1998.

邓伟志.近代中国家庭的变革[M].上海：上海人民出版社，1991.

安海燕.试析连环画版《白鹿原》中的人物服饰刻画方法[D].石家庄：河北科技大学硕士学位论文，2014.

卞寿堂.《白鹿原》文学原型考释[M].西安：陕西师范大学出版总社，2012.

陈彦.说秦腔[M].上海：上海文艺出版社，2017.

后 记

屈指算来，我在白鹿原上已经工作十余年了。

在此期间，曾经在单位宿舍居住过五年，闲暇时候便常到附近的潘村与张李村的街市上，购买一些必备的生活用品，顺便也能感受一下当地的各种文化习俗。后来又有连续的三年，我与师生们奔走在白鹿原上的大小村落中，开展“白鹿原村庄地名故事调查”的实践活动，运用深度访谈的方法，展开田野调查。在那段时间中，接触到了社会的各界人士，收集了许多流传在民间的故事，也获得了一些其他相关的资料，深深地体味到白鹿原这片土地的神奇。

首先，它拥有许多美丽的传说，展示了人们对于山川地貌、风俗习惯、仙佛圣贤、堪舆风水等方面的民间化演绎。其次，它在古代的多个历史时期因地处京郊，或在近现代因紧邻省府所在地，而与中国的历史紧密相连，从人文始祖及至当今盛世，既有着丰厚的历史文化积淀，又有着当今现代化飞速发展的征象。还有，所到大部分村落呈现着绿树掩映的秀美景色，百年古树随处可见，尤其保留了古老的皂荚树、槐树等树种。老式的房子虽有坍塌，但其古建筑的雕梁画栋与做工精巧仍在，破旧之中让人能够想见其昔日的辉煌。另外，政府各级组织工作人员的大力支持，以及村民的热心接待与讲述，可以看出人们对于中国传统文化的喜爱，充满着积极传扬民间故事与民风民俗的文化自信。

小说《白鹿原》的作者陈忠实先生是白鹿原上的西蒋村人，他对于原上的历史掌故与风土人情，既有从小时候以来的自然素材积累，又有着后来搜集查找历史资料的丰富与精确，其拥有的多种素材与其虚构的50年间的故事，有着千丝万缕的紧密联系。由此而写成的这部小说充满着史诗性的色彩，即使抛开其横跨的与中国历史事件相一致的阶段性故事不说，仅仅看其人物塑造的代表性、矛盾设置的复杂性与情节编排的离奇性，完全可以觉察出小说的独特追求及其内在的丰厚蕴藉。正是由于作品体系的博大精深，因此，在其问世之后便开始了接续产生衍生作品的经典化过程。

衍生作品将原著的文字表达转换成了图画、舞台、影像或声音等的表现方式，以可视化为主要改编方向。一方面要改编成适合其艺术方式的展演，明晰故事线条及其情节。另一方面要融入编导者的思想倾向与艺术风格，显示出不同时代对于原著小说的理解。于是，从思想的表现来讲，打上了深深的时代印痕。诸如：秦腔版的白嘉轩的与人争斗技高一筹，鹿子霖甘拜下风；电影版对于田小娥与黑娃的男女欲望表现场面、黑娃对农民地位的认识、对于秦地戏曲的展现；电视剧版中的白嘉轩的守塔即是要稳定人心，不向惑乱者低头。从编排的侧重，可以透视出不同的社会发展阶段，由时代变化所促成的人们的思想观念特征。从采用的艺术表现手法上来讲，呈现了多样化。比如：画面角度的转换、舞台布景、音乐编排、舞蹈设计、长短镜头的选择等。利用可视化的画面，辅之以声音的多层面渲染，更容易将人们带入编著者所设定的情节氛围，从而感受作品中的主旨表达。

独行的道路上难免孤寂，但是时常会被发现的快乐所冲淡。从两相比较后的浅层次发现开始，渐至将事理明晰区分的中层次发现，乃至于最终可以统观全局的高层次发现。一步步走来，在艰辛的跋涉之中，徜徉于白鹿原的王国之内，反复地观看秦腔、话剧、舞剧、电影、电视剧、连环画等版本，从中感受历史风貌，体味人情百态，提升个人思想认识的境界，

感慨于旧时代人们生活的颠沛流离，新时代生活的自由幸福。珍惜当下，力争为弘扬民族传统文化，推动白鹿原地域文化的宣传与发展，奉献自己的力量。

吴玉军

2023年8月29日

于西安御锦城